戰國文字構形研究（下）

陳 立 著

目次

上 冊

凡 例

第一章 緒 論 ……………………………………………………… 1

　第一節 研究之目的 ………………………………………………… 1

　第二節 研究材料與方法 …………………………………………… 5

　第三節 前人研究概況 ……………………………………………… 8

　第四節 章節述要 …………………………………………………… 27

第二章 戰國文字材料概述 ……………………………………… 29

　第一節 前 言 ……………………………………………………… 29

　第二節 楚系出土材料之斷代分期 ………………………………… 30

　第三節 晉系出土材料之斷代分期 ………………………………… 60

　第四節 齊系出土材料之斷代分期 ………………………………… 77

　第五節 燕系出土材料之斷代分期 ………………………………… 81

　第六節 秦系出土材料之斷代分期 ………………………………… 84

　第七節 小 結 ……………………………………………………… 92

第三章 形體結構增繁分析 ……………………………………… 95

　第一節 前 言 ……………………………………………………… 95

　第二節 增添鳥形 …………………………………………………… 97

　第三節 增添飾筆 …………………………………………………… 110

　第四節 重複偏旁、部件 …………………………………………… 184

　第五節 增添無義偏旁 ……………………………………………… 189

　第六節 增添標義偏旁 ……………………………………………… 199

　第七節 增添標音偏旁 ……………………………………………… 217

第八節　小　結⋯⋯⋯⋯⋯⋯⋯⋯⋯⋯⋯232

第四章　形體結構省減分析⋯⋯⋯⋯⋯⋯235

　第一節　前　言⋯⋯⋯⋯⋯⋯⋯⋯⋯⋯⋯235

　第二節　筆畫省減⋯⋯⋯⋯⋯⋯⋯⋯⋯⋯236

　第三節　邊線借用⋯⋯⋯⋯⋯⋯⋯⋯⋯⋯249

　第四節　部件省減⋯⋯⋯⋯⋯⋯⋯⋯⋯⋯252

　第五節　同形省減⋯⋯⋯⋯⋯⋯⋯⋯⋯⋯260

　第六節　剪裁省減⋯⋯⋯⋯⋯⋯⋯⋯⋯⋯268

　第七節　義符省減⋯⋯⋯⋯⋯⋯⋯⋯⋯⋯282

　第八節　聲符省減⋯⋯⋯⋯⋯⋯⋯⋯⋯⋯293

　第九節　小　結⋯⋯⋯⋯⋯⋯⋯⋯⋯⋯⋯305

中　冊

第五章　形體結構異化分析⋯⋯⋯⋯⋯⋯307

　第一節　前　言⋯⋯⋯⋯⋯⋯⋯⋯⋯⋯⋯307

　第二節　偏旁位置的異化⋯⋯⋯⋯⋯⋯⋯310

　第三節　筆畫形體的異化⋯⋯⋯⋯⋯⋯⋯343

　第四節　形近形符互代的異化⋯⋯⋯⋯⋯367

　第五節　非形義近同之形符互代的異化⋯370

　第六節　義近形符互代的異化⋯⋯⋯⋯⋯381

　第七節　聲符互代的異化⋯⋯⋯⋯⋯⋯⋯410

　第八節　小　結⋯⋯⋯⋯⋯⋯⋯⋯⋯⋯⋯419

第六章　形體結構訛變分析⋯⋯⋯⋯⋯⋯423

　第一節　前　言⋯⋯⋯⋯⋯⋯⋯⋯⋯⋯⋯423

　第二節　形近而訛者⋯⋯⋯⋯⋯⋯⋯⋯⋯426

　第三節　誤分形體者⋯⋯⋯⋯⋯⋯⋯⋯⋯438

　第四節　誤合形體者⋯⋯⋯⋯⋯⋯⋯⋯⋯447

　第五節　筆畫延伸者⋯⋯⋯⋯⋯⋯⋯⋯⋯451

　第六節　其他原因⋯⋯⋯⋯⋯⋯⋯⋯⋯⋯454

　第七節　小　結⋯⋯⋯⋯⋯⋯⋯⋯⋯⋯⋯463

第七章　形體結構類化分析⋯⋯⋯⋯⋯⋯465

　第一節　前　言⋯⋯⋯⋯⋯⋯⋯⋯⋯⋯⋯465

　第二節　自體類化⋯⋯⋯⋯⋯⋯⋯⋯⋯⋯467

　第三節　集體類化⋯⋯⋯⋯⋯⋯⋯⋯⋯⋯470

　第四節　小　結⋯⋯⋯⋯⋯⋯⋯⋯⋯⋯⋯499

第八章　形體結構合文分析 …………………………………… 501

第一節　前　言 …………………………………………………… 501

第二節　不省筆合文 ……………………………………………… 503

第三節　共用筆畫省筆合文 ……………………………………… 548

第四節　共用偏旁省筆合文 ……………………………………… 553

第五節　借用部件省筆合文 ……………………………………… 556

第六節　刪減偏旁省筆合文 ……………………………………… 560

第七節　包孕合書省筆合文 ……………………………………… 575

第八節　小　結 …………………………………………………… 597

下　冊

第九章　戰國文字異時異域關係考 ……………………………… 601

第一節　前　言 …………………………………………………… 601

第二節　戰國與春秋文字的比較 ………………………………… 602

第三節　戰國文字分域結構的比較 ……………………………… 608

第四節　王國維東西土說商榷 …………………………………… 623

第五節　小　結 …………………………………………………… 645

第十章　結　論 …………………………………………………… 647

第一節　戰國文字變易原則 ……………………………………… 647

第二節　戰國五系文字的異同 …………………………………… 652

第三節　戰國文字的特質 ………………………………………… 657

第四節　戰國文字的價值 ………………………………………… 660

參考書目 …………………………………………………………… 663

附錄：戰國出土文字材料表 …………………………………… 695

第九章 戰國文字異時異域關係考

第一節 前 言

　　文字的發展具有承襲與接續性，不同時期的文字，往往亦有所區別。兩周文字接續殷商文字而發展，其間或將圖畫性質濃厚的文字以線條取代，或將象形、指事、會意等，改以形聲的方式表達。春秋、戰國時期，諸侯分立，不同地域使用的文字，各有其地域的特色，或新增聲符以爲標音作用，或增添特殊的飾筆，以爲美術文字。

　　文化的傳播，無國界之分，在文化傳播之際，文字亦隨之由甲國傳至乙國。近三十年來隨著戰國楚簡帛書的大量出土，竹書的內容，成爲楚簡帛學術研究的重要一環。以郭店竹簡與上博簡爲例，從其文字形體觀察，呈現多重的面貌，其間所反映的現象，不僅是抄寫者非出於同一書手，亦反映出這批儒家典籍的流傳經過，而透過文字形體的比較，即可找出部分的線索。換言之，各地域的文字，自有其獨特的形體，惟有將字形比較，才能了解戰國五系文字的差異，甚至「文字異形」的現象；亦惟有透過此一程序，才能知曉前人對於戰國文字分域的說法是否適當。

　　戰國文字的研究與分域，自王國維提出東、西土說之後，歷年來多有不同的意見，究竟孰是孰非，仍有爭議，惟有透過春秋、戰國時期的文字比對，方能找到較明確的答案。關於異時異域文字的相關問題，茲條分縷析，論述如下：

第二節　戰國與春秋文字的比較

　　春秋、戰國時期，其間的文字變化，隨著時代的變遷，以及各地的審美觀影響，或多或少使得前後期的文字產生不同的差異。

一、增　繁

（一）飾筆的增添

　　春秋時期的金文大致呈現整齊、修長的形體，惟楚國文字或彎曲盤延，如：〈王子午鼎〉的「王（　）」字；或添加點畫於既有的形體結構上，如：〈中子化盤〉的「楚（　）」字於部件「○」中增添小圓點，寫作「⊙」。發展至戰國時期，楚系文字或承襲前代的形體，在「○」中添加「－」，如：〈曾侯乙鐘〉的「楚（　）」字；或將彎曲盤延的形體加以誇飾，將筆畫引曳彎曲，並將垂露點增添於筆畫之中，如：〈楚王酓肯盤〉的「王（　）」字，形成特有的形體。

　　古文字習見於起筆橫畫之上或是豎畫上添加一道短橫畫「－」，此種現象由來已久，從春秋時期的〈王子午鼎〉之「不（　）」字觀察，豎畫上的圓點，發展至後期，往往拉長為短橫畫。一般而言，於起筆橫畫之上或是豎畫上添加一道短橫畫「－」的方式，並無地域的差別，它普遍的存在戰國時期各地域中，如：〈者汈鐘〉、〈中山王嚳鼎〉、〈齊陳曼簠〉的「不（　）」字，郭店竹簡〈老子〉甲本的「可（　）」字，〈陳璋方壺〉的「王（　）」字等。

　　晉系中山國之「馬（　）」、「為（　）」等字，於既有形體上，增添渦漩紋「　」，形成美術化的文字。

表 9－1

字例	春秋	戰國楚系	戰國晉系	戰國齊系	戰國燕系	戰國秦系
王	〈王子午鼎〉 〈王孫遺者鐘〉	〈楚王酓肯盤〉 〈王命龍節〉	〈中山王嚳鼎〉	〈陳貼簠蓋〉 〈陳璋方壺〉 《古璽彙編》（0063）	《古璽彙編》（0361）	〈睡虎地·日書乙種 183〉

馬	〈走馬薛仲赤簠〉	〈噩君啓車節〉	〈好蚉壺〉	《古璽彙編》（0023）	〈匽侯載器〉	〈睡虎地・秦律十八種 120〉
為	〈趙孟庎壺〉	〈楚王酓肯盤〉	〈中山王嚳鼎〉	〈墜侯因資敦〉		〈睡虎地・效律 27〉
不	〈王子午鼎〉 〈王孫遺者鐘〉	〈者沪鐘〉	〈中山王嚳鼎〉 〈兆域圖銅版〉	〈齊墜曼簠〉	〈不降戈〉	〈睡虎地・效律 19〉
可	〈蔡大師鼎〉 〈黏鎛〉	〈郭店・老子甲本 30〉	〈中山王嚳鼎〉	〈齊法化・齊刀〉		〈睡虎地・秦律雜抄 24〉
福	〈王孫誥鐘〉	〈望山 1.51〉 〈楚帛書・乙篇 10.8〉	〈中山王嚳方壺〉			〈睡虎地・秦律十八種 66〉
楚	〈晉公盆〉 〈中子化盤〉 〈楚嬴匜〉	〈曾侯乙鐘〉 〈楚王酓肯鼎〉	〈屬羌鐘〉	《古陶文彙編》（3.335）	〈楚高缶〉	〈睡虎地・日書乙種 243〉

（二）偏旁的增添

春秋時期的出土材料，多爲銅器銘文，記載的內容與戰國時期的材料或有不同，在字形的結構上，也有些許的差異。戰國時期由於思想、社會的進步，爲了更加明確的表述或是記載某事物，時常會在既有的形構上增添某些偏旁，強調其屬性或是作用；有時爲了某字能夠在不同的時間或空間下使用，會增添聲符以爲標音之需。以現今楚地所出的竹書言，就內容觀察，多屬儒家典籍。

先秦儒家時言人性的修爲，仁、義二字時見其中，因此在結構的表現上，或見添加「心」旁者，如：郭店竹簡〈語叢三〉的「我（㦳）」字。

　　添加聲符以爲標音作用者，該字使用的年代若非久遠，即是具有地方音讀的文字，爲了使後人或是其他地域的使用者得以望字識讀，便會在原本的形構上添加一個偏旁，以爲聲符的作用。以「義」字爲例，該字於西周時期寫作「義」〈宭尊〉，或作「義」〈大克鼎〉，發展至春秋時期或添加「兄」旁作爲聲符，寫作「義」〈邵公華鐘〉，或寫作「義」〈秦公簋〉，或寫作「義」〈王子午鼎〉，戰國文字或承襲西周金文的寫法，寫作「義」，或沿襲春秋時期的形體，添加「兄」聲，寫作「義」。

　　除了添加具有標義或是標音作用的偏旁外，有時爲了補白或是平衡的效果，也會在原有的形構上增添一個不具有意義或是音讀的偏旁。「口」旁的增添，多見於戰國文字，如：〈中山王嚳鼎〉的「後（後）」字；戰國時期「萬（萬）」字所見之「土」，其來有自，於春秋時期的〈邵公華鐘〉裡即見相同的現象。

表 9－2

字例	春秋	戰國楚系	戰國晉系	戰國齊系	戰國燕系	戰國秦系
我	〈邵黛鐘〉	〈郭店・語叢三 24〉	〈令狐君嗣子壺〉	〈墜貼簋蓋〉	〈廿年距末〉	〈睡虎地・日書甲種 29 背〉
後	〈余購遽兒鐘〉	〈曾姬無卹壺〉	〈中山嚳鼎〉			〈睡虎地・日書乙種 243〉
文	〈王孫遺者鐘〉	〈曾侯乙鐘〉 / 〈雨臺山 2〉	〈屬羌鐘〉	〈墜侯因育敦〉	〈明・折背刀〉	
劍	〈吳季子之子逞劍〉	〈包山 18〉			〈郾王職劍〉	〈睡虎地・法律答問 84〉
萬	〈邵公牼鐘〉	〈郭店・老子甲本 21〉	〈令狐君嗣子壺〉	〈墜侯因育敦〉		〈睡虎地・效律 27〉

		〈郭店‧緇衣 13〉			
韓	〈鼄公華鐘〉	〈包山 41〉〈上博‧緇衣 2〉	〈五年鄭令思戈〉	〈禾簋〉〈墜肪簋蓋〉	〈睡虎地‧日書甲種 79 背〉
祖	〈秌鎛〉	〈邔陵君鑑〉	〈中山王𪮔鼎〉	〈墜逆簋〉	〈睡虎地‧日書甲種 49 背〉

二、省　減

　　文字的形體，在不同的場合與書寫的材質下，會有不同的表現方式。一般而言，春秋時期所見的銘文，或鑄於鐘、鼎、簋、壺等銅器上，銘文內容或屬歌功頌德，如：〈秦公簋〉，或記載某件足以光宗耀祖之事，如：〈秌鎛〉，所鑄之器，往往置於宗廟之內，以為展示之用，其間的文字形體，多屬嚴整之勢。發展至戰國時期，早期的銅器銘文，仍承襲前代遺風，除了具備嚴整的形體外，或受到當時審美觀的影響，將形體修長化，如：楚系〈曾侯乙鐘〉。從現今出土的資料觀察，竹簡於戰國早期已大量的運用於書寫上。以曾侯乙墓出土的竹簡為例，簡文的形構大致與同墓所出的銘文相同，形體趨於修長。戰國中期之信陽、望山、包山、九店等地所出的竹簡，其間的文字則趨於扁平。受到竹簡形制所限，由兩個以上的偏旁組成而採取左右式結構的文字，倘若無法在狹窄的竹簡裡書寫，則須改變其間的結構重新組合，相對地，過於修長的偏旁亦需重新的將其結構整合，找出最適當的表現方式；再加上文字的使用頻繁，以及企求在既有的空間下書寫最多的文字，惟有朝向形體的省減發展，或將繁雜的筆畫大量的省減，由書手自行剪裁，如：包山竹簡的「嘉（𡥈）」字、信陽竹簡的「皇（𦍒）」字等，或將部分筆畫省略，如：包山竹簡的「無（𣚣）」字。

　　戰國時期竹簡大量的運用於書寫上，由於使用的頻繁，以及書寫的習慣所致，其間的形體，反而影響了同時期的銅器銘文，甚或是貨幣文字、陶器文字、璽印文字等。儘管此時有少部分銅器銘文，具備嚴整修長或是彎曲盤延的形體，仍然朝向省減的途徑發展，或將重複的部分省減其一，如：楚系〈楚王畬肯盤〉

的「楚（ ）」字、晉系〈中山王𧻜方壺〉的「曹（ ）」字等。

　　戰國五系文字中，秦系文字的穩定性較高，其文字形構往往與前代相同，少有顯著的變異。將睡虎地竹簡與楚地所出的竹簡相較，後者的變異性大，形體的省改也十分明顯，睡虎地竹簡則承襲前代的字形，其間的變異與楚簡相較，特別顯得保守。

表 9-3

字例	春秋	戰國楚系	戰國晉系	戰國齊系	戰國燕系	戰國秦系
楚	〈晉公盆〉 〈楚嬴匜〉	〈楚王酓肯盤〉 〈楚王酓肯鼎〉	〈屬羌鐘〉	《古陶文彙編》 （3.335）	〈楚高缶〉	〈睡虎地・日書乙種243〉
皇	〈王子午鼎〉 〈王孫遺者鐘〉	〈曾侯乙鐘〉 〈信陽2.25〉 〈望山2.45〉	〈中山王𧻜鼎〉	〈墜貯簋蓋〉		〈睡虎地・日書甲種101〉
孫	〈黿公華鐘〉	〈楚王孫漁戈〉	〈令狐君嗣子壺〉	〈墜侯因斉敦〉		〈睡虎地・法律答問185〉
爲	〈曾伯陭壺〉	〈曾侯乙鐘〉 〈鄂君啓舟節〉	〈東周左𠂤壺〉 〈廿七年�〉	〈墜逆簋〉 〈墜喜壺〉		〈睡虎地・效律27〉
曹	〈曹公子沱戈〉		〈中山王𧻜方壺〉			〈睡虎地・秦律雜抄17〉
嘉	〈王孫遺者鐘〉	〈包山164〉	〈哀成叔鼎〉			〈十七年丞相啓狀戈〉

字例	春秋	戰國楚系	戰國晉系	戰國齊系	戰國燕系	戰國秦系
		〈包山166〉				
無	〈秦公簋〉	〈包山16〉	〈令狐君嗣子壺〉			〈睡虎地·秦律十八種8〉

三、異體字

　　春秋時期的文字，雖有形構的差異，基本上不如戰國文字的變動性大。一般而言，戰國文字中，來自不同系統的文字，或多或少存在著地域性的特色，如：燕系的「中」字或可寫作「 」〈明··折背刀〉，或可寫作「 」《古陶文彙編》（4.20），楚系的「新」字或寫作「 」〈曾侯乙鐘〉，皆屬地域性的文字結構。從變異的方面觀察，秦系文字的變化，相較於其他四系的文字少，保留了前代文字的形體，可以作為研究戰國文字形構變化的依據，透過文字的比較，能得知何者為是，何者為非。

表9－4

字例	春秋	戰國楚系	戰國晉系	戰國齊系	戰國燕系	戰國秦系
中	〈王孫遺者鐘〉	〈鄂君啓車節〉	〈中ム官鼎〉 〈中山王嚳方壺〉 〈兆域圖銅版〉	〈子禾子釜〉	〈明·折背刀〉 《古陶文彙編》（4.20） 《古璽彙編》（0368）	〈睡虎地·秦律十八種197〉
樂	〈王孫遺者鐘〉 〈王孫誥鐘〉	〈天星觀·卜筮〉 〈郭店·老子丙本4〉	〈令狐君嗣子壺〉			〈睡虎地·為吏之道31〉
新	〈呂大叔斧〉	〈曾侯乙鐘〉	〈中山王嚳方壺〉			〈新郪虎符〉

夏	〈秦公簋〉 〈右戲仲曖父鬲〉	〈�君啓車節〉 〈包山 115〉 〈包山 216〉 〈郭店・唐虞之道 13〉 〈上博・民之父母 1〉	〈私庫嗇夫鑲金銀泡飾〉		《古璽彙編》（0015）	〈睡虎地・秦律十八種 119〉

　　總之，早期的文字，形體的變易較少，發展至戰國時期，由於周王室的力量日漸衰微、消失，致使諸侯國的文化、政治等特色逐漸形成。無論是飾筆的增添、偏旁的增繁、形體的省減等因素造成的一字多形現象，皆較前代文字來得大。

第三節　戰國文字分域結構的比較

　　諸侯分立，各自為政，在文字上也發展出各自的特色。原本的象形、指事、會意字，在甲國仍保持原有的形構，乙國則改為形聲字；又某字於甲國為不省之形，於乙國改為省減之形。文字異形的現象，在戰國時期達到高峰，並且朝向地域性發展，透過各地文字形體的比較，方能瞭解其間的差異。

一、增　繁

（一）鳥形的增添

　　鳥書的增添方式，可以在某字的上側，或下側，或左側，或右側，添加鳥形，如：〈蔡侯產戈〉的「侯（ ， ）」字；亦可將鳥形與筆畫合而為一，如：〈番仲戈〉的「戈（ ）」字；或是省略鳥的主體形貌，僅保留鳥爪之形，如：〈蔡公子從戈〉的「蔡（ ）」字。一般而言，南方地域自春秋末期至戰國早期，為鳥書的流行期，由於地理位置與文化層面的關係，多將之歸屬於楚系。

表 9−5

字例	楚系	晉系	齊系	燕系	秦系
公	〈宋公繺戈〉				
宋	〈宋公得戈〉				
得	〈宋公得戈〉				
用	〈蔡公子從戈〉 〈戉王州句劍〉				
乍	〈戉王州句劍〉				
劍	〈戉王州句劍〉				
州	〈戉王州句矛〉				
句	〈戉王州句矛〉				
矛	〈戉王州句矛〉				
壽	〈越王不壽劍〉				
丁	〈越王者旨於賜鐘〉				
丌	〈越王其北古劍〉				
元	〈越王其北古劍〉				

蔡	〈蔡公子從戈〉〈蔡侯產劍〉				
侯	〈蔡侯產戈〉〈蔡侯產戈〉				
產	〈蔡侯產劍〉〈蔡侯產戈〉〈蔡侯產戈〉				
之	〈蔡侯產戈〉〈蔡侯產戈〉〈蔡侯產戈〉				
從	〈蔡公子從戈〉				
乍	〈楚王酓章戈〉				
王	〈戉王者旨於賜矛〉〈楚王酓章戈〉				
南	〈楚王酓章戈〉				
用	〈楚王孫漁戈〉				

皇	〈番仲戈〉				
白	〈番仲戈〉				
凡	〈邘君戈〉				
吉	〈玄鏐戈〉				
戟	〈新弨戟〉				
戈	〈番仲戈〉				

　　事實上，除了（表9－5）所列外，南方地域流行鳥書者尚見於吳國，如：
〈王子邘戈〉的「王」字寫作「 」，「子」字寫作「 」，「用」字寫作「 」；
〈吳季子之子逞劍〉的「季」字寫作「 」，「用」字寫作「 」。

　　儘管同屬於南方楚系，細審鳥書的形體，在宋、吳、越、蔡、楚等國卻略
有不同，以下茲將所添加的鳥形，臚列於下表，以清眉目：

表9－6

	楚國	宋國	蔡國	越國	吳國
鳥形	〈楚王酓章戈〉 〈楚王孫漁戈〉 〈番仲戈〉	〈宋公䜌戈〉 〈宋公得戈〉	〈蔡侯產劍〉 〈蔡侯產戈〉	〈戉王者旨於賜鐘〉 〈戉王者旨於賜戈〉	〈王子邘戈〉

	<新弨戟> <邳君戈>			<戈王州句矛> <越王其北古劍>	<吳季子之子逞劍>

越國的鳥形，可以分爲全形或半形者，作半形者，或見鳥身與足形，或見鳥首形。一般而言，凡見鳥首者，多作張嘴之形狀；作全形者，基本上多將鳥首之形寫出，並作張嘴之形。

吳國的鳥形，大多爲鳥首、身、足俱全之形，亦作張嘴狀，其形體與越國截然不同；或作張嘴吐舌之形，或將鳥首昂然抬起。

楚國的鳥形，大多爲鳥首、身、足俱全之形，大多不作張嘴狀，而作合嘴之形；或見鳥首昂然抬起。

宋國的鳥形，多寫作半形者，僅繪出鳥首，將身、足之形以簡單的一筆帶過，或加以省略；鳥首之形，亦見以簡單筆畫描繪，作「)」或「(」；少數省略鳥首之形者，則將鳥身與足形詳細描繪。

蔡國的鳥形，雖然多寫作鳥首、身、足俱全之形，惟筆畫簡單，鳥形常以一筆帶過，在鳥首的表現上，僅寫書部分形體，不像其他國家的鳥形將鳥首完整的表現；此外，由於鳥首的表現與眾不同，再加上爲了突顯鳥首，遂以誇大的方式書寫，使得鳥首與身足之形不成比例。

從歷史、文化的沿襲與影響言，《史記·殷本紀》敘述殷人始祖，曾云：「見玄鳥墮其卵，簡狄取吞之，因孕生契。」[註1]《詩經·商頌·玄鳥》亦云：「天命玄鳥，降而生殷，宅殷土芒芒。」[註2] 殷人崇尚「玄鳥」應無置疑。又《史記》記載楚、宋、吳、越、蔡等諸侯國，皆於周武王或成王時所封。武王、成

〔註 1〕（漢）司馬遷撰、（劉宋）裴駰集解、（唐）司馬貞索隱、（唐）張守節正義、（日本）瀧川龜太郎考證：《史記會注考證》，頁 49，臺北，宏業書局有限公司，1992 年。

〔註 2〕（漢）毛公傳、（漢）鄭玄箋、（唐）孔穎達等正義：《毛詩正義》，頁 793，臺北，藝文印書館，1993 年。

王之時，距離殷商時期未遠，這些國家又與殷商的關係或親或疏，受其影響的程度不一。因此，對於鳥的崇尚，或多或少受到殷文化的影響。儘管楚、宋、吳、越、蔡等國，其國別不同，在文化上仍有其關係。表現於文字的鳥書，雖有形體的差異，基本上反映出當時南方地域各國間的審美觀。從鳥書的角度言，將之歸屬於同一個系統，應無問題。

　　一般而言，文字的傳播，會因為文化、經濟、政治等活動，由甲地傳到乙地，甚或是丙地。在文字的分域上，雖將楚、宋、蔡、吳、越等國家歸屬於一系，但是若從鳥書的書寫形體觀察，其文字形體卻非一致無二，畢竟它是由幾個不同的國家而文化、地域相近同者，所組合而成，因此在形體上或有全形、半形、張嘴、合嘴、誇大與否的些微差異。此一現象與韓、趙、魏三家分晉後的晉系相近，後者本為同源，惟因政治因素而自晉國分出，雖然在文字的表現上差異不大，卻也受到方言的影響，使得部分的形聲字，有其不同的聲符表現，如：韓國〈韓氏冒鼎〉的「媸」字增添「小」聲寫作「<!-- 字形 -->」，趙國〈魚鼎匕〉的「延」字增添「丁」聲寫作「<!-- 字形 -->」，魏國〈三十四年頓丘戈〉的「丘」字增添「丌」聲寫作「<!-- 字形 -->」。

（二）飾筆的增添

　　一般而言，飾以短橫畫「一」的現象，於戰國文字裡十分習見，其放置的地方並無固定，可置於橫畫上、下，亦可置於豎畫間，甚者可以放在某部件中，惟各系增添的位置有所差異。楚系文字或增添於起筆橫畫之上，如：〈鄂君啓舟節〉的「不（<!-- 字形 -->）」字、〈曾侯乙鐘〉的「下（<!-- 字形 -->）」字；或增添於收筆橫畫之下，如：包山竹簡的「丘（<!-- 字形 -->）」字；或增添於豎畫，如：包山竹簡的「竹（<!-- 字形 -->）」字。大致而言，楚系從「竹」者，大多寫作「<!-- 字形 -->」的形體，為楚文字特有的寫法。晉系文字或增添於起筆橫畫之上，如：〈中山王𰯼鼎〉的「不（<!-- 字形 -->）」字；或增添於豎畫，如：〈兆域圖銅版〉的「不（<!-- 字形 -->）」字。齊系文字或增添於起筆橫畫之上，如：〈平阿左戈〉的「平（<!-- 字形 -->）」字。秦系文字將之增添於豎畫，如：睡虎地竹簡的「羊（<!-- 字形 -->）」字。

　　除了短橫畫的飾筆外，從（表9－7）所示，尚見小圓點「‧」、半圓點、短斜畫「′」、「＝」、「<!-- 符號 -->」、「フ」、「´ ﹨」等。古文字裡小圓點雖然可以拉長為短橫畫「一」，但是在裝飾的位置上，小圓點所受的侷限卻比短橫畫大，它往往只飾

於豎畫、較長的筆畫，或是某部件中，甚少見於某横畫的上、下側，以齊系文字爲例，如：〈齊陸曼簠〉的「考（）」字，將小圓點添加於較長的筆畫上。

短横畫飾筆亦可重複其一，使「－」變爲「＝」，形成新的裝飾筆畫。「＝」爲二道短横畫所組成，在增添的位置上，於考慮對稱、平衡、補白等效果時，往往只能將其置於某部件或是偏旁的下方。此種飾筆的增添，多出現於燕系文字，如：〈廿年距末〉的「尙（）」字，於其他四系文字中較少見。

飾以短斜畫「′」者，習見於戰國文字，放置的位置亦無固定，或可置於某偏旁或是部件、筆畫的左、右側。楚系文字或置於偏旁的右側，如：包山竹簡的「得（）」字；或飾於較長筆畫，如：曾侯乙墓竹簡的「客（）」字。齊系文字將之置於較長筆畫，如：〈陸喜壺〉的「客（）」字。大致而言，齊系從「各」者，形體多如〈陸喜壺〉所見，爲齊系文字特有的寫法。燕系文字則將之飾於較長筆畫，如：《古璽彙編》（0022）的「長（）」字，燕系從「長」者，大多寫作「」的形體，爲燕系文字特有的寫法。再者，短斜畫「′」亦可重複形體寫作「ˊ　ˋ」，飾於豎畫的兩側，如：齊系之〈平陽作庫戈〉的「平（）」字。

少部分的飾筆，僅出現於某地域，屬具有地方色彩的裝飾符號，如：「ㄟ」、「ﾌ」，僅見於晉系之中山國，「ﾌ」又可以變形爲「」或是「ᓚ」。又如：半圓點大多出現於楚系早期金文中，其增添的位置與小圓點相同，此種飾筆又可變易爲垂露點，從現今出土的戰國文字材料觀察，亦僅見於楚金文。

表 9－7

字例	楚系	晉系	齊系	燕系	秦系
不	〈噩君啓舟節〉	〈中山王礐鼎〉 〈兆域圖銅版〉	〈子禾子釜〉	〈不降戈〉	〈睡虎地・效律 19〉
下	〈曾侯乙鐘〉 〈噩君啓車節〉	〈哀成叔鼎〉		〈下宮車軎〉	〈睡虎地・效律 22〉

得	〈包山 6〉	〈妤螽壺〉	〈子禾子釜〉	《古陶文彙編》（4.75）	〈睡虎地・秦律十八種 62〉
丘	〈� 君啓舟節〉 〈包山 90〉 〈包山 241〉	〈兆域圖銅版〉	〈子禾子釜〉		〈睡虎地・封診式 32〉
台	〈者沪鐘〉 〈楚王酓肯盤〉	〈哀成叔鼎〉	〈十四年陳侯午敦〉	〈匽侯載器〉	〈睡虎地・日書甲種 112〉
考	〈郭店・唐虞之道 6〉	〈中山王𣊅鼎〉	〈齊陳曼簠〉		〈睡虎地・日書乙種 238〉
老	〈包山 217〉	〈中山王𣊅鼎〉			〈睡虎地・秦律十八種 184〉
長	〈包山 59〉	〈四年鄭令戈〉	《古璽彙編》（0224）	《古璽彙編》（0022）	〈口年上郡守戈〉
尚	〈包山 213〉	〈中山王𣊅方壺〉	〈陳侯因𦤳敦〉	〈廿年距末〉	〈睡虎地・封診式 89〉
客	〈曾侯乙 171〉 〈鑄客鼎〉	〈卅二年坪安君鼎〉	〈陳喜壺〉		〈睡虎地・法律答問 90〉
羊	〈鄂君啓舟節〉	〈中山王𣊅方壺〉	〈陳逆簠〉		〈睡虎地・秦律雜抄 31〉
竹	〈包山 260〉	〈妤螽壺〉			〈睡虎地・封診式 81〉

平		〈屬羌鐘〉	〈平陽左庫戈〉 〈平阿左戈〉		〈睡虎地・日書甲種 17 正〉

（三）形符的增添

形符的增添，具有標義的作用。受到時代的進步與詞彙日益增繁的影響，為了明確的記錄語言，遂在原有的文字形構上，增添一個足以傳達其意義的偏旁。有時為了表明某器物的製作材質，如：包山竹簡的「戶（𢉖）」字，增添「木」旁，是為了明示製作門戶的材質。有時則是強調該字的詞性，如：〈中山王𰻞鼎〉的「克（𰀦）」、「亡（𱌵）」、「保（𱌵）」等字，增添的「又」旁、「辵」旁或是「爪」旁，皆是強調該字作為動詞使用。有時則作為地望之用，如：〈不降矛〉的「降（𱌵）」字，〈平陽高馬里戈〉的「陽（𱌵）」字，增添的「土」旁，又如：〈成陽辛城里戈〉的「陽（𱌵）」字，增添的「山」旁，其作用皆與古文字增繁的「邑」旁相同，可為明示地望的作用。有的則作為某一詞彙的專字，如：郭店竹簡〈老子〉丙本的「喪（𱌵）」字，增添「死」旁，作為「喪亡」之「喪」的專字。有的則為了表現哲學思想的用語，特地增添某一偏旁，如：郭店竹簡〈語叢二〉的「哀（𱌵）」字，增添「心」旁，強調內心的哀傷。

大致而言，秦系文字多承襲前代的文字形體，在形符的增添上十分少見。從現今出土的戰國材料言，楚系的材料最為豐富，其內容亦具多樣性，標義偏旁的增繁，十分多見。晉系文字中，以中山國文字為例，多見強調詞性的偏旁增添；齊、燕二系文字為了表明地望，常以「土」、「山」等偏旁，取代傳統習見的「邑」旁，雖然與習見之地望的表現方式不同，卻能呈現出該系統的地方色彩。

表 9－8

字例	楚系	晉系	齊系	燕系	秦系
克	〈者汈鐘〉	〈中山王𰻞鼎〉	〈墜侯因𰻞敦〉		
保	〈郭店・老子甲本 2〉	〈中山王𰻞鼎〉	〈墜侯因𰻞敦〉		〈睡虎地・封診式 86〉

降	〈郭店・五行 12〉	〈中山王璺鼎〉		〈不降矛〉	〈睡虎地・日書 甲種 128〉
陽	〈�君啓舟節〉	〈宜陽右倉簋〉	〈成陽辛城里 戈〉 〈平陽高馬里 戈〉		〈睡虎地・日書 乙種 15〉
哀	〈包山 145〉 〈郭店・語叢二 31〉	〈哀成叔鼎〉			〈睡虎地・日書 甲種 29 背〉
喪	〈郭店・老子 丙本 8〉 〈郭店・語叢 一 98〉				〈睡虎地・日書 甲種 105〉
亡	〈上博・孔子 詩論 1〉	〈中山王璺鼎〉 〈舒蛮壺〉	〈亡縱熊節〉	《古陶文彙編》 （4.85）	〈睡虎地・秦律 十八種 157〉
牙	〈曾侯乙 165〉 〈郭店・語叢 一 9〉	《古陶文彙編》 （6.102）			
戶	〈郭店・語叢 四 4〉				〈睡虎地・秦律 十八種 168〉

二、省　減

　　文字簡化的現象，於楚、晉、齊、燕四系文字中，時時可見，如：「爲」字或可寫作「
of」、「
」、「
」、「
」。由於省減後的形體不易辨識，爲了令使用者得以識讀，遂於省體的下方增添「＝」，或增添「－」，藉以表示此爲省減

之形。又如：「馬」字發展至戰國時期，或以剪裁省減的方式書寫，僅保留「馬」的部分形體，如：〈匽侯載器〉作「![字]」，或變異形體，如：《古璽彙編》（0023）作「![字]」。從不同地域的「馬」字形體觀察，齊系「馬」字的形體特異，深具地域色彩，可作為判別戰國時期齊系文字的一項依據。

形構的省減，在文字使用頻繁的戰國時期屢見不鮮。不論是省減某一部件、筆畫，或是省去重複的形體，或是以剪裁省減的方式，在楚、晉、齊、燕四系文字裡，並無硬性的規定；相反地，省減的情形，於秦系文字中卻十分少見，此種現象應與該系文字的穩定性較高有關，由於書寫心態的保守，致使一切遵循前代的作法，除非前代的文字已見省改，或是在篆書轉變為隸書的過程中勢必要採取的變易，否則不易見到文字的省變。

表 9－9

字例	楚系	晉系	齊系	燕系	秦系
告	![字]〈郭店・緇衣 47〉	![字]〈中山王嚳方壺〉 ![字]〈好𥂕壺〉	![字]〈墜子皮戈〉		![字]〈睡虎地・秦律雜抄 33〉
群		![字]〈中山王嚳鼎〉	![字]〈墜侯午簋〉		
能	![字]〈望山 1.37〉	![字]〈哀成叔鼎〉 ![字]〈中山王嚳鼎〉			![字]〈睡虎地・秦律十八種 111〉
星	![字]〈楚帛書・乙篇 1.21〉	![字]〈王立事鈹〉			![字]〈睡虎地・日書乙種 92〉
昔	![字] ![字]〈天星觀・遣策〉 ![字]〈九店 56.44〉	![字]〈中山王嚳鼎〉 ![字]〈𥂕𠨵壺〉			![字]〈詛楚文〉

幾	〈五里牌 5〉				〈睡虎地‧法律答問 135〉
馬	〈鄂君啓車節〉 〈包山 8〉	〈舒齋壺〉 《古璽彙編》（0057）	《古璽彙編》（0023）	〈匽侯載器〉	〈睡虎地‧秦律十八種 120〉
爲	〈曾侯乙鐘〉 〈鄂君啓舟節〉	〈東周左白壺〉 〈廿七年釦〉	〈墜逆簋〉 〈墜喜壺〉		〈睡虎地‧效律 27〉
聖	〈曾姬無卹壺〉	〈中山王嚳方壺〉		《古璽彙編》（0365）	〈睡虎地‧爲吏之道 45〉
善	〈信陽 1.45〉		《古陶文彙編》（3.412）	《古陶文彙編》（4.104）	〈睡虎地‧語書 11〉
零	〈郭店‧老子甲本 19〉	〈零‧平襠方足平首布〉			
奇	〈包山 75〉	〈奇氏‧平襠方足平首布〉		《古陶文彙編》（4.139）	〈睡虎地‧法律答問 161〉
曲	〈包山 260〉	《古璽彙編》（2317） 〈陽曲‧尖足平首布〉			〈睡虎地‧日書甲種 125〉

三、異體字

　　戰國時期不同的地域，其間的文字，雖同源於前代而來，但是受到各地的文化影響，致使部分文字發展出獨特的形體，形成各自的體系。異體字的產生，

或受到增繁、省減、偏旁位置經營等因素影響所致。以燕系的「年」字爲例，寫作「岽」者，係於「秊」之下半部的「人」形增添一道橫畫，以示人站立於土地之形，由於其形體與「土」相近同，再加上於豎畫上增添一道短橫畫，遂作「岽」，因筆畫增添過甚，使其發生形體變異，惟深具地域色彩，可作爲判別戰國時期燕系文字的一項依據。

　　基本上，同字異形的現象，在戰國文字中俯拾皆是，有的文字在同一地域裡，會有幾種不同的形體，如：楚系的「廟（畲，届）」字、「載（戟，軿）」字、「歲（歗，歚）」字等；有的異體字僅出現於某地域，如：燕系的「年（岽）」字、「都（都）」字等，齊系的「寅（寅）」字；有的則出現於某二個地域，如：晉、齊二系的「祖（祂，髞）」字，楚、晉二系的「絕（𢇍，𢆏）」字，楚、齊二系的「臧（臧，破）」字；有的文字在各系統的表現皆不同，如：「銖（銖，杜，鈦，鈦）」字、「乘（㮚，㮚，桼，㮚，㮚）」字等。某一異體字同時出現於某二個或是二個以上的地域者，應是受到文字的傳播影響，亦即透過政治、文化、經濟等活動，將它由甲地傳到其他的國家所致；至於各自發展出自己的文字形體者，則是依據各國對於該字的認知，因而產生的異體。

表 9－10

字例	楚系	晉系	齊系	燕系	秦系
乘	 〈曾侯乙 120〉  〈�君啓車節〉	 〈監罟囿臣石〉	 〈枲虎符〉	 《古璽彙編》（0251）	 〈睡虎地·爲吏之道 23〉
銖	 《古璽彙編》（0141） 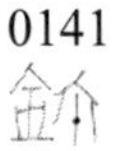 《古璽彙編》（0142）	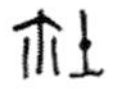 《古璽彙編》（0341）	 《古璽彙編》（025）	 《古璽彙編》（0158）	
廟	 〈郭店·性自命出 20〉	 〈中山王𰷹方壺〉			

	〈郭店·語叢四27〉				
台	〈鄂君啓車節〉	〈哀成叔鼎〉	〈十四年墜侯午敦〉	〈匽侯載器〉	〈睡虎地·日書甲種112〉
稷	〈郭店·唐虞之道10〉	〈中山王嚳鼎〉	〈子禾子釜〉		
祖		〈中山王嚳鼎〉	〈墜逆簠〉		
年	〈曾姬無卹壺〉	〈東周左𠂤壺〉〈中山王嚳鼎〉	〈十年墜侯午敦〉	〈廿年距末〉	〈睡虎地·秦律十八種35〉
寅	〈楚王酓肯簠〉		〈墜純釜〉		
純		〈中山王嚳方壺〉	〈墜純釜〉		
載	〈鄂君啓車節〉〈包山·牘1〉	〈中山王嚳方壺〉		〈匽侯載器〉	〈睡虎地·封診式68〉
絕	〈曾侯乙5〉	〈中山王嚳方壺〉			〈睡虎地·日書甲種17背〉
臧	〈包山7〉	〈安臧·平肩空首布〉	《古陶文彙編》（3.366）		〈睡虎地·法律答問36〉
歲	〈望山2.1〉〈鄂君啓舟節〉		〈墜璋方壺〉		〈睡虎地·效律20〉
都	〈包山102〉	〈中都·平襠方足平首布〉	《古璽彙編》（0272）	《古璽彙編》（0016）	〈睡虎地·法律答問95〉

| 屈 | ⟨包山 67⟩ | ⟨北屈・平襠方足平首布⟩ | | | ⟨睡虎地・為吏之道 34⟩
⟨睡虎地・日書甲種 51 背⟩ |
| 閒 | ⟨曾姬無卹壺⟩
⟨郭店・語叢三 29⟩ | ⟨兆域圖銅版⟩ | | | ⟨睡虎地・語書 2⟩ |

四、聲 化

　　文字聲化的產生，不外是受到時間與空間的影響。戰國時期不同地域中的同一個文字，除了承襲前代的文字形體外，甚少出現同時增添某一聲符的現象。此種增添聲符的因由，應是受到當地方音的影響所致。如：楚系的「兄（ ）」字增添「生」聲，晉系的「世（ ）」字增添「歹」聲，齊系的「墨（ ）」字增添「勹」聲，燕系的「國（ ）」字增添「丌」聲，秦系的「野（ ）」字增添「予」聲等。它是為了讓該字能在當地繼續的使用，並且讓使用者得以望字讀音，而產生的變通之道。

表 9－11

字例	楚系	晉系	齊系	燕系	秦系
哉	⟨曾侯乙 44⟩ ⟨曾侯乙 81⟩			⟨郾侯職戈⟩	
斗	⟨曾侯乙衣箱⟩	⟨土勻瓶⟩			⟨睡虎地・秦律十八種 74⟩
兄	⟨包山 63⟩ ⟨包山 138 反⟩				⟨睡虎地・封診式 93⟩

立	〈包山 204〉	〈中山王𧊒方壺〉	〈陳璋方壺〉	〈明·弧背燕刀〉	〈睡虎地·為吏之道 6〉
世	〈郭店·唐虞之道 3〉	〈中山王𧊒鼎〉	〈十年墜侯午敦〉		〈詛楚文〉
丘	〈包山 90〉	〈三十四年頓丘戈〉	〈子禾子釜〉		〈睡虎地·封診式 32〉
墨	〈楚帛書·甲篇 5.32〉		〈節墨之法化·齊刀〉		〈睡虎地·日書甲種 155 背〉
保	〈郭店·老子甲本 2〉	〈中山王𧊒鼎〉	〈十年墜侯午敦〉		〈睡虎地·封診式 86〉
國	〈曾侯乙 174〉	〈四年昌國鼎〉		《古陶文彙編》（4.1）	
野	〈楚王酓忎鼎〉	《古璽彙編》（3992）			〈睡虎地·為吏之道 28〉

　　總之，戰國時期「文字異形」的現象，普遍地存在每個不同的地域。不同國家或是地域者，一方面會受到自己內部的審美觀，或是政治、文化因素的影響，發展出屬於自己的獨特風格；另一方面也會受到其他國家的影響，使其形成部分區域的特色。正因為受到本身內部與外在環境的作用，遂產生同中有異或是異中有同的文字形構。

第四節　王國維東西土說商榷

　　戰國時期每個諸侯國皆有自己的法令制度，無論在貨幣的使用、車軌的制定等，皆有所不同，故許慎云：「田疇異畝，車涂異軌，律令異灋，衣冠異制，語

言異聲，文字異形。」〔註3〕正因爲地域文化與制度的不同，文字的發展雖然同樣承襲自殷商、西周、春秋文字而來，卻有不同的形體表現，因此區分文字的系統，即成爲後人於研究戰國時期文字的首要工作。爲了明辨王國維「東西土」說的正確性，以下從文字的分域與「秦用籀文，六國用古文」二個角度分別討論。

一、分域說的沿革

對於戰國文字的分域研究，自王國維提出東、西土說後，歷來學者有不同的說法。

（一）東、西土說的提出

王國維云：

> 則史籀篇文字，秦之文字，即周秦間西土之文字也。至許書所出古文，即孔子壁中書。其體與籀文、篆文頗不相近，六國遺器亦然。壁中古文者，周秦間東土之文字也。〔註4〕

又云：

> 余前作〈史籀篇疏證序〉，疑戰國時，秦用籀文，六國用古文，并以秦時古器遺文證之，後反覆漢人書，益知此說之不可易也。……觀秦書八體中有大篆無古文，而孔子壁中書與《春秋左氏傳》，凡東土之書，用古文不用大篆，是可識矣。故古文、籀文者，乃戰國時東、西二土文字之異名，其源皆出於殷周古文。〔註5〕

王國維多次於文章中，將戰國時期的文字，區分爲東土與西土文字〔註6〕，東土文字指通行於東方六國的文字，西土文字指通行於西方的秦國文字。再者，進一步地表示，通行於六國間的文字屬古文性質，通行於秦國的文字屬籀文性質，

〔註3〕（漢）許慎撰、（清）段玉裁注：《說文解字注》，頁765，臺北，黎明文化事業股份有限公司，1991年。

〔註4〕王國維：〈史籀篇疏證序〉，《定本觀堂集林》，頁254～255，臺北，世界書局，1991年。

〔註5〕王國維：〈戰國時秦用籀文六國用古文說〉，《定本觀堂集林》，頁306，臺北，世界書局，1991年。

〔註6〕王國維討論「秦用籀文，六國用古文」的說法除上列二篇文章外，又見於〈桐鄉徐氏印譜序〉、〈史記所謂古文說〉、〈漢書所謂古文說〉、〈說文所謂古文說〉等文章。

二者雖有差異，深究其根源，皆源於殷周以來的古文。

　　將秦國與東方六國的文字相較，無論在形體的增繁、省減、異化等現象，皆具有較強的保守性質。將之歸屬於西土，應無疑義。把齊、楚、燕、韓、趙、魏六國置於東土，則忽略了這些國家的文字差異。從本章第二、三節的討論，明顯發現齊、楚、燕各有其文字特色，韓、趙、魏雖分屬不同的國家，但是從文字形體、文化、地域的角度言，應屬同一個系統。

　　與東、西土說相近者，爲唐蘭之論述，他根據時代與地域的差異，將文字分爲殷周系文字、兩周系文字、六國系文字、秦系文字等四系。〔註7〕唐蘭所謂的「六國系文字」，即王國維之「六國」，亦即「東土」文字；唐蘭之「秦系文字」即類同於王國維之「秦」，屬「西土」文字。惟唐蘭所謂的「秦系文字」涵蓋的層面更廣，應包括春秋戰國、秦朝的秦文字等。其後因襲唐蘭之說，將戰國文字分爲六國文字、秦系文字者甚多，如：裘錫圭、詹鄞鑫等人。裘錫圭與詹鄞鑫更爲「秦系文字」加以正名，云：

> 秦系文字指春秋戰國時代的秦國文字以及小篆。〔註8〕

> 秦系文字指秦國自春秋至戰國及秦統一中國以後秦朝的文字。漢字在春秋中後期開始依國別或地區而分化，至戰國時代，秦與東方各國的文字分化大大加劇。〔註9〕

以時代區隔文字的系統，稱之爲「秦系文字」，其說法並未與「六國文字」之說相扞格，反而較王國維之說法更能涵蓋時代區分的問題，惟此一分類將戰國時期的秦文字另外歸於大時代下，無法明確的與戰國時期其他系統的文字相互比較。

（二）西、南、北土說的提出

胡小石云：

> 此中復分爲二派：北方以齊爲中心；南方以楚爲中心；二派蓋同出於殷而異流者也。齊、楚爲河東兩大國，鄰近諸邦，皆爲所化。北

〔註7〕唐蘭：〈古文字的四系〉，《古文字學導論》，頁5，臺北，學海出版社，1986年。

〔註8〕裘錫圭：《文字學概要》，頁76，臺北，萬卷樓圖書有限公司，1995年。

〔註9〕詹鄞鑫：《漢字說略》，頁102，臺北，洪葉文化事業有限公司，1995年。

方諸國，如邾、如曾、如鑄、如紀，以至晉、燕，皆屬齊派。魯初同於周，後亦近齊。南方諸國，如郳、如邾、如郜、如黃、如宋、如吳，皆屬楚派。至齊、楚之分，齊書整齊，而楚書流麗。整齊者流爲精嚴，而流麗者則至於奇詭不可復識。〔註10〕

胡小石將東土文字區分爲北土與南土二派，從其對於國別的歸屬，明顯可以發現其間的問題。三晉與燕國雖然地處中原、北方，深究其文字形體，始終與齊國文字相異。據本章第二、三節的討論，可以知道戰國時期楚、晉、齊、燕、秦等不同區域的文字形體，各有其特色，實在無法將東土文字簡單的區分爲北土與南土二派。

（三）南、北土說的提出

邱德修觀察器物上的文字，認爲王國維東、西土之說可改爲北土文字與南土文字。其所謂「北土文字」指通行於北方的齊魯、燕趙與西秦間的文字，「南土文字」指通行於南方的荊楚與吳越間的文字。〔註11〕其所列舉之「南土文字」的例字，有不少爲鳥書，以此作爲「南土文字」的依據，理應可從；其所謂「北土文字」的範圍過於廣泛，從現今所見不同國別的文字形體言，齊魯、燕、趙、秦的文字各有其特色，不當將之合而爲一，將這些來自不同國別的文字，簡單的區分爲南、北土系統，亦非適當。

（四）東、西、南、北、中土說的提出

陳夢家云：

東周銅器，余分爲五系：東土系，齊、魯、邾、莒、杞、鑄、薛、滕……；西土系，秦、晉、虞、虢……；南土系，吳、越、徐、楚……；北土系，燕、趙……；中土系，宋、衛、陳、蔡、鄭……。此五系者，東中西三系爲黃河流域，南系爲江淮流域，北系爲塞外。故南北兩系最易受外域文化之影響，否則常保持其地域性的發展，而其

〔註10〕 胡小石：〈古文變遷論〉，《胡小石論文集》，頁 171，上海，上海古籍出版社，1982年。

〔註11〕 邱德修：《說文解字古文釋形考述》，頁 39～47，臺北，國立臺灣師範大學國文研究所碩士論文，1974 年。

他三系乃正統的華夏文化也。〔註12〕

陳夢家將東周文字分為東、西、南、北、中等五系，而「五系」之說亦首見於陳夢家。將本章第二、三節的討論資料與陳夢家對於國別的歸屬綜合觀察，西土系的秦、晉文字各有特色，理應將晉國從「西土系」中去除；北土系的燕、趙文字亦各有特色，其中的趙國又是從晉國分化而出，無論在地理位置、歷史、文字等，皆與晉國相近，理應將晉國與趙國歸屬於同一系統；中土系的宋、蔡等國，在文字形體表現上，多見鳥書，與春秋、戰國之際的吳、越、徐、楚銘文中所見的鳥書相近，理應合併為一個系統，衛、鄭二國的文字形體，亦與晉、趙等國相近，宜將之合併為一類。

（五）東、西、南、中土說的提出

白川靜云：

> 西土系，秦、虢、虞、芮、蘇、三晉、匽（燕）；中土系，鄭、鄧、郜、宋、陳、蔡、許；東土系，齊、魯、紀、鼄、杞、邾、小邾、祝、薛、滕、邞；南土系，曾、楚、徐、吳、越。〔註13〕

白川靜的主張，基本上是根據陳夢家的分類而略作調整，對於國別的歸屬，亦具有相同的缺失，皆未考慮其間的文字差異。如：將秦、三晉、燕同置於西土系，將鄭、宋、蔡同置於中土系。三晉與鄭的文字形體相近，不宜分屬不同的系統，蔡、宋二國的文字中出現許多的鳥書，與南土系統相近，宜列入南土系，燕國文字有其獨特的表現，應另立為北土系。未能依據各國的文字形體特色區隔，將之落實於春秋中晚期之後的文字現象，明顯可見歸屬的不當。

（六）戰國五系說的提出

將戰國時期的文字分為五個系統者，首推李學勤，李學勤於〈戰國時代的秦國銅器〉云：

> 戰國時代的漢字可分為秦、三晉（周衛附）、齊、燕、楚五式。〔註14〕

〔註12〕陳夢家：〈中國銅器概述〉，《海外中國銅器圖錄》，頁4，臺北，台聯國風出版社，1976年。

〔註13〕白川靜：〈列國〉，《金文集（四）》，頁1，日本東京都，二玄社，1975年。

〔註14〕李學勤：〈戰國時代的秦國銅器〉，《文物》1957年第8期，頁38。

其後李學勤又將秦、三晉、齊、燕、楚五式說，改爲齊國、燕國、三晉、兩周、楚國、秦國六系，將原本附於三晉系的「周衛」獨立。〔註15〕此外，李學勤透過文獻與考古的研究，又將東周列國分爲七個文化區：

> 以周爲中心，北到晉國南部，南到鄭國、衛國，也就是戰國時周和三晉（不包括趙國北部）一帶，地處黃河中游，可稱爲中原文化圈。……在中原方面，包括趙國北部、中山國、燕國以及更北的方國部族，構成北方文化圈。……今山東省範圍內，齊、魯和若干小諸侯國合爲齊魯文化圈。其中的魯國，保存周的傳統最多，不過從出土文物的風格看，在文化面貌上更近於齊，而與三晉有別。在這個文化圈的南部，一些歷史久遠的小國仍有東夷古代文化的痕跡。子姓的宋國也可附屬於此。長江中游的楚國是另一龐大文化圈的中心，……淮水流域和長江下游有一系列嬴姓、偃姓小國如徐國和群舒等，還有吳國和越國。……西南的今四川省有巴、蜀兩國，加以今雲南省的滇以及西南其他部族，是巴蜀滇文化圈。……關中的秦國雄長於廣大的西北地區，稱之爲秦文化圈可能是適宜的。〔註16〕

李學勤將戰國時期的文字分爲「五式」，或又分爲「六系」，其分類應屬正確。至若以「文化圈」區隔不同地域的特色亦可行，只是用於稱謂上過於繞口，如：楚文化圈文字系統、北方文化圈文字系統、中原文化圈文字系統等。

　　自從李學勤將戰國文字分爲五系之後，海峽兩岸學者大多承襲其分類，將戰國文字分爲楚系、晉系（或三晉系）、齊系、燕系、秦系等五系文字。從楚系、晉系、齊系的組成分子觀察，楚系裡包含吳、越、宋、曾等國，晉系包含晉、韓、趙、魏、衛、東西周、中山等國，齊系包含齊、魯等國，其間的組合成分非屬單一，係將幾個在文化、文字等方面，有關聯的個體加以聯屬，因而產生「系」的觀念。相較之下，燕、秦二者，一個位居北方，一個地處西方，二者並無其他在文化、文字上有所關聯的國家與之相聯屬，稱爲「系」，將無法與楚、

〔註15〕 李學勤：〈戰國題銘概述（上）〉，《文物》1959 年第 7 期，頁 50～54；李學勤：〈戰國題銘概述（中）〉，《文物》1959 年第 8 期，頁 60～63；李學勤：〈戰國題銘概述（下）〉，《文物》1959 年第 9 期，頁 58～62。

〔註16〕 李學勤：《東周與秦代文明》，頁 15～16，北京，文物出版社，1984 年。

晉、齊稱「系」者相符。若採用李學勤「文化圈」分域的觀念，楚、晉、齊、燕、秦原本自成一個系統，再加上配合楚、晉、齊稱「系」的說法，燕、秦或可採取寬鬆的稱謂，將之稱爲秦系、燕系。

二、東、西土說的檢討

王國維提出東、西土的說法後，其後的學者對於文字有東土與西土之別，亦有不同的意見，如：郭沫若云：

> 曩者王國維倡爲「戰國時秦用籀文六國用古文說」，自以爲「不可易」，學者已多疑之。今此器（驫羌鐘）乃戰國時韓器，下距嬴秦兼併天下僅百六十年，而其字體上與秦石鼓、秦公簋，中與同時代之商鞅量、商鞅戟，下與秦刻石、秦權量相較，並無何等詭異之處，僅此已足易王之肊說而有餘矣。〔註17〕

從現今的資料顯示，戰國時期的文字，由於不同的地域而有不同的特色表現，因此將之分類確屬必要。又據上列「分域說的沿革」之討論，已經知曉歷來學者在分類上的缺失，所以郭沫若反對戰國時期各國間文字形體有所差異的說法，實無意義。郭沫若以爲王國維的說法爲臆說，實受到當時的環境所致，亦即郭沫若當時所見的器物尚少，未能比較其間的差異，遂對王國維的說法產生質疑。

此外，蔣善國云：

> 至于說古文是齊魯東土的文字，籀文是秦國西土的文字，是不正確的。……不論秦、齊，都是用一種當時通行的文字，本沒有什麼西土、東土之別。……戰國時文不但沒有西土與北土的分別，並且有沒有東土與南土的分別。〔註18〕

蔣善國反對將古文歸屬於齊魯的東土文字，籀文歸屬於秦國的西土文字，他認爲在當時並無所謂的東、西、南、北土文字的分別，各國所用的文字皆爲當時通行的文字。然而，隨著出土材料的逐年增加，可以發現書寫於不同材料的文字，多有不同的字形，相對地，不同地域出土的文字，其字形也往往不同，倘

〔註17〕郭沫若：〈驫羌鐘銘考釋〉，《金文叢考》，頁362，北京，人民出版社，1954年。
〔註18〕蔣善國：《漢字形體學》，頁135～137，北京，文字改革出版社，1959年。

若當時只有一種通行的文字，何以產生這種現象。據此可知，蔣善國所謂戰國時期文字無東、西、南、北土的說法，實已不可成立。

　　根據本章第二、三節的討論與觀察，戰國時期非僅諸侯分立，在文字的形體上亦各具特色。以金文的裝飾符號為例，位處南方的吳、越、楚、宋、蔡等國，自春秋晚期至戰國初期，即流行鳥書，其後又可見楚國將筆畫極盡的彎曲、盤延，並將垂露點增添其間；從形體結構言，以楚簡帛文字為例，從「竹」之字，大多於豎畫上增添短橫畫，寫作「竹」，「歲」字悉寫作「歲」。晉系文字裡，以中山國的文字最具特色，「彡」、「ㄱ」、「ℂ」、「乚」，僅見於該國的銘文中。齊系文字從「各」之字，多將短斜畫增添於「夂」的較長筆畫上，寫作「各」。燕系文字從「長」之字，多將短斜畫增添於「長」的較長筆畫上，寫作「長」。秦系文字的穩定性較強，形體的變化不大，但是在篆書轉變為隸書的過程中，往往會將文字省改，失去原有的形構。

　　從王國維提出東、西土說之後，修正其說法的學者甚眾，從六國系、秦系，南、北土，西、南、北土，至東、西、南、北、中土等，各有其分類的標準，說法雖多，仔細檢視其間的國別歸屬，並且將之落實於文字上，其分類仍有諸多的漏洞。亦即未能依據各國間文字形體的特色，加以分門歸類。儘管從現今的材料觀察，以李學勤將之區分為楚系、三晉系、齊系、燕系、秦系的說法較為正確，可是王國維的貢獻仍不能一筆抹殺，若非他開啟這麼一個研究的主題，後人如何將之發展？事實上，從時代的角度言，王國維在當時提出東、西土之說，並非有誤，若以今人所見之眾多的出土材料，糾責其是非，未免過於苛刻。倘若王國維能生存至今，並且親睹如此多的出土材料，勢必能作出更精細的分類。

三、「秦用籀文，六國用古文」說檢討

　　《說文解字》保留許多古文與籀文的資料，古文共有四百六十四組，籀文共有二百一十四組，透過相關文字的比對，即可知曉王國維所謂「秦用籀文，六國用古文」的說法是否正確。以下茲就戰國時期的文字，觀察其字形與《說文解字》收錄的古、籀文相合情形。

表 9－12

字例	小篆	古文	楚系	晉系	齊系	燕系	秦系
一	一	弌	弌〈郭店・緇衣 17〉				
社	社	禮		禮〈中山王響鼎〉			
王	王	玉	王〈者沪鎛〉				
玉	玉	玉	玉〈包山 3〉				玉〈詛楚文〉
中	中	中	中〈番仲戈〉				
莊	莊	庄	庄〈郭店・語叢三 9〉				
君	君	君	君〈包山 4〉	君〈中山王響鼎〉			
嚴	嚴	嚴		嚴〈中山王響方壺〉			
正	正	正			正〈禾簋〉		
造	造	造			造〈陰平劍〉		
返	返	返		返〈好蚉壺〉			
近	近	近	近〈望山 2.45〉				
往	往	往	往〈郭店・語叢四 2〉				
退	退	退	退〈楚帛書・乙篇 8.6〉	退〈兆域圖銅版〉			

			〈中山王䁹方壺〉		
後	後	趓	〈曾姬無卹壺〉　〈包山 227〉	〈中山王䁹鼎〉	
得	得	㝵	〈包山 22〉	〈中山王䁹鼎〉	〈子禾子釜〉
御	御	馭	〈曾侯乙 7〉　〈天星觀・卜筮〉		
齒	齒	�	〈仰天湖 25〉		
牙	牙	㸦	〈曾侯乙 165〉　〈郭店・緇衣 9〉	《古陶文彙編》（6.102）	
商	商	㕯	〈曾侯乙鐘〉　〈雨臺山 2〉		
謀	謀	㥁	〈郭店・緇衣 22〉	〈中山王䁹鼎〉	
僕	僕	㚆	〈包山 137 反〉		
弇	弇	㘥	〈郭店・六德 31〉		
共	共	㔾	〈包山 239〉		

字						
			〈楚帛書·甲篇 7.5〉			
與			〈信陽 1.3〉			
要						〈睡虎地·日書甲種 73 反〉
革			〈曾侯乙 48〉			
及			〈郭店·語叢二 19〉			
彗			〈曾侯乙 9〉			
友			〈郭店·語叢三 6〉 〈郭店·語叢三 62〉			
教			〈郭店·唐虞之道 4〉			
學				〈中山王嚳鼎〉		
善					《古陶文彙編》（3.412）	
反				〈甫反一釿·弧襠方足平首布〉		〈王后鼎〉
目			〈郭店·五行 45〉			

睹	瞻	覩	𥇡〈包山 19〉				
百	百	百	百〈郭店‧忠信之道 7〉	百〈中山王𧊒鼎〉			
難	𪁈	𪁈 𪁈 𪁈	𪁈〈包山 236〉				
烏	烏	𪀁	於〈鄂君啓舟節〉 於〈包山 219〉				
棄	棄	棄	棄〈包山 179〉	棄〈中山王𧊒鼎〉			
敢	敢	敢	敢〈包山 135〉				
死	死	死	死〈望山 1.176〉				
臍	臍	臍	臍〈包山 168〉				
利	利	利	利〈包山 135〉 利〈包山 174〉				
剛	剛	剛	剛〈郭店‧老子甲本 6〉 剛〈楚王酓忎盤〉				
巨	巨	巨	巨〈曾侯乙 172〉			巨〈燕王詈矛〉	
甚	甚	甚	甚〈郭店‧唐虞之道 24〉				

旨			〈郭店·緇衣 10〉		《古陶文彙編》（3.320）	
平					〈平阿左戈〉	
虐			〈天星觀·卜筮〉 〈信陽 1.15〉			〈詛楚文〉
養			〈郭店·唐虞之道 10〉			
倉			〈郭店·太一生水 3〉	〈宜陽右倉鼎〉		
侯			〈曾侯乙簠〉	〈中山王礜方壺〉	〈墜侯因脊敦〉	〈鄘侯職戈〉
嗇						〈睡虎地·效律 28〉
舜			〈郭店·唐虞之道 1〉			
弟			〈郭店·唐虞之道 5〉			
乘			〈天星觀·遣策〉		《古璽彙編》（0251）	
本			〈信陽 2.3〉			
生			〈包山 99〉	〈好盜壺〉		

南	凷	峯	峯〈包 90〉	峯〈少曲市南·平肩空首布〉			
賓	寊	寊	寊〈曾侯乙鐘〉 貟〈郭店·性自命出 66〉				
時	暊	旹	旹〈包山 137 反〉	旹〈中山王䱩方壺〉			
游	游	遊	遊〈包山 175〉				
旅	旅	旅	旅〈包山 116〉				
期	期	丂	期〈包山 36〉 丂〈包山 46〉				
明	明	明	明〈楚帛書·乙篇 9.16〉	明〈䲷羌鐘〉	明〈明·弧背齊刀〉	明〈明·弧背燕刀〉	
外	外	外	外〈天星觀·卜筮〉	外〈中山王䱩方壺〉			
多	多	多	多〈包山 271〉				
栗	栗	栗	栗〈包山 264〉				
宅	宅	宅	宅〈包山 155〉 宅〈包山 190〉	宅〈宅陽·平襠方足平首布〉			

宜	宜	宜宜	家 〈天星觀・卜筮〉 家 〈包山 134〉	〈中山王嚳鼎〉			
呂	呂	吕	吕 〈曾侯乙鐘〉				吕 〈八年相邦呂不韋戈〉
席	席	席	席 〈曾侯乙 76〉				
市	市	市	市 〈曾侯乙 129〉				
保	保	保采		保 〈中山王嚳鼎〉			
仁	仁	仁	仁 〈包山 180〉 妥 〈郭店・五行 9〉	仁 〈中山王嚳鼎〉			
侮	侮	侮		仲 〈中山王嚳鼎〉			
丘	丘	坐	坐 〈包山 237〉				
量	量	量	量 〈包山 149〉	量 〈廿七年大梁司寇鼎〉			
衰	衰	森	森 〈郭店・六德 27〉				
裘	裘	求	求 〈包山 63〉				求 〈詛楚文〉
履	履	履	履 〈包山 163〉				
般	般	股	股 〈仰天湖 39〉				

首			〈包山270〉				
鬼					〈陳肪簋蓋〉		
嶽					《古陶文彙編》（3.497）		
廟			〈郭店·性自命出63〉	〈中山王譻方壺〉			
長			〈包山230〉	〈四年鄭令戈〉	《古璽彙編》（0224）	《古璽彙編》（0022）	
兜							〈睡虎地·日書甲種157背〉
驅							〈睡虎地·日書甲種157背〉
狂			〈包山22〉				
熾			〈包山139〉				
吳			〈郭店·唐虞之道1〉				
慎			〈郭店·語叢一46〉				
恕			〈郭店·語叢二26〉	〈好盗壺〉			

愛	𢜪	𢝬	𢝇⟨包山 236⟩				
恐	𢙇	𢝇	𢙏⟨九店 621.13⟩	𢛢⟨中山王𰈻鼎⟩			
淵	淵	囦	囦⟨郭店‧性自命出 62⟩				
巠	坙	巠	巠⟨郭店‧性自命出 65⟩				
州	𠂹	州	州⟨包山 27⟩	州州⟨平州‧尖足平首布⟩		州⟨右洀州還矛⟩	
多	宂	宂	宂⟨包山 2⟩		舟⟨墜璋方壺⟩		
云	雲	云云					云⟨睡虎地‧法律答問 20⟩
至	𡳿	坣	坣⟨曾侯乙 121⟩	坣⟨中山王𰈻鼎⟩			
西	卥	卥	卥⟨楚王酓章鎛⟩	卥⟨西匕‧直刀⟩	卥《古陶文彙編》（3.431）		
戶	戶	戾	戾⟨包山‧簽⟩				
閒	閒	閒	閒⟨曾姬無卹壺⟩				
聞	聞	睧	𦕑⟨鄝客問量⟩ 睧⟨包山 130 反⟩	睧⟨中山王𰈻鼎⟩			

手	手	手	手〈郭店・五行45〉				
妻	妻	妻	妻〈包山91〉				
奴	奴	奴	奴〈包山122〉	奴《古陶文彙編》（6.195）			
民	民	民	民〈楚帛書・乙篇5.25〉				
我	我	我	我〈郭店・老子甲本31〉	我〈令狐君嗣子壺〉			
無	無	无					无〈睡虎地・爲吏之道43〉
曲	曲	曲	曲〈包山260〉				
絕	絕	絕	絕〈曾侯乙14〉	絕〈中山王響方壺〉			
紹	紹	紹	紹〈楚王酓忑盤〉				
終	終	終	終〈曾侯乙簠〉				
彝	彝	彝	彝〈楚王酓章鎛〉				
二	二	弍	弍〈郭店・語叢三67〉			弍〈繳窓君扁壺〉	
恆	恆	死	死〈包山217〉				

堂	堂	堂	堂〈兆域圖銅版〉				
毇	毇	毇	毇〈�君啓車節〉				毇〈睡虎地・秦律十八種 43〉
堯	堯	堯	林〈郭店・六德 7〉				
圭	圭	珪	珪〈郭店・緇衣 35〉				
堇	堇	堇	墓〈郭店・老子甲本 24〉		堇〈齊陳曼簠〉		
野	野	壄	壄〈楚王酓忎鼎〉				壄〈睡虎地・日書甲種 144〉
勳	勳	勳		勳〈中山王𧫷方壺〉			
勇	勇	勇	勇〈郭店・性自命出 63〉				勇〈睡虎地・為吏之道 34〉
金	金	金	金〈曾侯乙 20〉		金〈陳猷簠蓋〉		
鈕	鈕	玨	玨〈包山 214〉				
四	四	亖	亖〈見金四朱・銅錢牌〉				
五	五	乂	乂〈集刌鼎〉	乂〈武平・尖足平首布〉	乂〈明・弧背齊刀〉	乂〈明・弧背燕刀〉	
成	成	成	成〈包山 91〉				
己	己	己	己〈包山 150〉				

辜	𦮙	𢽳	 𢽳〈好蚉壺〉			
寅 	寅	𤲬			𡩋〈塦純釜〉	
牆	牆	牆	 牆〈信陽 2.21〉	 牆〈中山王𭹪方壺〉		
亥	𠄌	𠅏	 𠅏〈噩君啓舟節〉			

　　從（表 9－12）所示，戰國文字中，楚系與《說文解字》收錄的古文字形相近同的比率最高，爲 24.78%，晉系爲 9.05%，齊系爲 3.66%，燕系爲 1.94%，秦系爲 2.80%。從字形相合的總比率言，古文在東方的楚、晉、齊、燕四系中確實較爲通行，但是卻無法將之與西方的秦系文字一切爲二；其次，若觀察單一的地域系統，燕系的相合度最低，齊系與秦系的相合度亦相差無幾，由此可知古文於戰國的五系文字裡僅是使用時普及與否的差異，並無「秦用籀文，六國用古文」的區分。再者，關於王國維之「秦用籀文，六國用古文」的說法，何琳儀曾言：「因此在《說文》古文中很難找到秦文字的踪影」〔註19〕，今將之與（表 9－12）對照，亦可知其說的缺失。

表 9－13

字例	小篆	籀文	楚系	晉系	齊系	燕系	秦系
折	 𣂏	 𣂏	 𣂏〈楚帛書·丙篇 10.3〉				
嗌	 嗌	𣴎	 𣴎〈天星觀·卜筮〉				
登	豋	 �	 �〈包山 175〉		 �〈十四年塦侯午敦〉		

〔註19〕何琳儀：《戰國文字通論》，頁 51，北京，中華書局，1989 年。

迹	迹	迹					迹 〈睡虎地・封 診式 34〉
徂	徂	徂	遻 〈包山 188〉				
兵	兵	兵					兵 〈新郪虎符〉
晝	晝	晝	晝 〈楚帛書・甲 篇 8.8〉				
臧	臧	臧					臧 〈睡虎地・ 法律答問 197〉
敗	敗	敗	敗 〈包山 23〉				
則	則	則	則 〈�君啓舟節〉	則 〈㝡羌鐘〉			則 〈詛楚文〉
劍	劍	劍					劍 〈睡虎地・法 律答問 84〉
全	全	全	全 〈包山 237〉				
宣	宣	宣			宣 〈陳逆簠〉		
樹	樹	樹	樹 〈郭店・語叢 三 46〉				
槃	槃	槃	槃 〈楚王酓肯盤〉				
員	員	員	員 〈郭店・語叢 三 16〉				

昌			《古璽彙編》（0006）		《古陶文彙編》（4.79）	〈睡虎地·日書甲種120〉
昔				《古陶文彙編》（3.362）		
秦			〈包山168〉	〈䲷羌鐘〉	《古陶文彙編》（4.108）	
頂				〈魚鼎匕〉		
奢						〈詛楚文〉
姓					〈十四年陳侯午敦〉	
紟			〈包山254〉			
䶍			〈包山4〉		〈武城戈〉	
四			〈包山111〉	〈𤥛𬬻壺〉	〈十四年陳侯午敦〉	

　　由（表 9－13）所示，戰國文字裡，楚系與《說文解字》收錄的籀文字形相近同的比率最高，為 7.01%，晉系為 2.34%，齊系為 2.80%，燕系為 0.93%，秦系為 3.27%。籀文所呈現的結果，與古文相同，亦即戰國時期在籀文的使用上，只有使用時普及與否的差異。若以字形相合的比率言，「秦用籀文」之說，的確無法與事實相符。

　　總之，王國維提出文字分域的作法，非僅正確也具有開創性的作用，至於「秦用籀文，六國用古文」之說，將之與現今出土的戰國文字相較，實為臆說。

第五節　小　結

　　文字在漫長的演變過程中，為了追求形體結構的完整，以及正確、詳實的記錄語言，朝向增繁而發展；相反地，為了書寫的便捷，卻又趨向省減一途。基本上，增繁與省減係文字演變上的主要途徑，由於形體的增減，因而引發形體的變異，其中包括訛變、類化、異化等。從時間層面觀察，造字之始，主要以象形、指事、會意字為主，後來才出現形聲字；發展至戰國時期，由於文字使用的需求大增，使得形聲字大量的出現。造成形聲字出現的因素，除了某些文字流行既久，表音的特徵模糊外，有時為了區別字形、或是為了假借字而造本字，也會產生形聲字。文字形體的變化，並非憑空產生，它是有所承繼。某字的形體，可以自殷商甲骨文至戰國文字一脈相承，不作任何的改變，有時則會產生形體的變異。變異的發生，實際上仍受到增繁與省減的影響。換言之，某文字的形體結構，倘若增減過甚，容易使得文字發生變異。此外，「方塊」概念日漸地形成，原本圖畫性質的文字，為了符合「方塊」，遂將不容分割的形體，切割成上下或左右兩個部分，使得文字產生訛變。

　　文字發展至春秋中晚期之後，不同的諸侯國，逐漸發展出各自的文字形體。當它面對不同的地域，首先必須解決音讀的問題，亦即選擇一個符合當地方音的字，作為標音的偏旁，以為識讀之需。其次，各國的風俗、美學觀念的差異，也使得文字的形體發生變化，鳥書、垂露體等書寫的方式，即因美學觀念的不同，而僅流行於南方的楚地。

　　漢字始終於增繁與省減中搖擺，當文字增繁過甚，即趨於省減一途，當文字省減得太過，又回到增繁的路線。從文字的發展觀察，春秋時期的文字，無論在增繁或是省減上，其表現皆較戰國時期簡單。以增添的飾筆為例，春秋時期多以小圓點或是短橫畫為主，戰國時期則有小圓點、半圓點、垂露點、短橫畫、短斜畫、「 」、「 」、「 」、「 」等；又以省減為例，春秋時期或省減某字的筆畫、部件、偏旁，戰國時期除了承襲春秋時期的省減方式外，又發展出剪裁省減的方式，省略文字的形體。總之，發展到戰國時期，文字異形的現象十分嚴重。某一個文字在不同的地域，往往有其特殊的形體表現，如：楚系之曾國「斗」字增添聲符「土」，寫作「 」；晉系之中山國「立」字增添聲符「胃」，

寫作「㘴」，通假爲「位」；齊系「墨」字增添聲符「勹」，寫作「䵮」；秦系「埜（野）」字增添聲符「予」，寫作「埜」。

此外，各地域的文字，雖然有著相同的來源，但是在國界的分隔下，也發展出自己的特色，形成深具地域色彩的字形，如：楚系的「劍（鈘）」、「新（䚲）」、「竹（竹）」、「昔（昔）」、「歲（歲）」、「兄（雅）」、「中（命 或 㐀）」、「火（大）」等字，晉系的「馬（馬）」、「老（老）」等字，齊系的「寅（寅）」、「馬（馬）」、「張（㲳）」、「客（客）」、「平（平）」、「陽（陽 或 陽）」、「乘（乘）」、「立（立）」等字，燕系的「長（长）」、「年（年）」、「中（中）」、「器（器）」、「尚（尚）」、「降（降）」、「乘（乘）」、「都（都）」等字，秦系的「爲（爲）」、「萬（萬）」、「既（既）」等字。透過文字形體的特點，可作爲判別所屬地域的一項依據。

從銅器、簡牘帛書、陶文、璽印、玉石、貨幣等文字觀察，一般而言，銅器上所鑄的文字形體大多較爲莊重嚴整，若以刻寫的方式爲之，往往流於輕率，或是任意的省改，風格與所鑄的銘文迥異。此外，戰國中期以後的銘文，其文字多爲刻寫，大多趨近於簡牘帛書上所見的形體，朝向扁平發展。簡牘帛書以筆墨書寫，抄寫者爲求書寫的便利，時常任意省減文字的形體，或見一字多形等現象。從現今出土的戰國早期竹簡觀察，曾侯乙墓竹簡上的文字大抵修長，形體多與銘文相近同，應是受到早期銘文書寫的習慣影響所致；戰國中期以後銘文形體與簡牘帛書相近，則是受到簡牘帛書的影響。由此可知，書寫材料的不同，以及書寫的習慣，確實會影響到文字形體的發展。至於璽印與陶文等，多屬刻寫所致，其任意的省減與變改，與簡牘帛書相差無幾。

由飾筆與飾紋的增添方式、種類，以及形體的差異，我們十分肯定戰國文字分域研究的必要性。王國維身處清末民國初年之際，當時戰國時期的文物並不多見，王國維能從極少數物件上的文字，提出東、西土說，若非具有一定的學術涵養，以及超凡的才識，實難有此卓見。儘管從今日所見的材料觀察、比對、分析，王國維將戰國文字分爲東土與西土的作法，不免過於粗疏，但是若非在其學說的基礎上發展，何能有現在分域研究的成果？所以王國維的東土、西土之說，一方面具有開創性的作用，一方面也是戰國文字研究上的重要里程碑，實不容以後人的研究成果，一筆抹殺其成就。

第十章　結　論

第一節　戰國文字變易原則

　　從戰國時期的材料觀察，無論分為楚、晉、齊、燕、秦五個不同的系統，或是分為銅器、簡牘帛書、璽印、玉石、貨幣、陶器等類別，書寫於不同材質的文字，其間文字的變化趨勢，卻是相近同；究其趨勢，主要分為增繁、省減、異化、訛變、類化、合文等方面。其間的形體結構變化，表面上看似任意為之，事實上有其一定的法則，茲將本論文考察結果，臚列於下。

一、飾紋與飾筆大多增添於偏旁、部件、筆畫的上、下、左、右側

（一）鳥書書寫以不破壞字之原構為原則而加注鳥形

　　採取鳥書形式者，或將鳥形置於某字的上、下、左、右側，亦將某字置於鳥形的形體中，或將鳥形融入文字的形構，不論如何的書寫，只要不破壞該字的形體結構，使其無法成字，皆能以鳥書的方式書寫。

（二）飾筆種類繁多，不同的飾筆，在位置的安排上，有其限制

1. 小圓點「‧」只能增添於豎畫、較長的筆畫，或是從「口」、「○」的部件中，無法隨意地將之置於橫畫的上、下、左、右側。
2. 小空心圓點「。」大多添置在豎畫或是較長的筆畫。
3. 半圓點受限於形體，只能增添於豎畫、較長的筆畫。
4. 短橫畫「－」只要不破壞原本的形體，使其不成文字，幾乎任何位置多

可添加。

5. 短斜畫「′」或「″」、「‵」的形體傾斜，多添加於部件或是偏旁的左、右側。

二、無義偏旁多增添於某字或偏旁的上、下側

無義偏旁的增添，或求結構的穩定，或為單純的裝飾，由於無義偏旁可有可無，在增添的位置上，習見於某一偏旁或是某字的下側，或是上側。

三、為突顯某字的意義而添加義符

（一）字義未能彰顯而增添義符

造字之始，並未料及千百年後社會、物質等生活會進步神速，由於生活形態的改變，為了詳實的記錄生活中的一切，原本的文字往往不敷使用，儘管可以使用，卻受限於意義不夠明確，為了解決此一問題，並將該字的屬性或是意義表現，增添一個相關的義符，以為表義之需。

（二）為區別名、動等詞性的不同而增添義符

漢字並不具有區別詞性的符號，常隨著所處的語言環境，才有名詞、動詞、代名詞等差異，為了解決此一問題，使得名、動詞之間有所區別，古人習慣增添「又」、「止」、「辵」等偏旁，以示為動詞的詞性

（三）表示為某種性質的專字而增添義符

同一個文字，為了強調某字作為地望、或是國名使用時，一般習見增添「邑」旁，表示該字為地望或國名之字。在燕系文字中，則以增添「土」旁取代「邑」旁的作用，齊系文字或增添「土」旁、或增添「山」旁，取代「邑」旁的作用。

四、為了文字識讀之便而增添聲符

（一）記錄方音時增添符合該地方音的聲符，以供判讀

甲地的文字，流傳到乙地，由於各地方音的差異，這些文字並非全部能為乙地所接受，為了使乙地的使用者容易識讀，而在某字既有的形體結構上，增添一個乙地熟悉的偏旁，作為聲符所在。

（二）文字流行既久而讀音未明，增添新聲符以明其音

有一部分的文字，因為距離造字之始甚久，原本表音的偏旁，或因語音的

遞變，無法爲後代的使用者接受，甚或是識讀，而在該字原有的形體結構上，增添一個當時所熟悉的偏旁，作爲聲符所在。

（三）象形、指事、會意因形體省減，使其特徵消失，而增添聲符以利判讀

原本具有讀音的象形、指事、會意字，在文字演變的過程，有時因形體的省減，致使原有的特徵消失，而在既有的形體結構上，增添一個當代所熟悉的偏旁，作爲聲符所在。

（四）為區別形近之字而增添聲符

某些文字的形體相近，當它單獨使用時，有時容易混淆，爲了區別二者的差異，增添一個聲符，作爲辨識之用。

（五）使借字與被借字各自擁有音讀而增添聲符

漢字中有所謂「假借」的現象，「本無其字」者，往往要透過聲韻的關係，借用他字的形體，爲了使借字與被借字，皆能有其專屬的字形、字音、字義，在「本有其字」的形體結構上，增添一個聲符，使其成爲一個形聲字，而將此新的形聲字讓「本無其字」者所承繼，藉以區別借字與被借字。

五、不任意簡化文字

（一）文字省減以不破壞該字聲符為原則

文字形體的省減，無論如何的省改，基本上以不破壞該字的聲符爲主要目標，一般係將表音的部分，省減若干的筆畫或是部分形體，對於該字的音讀不會產生太大的困難。但是，此項省減的規則，往往未能於貨幣文字上貫徹。貨幣文字受限於書寫的面積，或將義符或是聲符的部分省減，使其驟視之不知爲何字，必須透過相同的貨幣資料比對，才能辨識。

（二）減省書寫，為便於識讀，於該字下方標示「＝」符號

剪裁省減的書寫方式，係從某字的整體形構中，選擇部分的形體，作爲該字的代表，而被省減的部分，往往大於保留的形體。由於省減過甚，爲了使省減後的形體，容易爲使用者所辨識，遂將「＝」增添在該字的下方，藉以表示該字爲省減後的形體。

六、配合書寫工具，或是視覺的感受，由兩個或兩個以上偏旁組合的字，自由經營其位置

　　文字的形體，會因偏旁位置的經營而有不同的表現。大致而言，偏旁位置的經營，會受到偏旁數目的多寡、更換的偏旁、以及偏旁的形體長寬等因素，作一番的調整。兩周時期偏旁位置不固定的現象，係承襲殷商甲骨文而來，只要能符合平衡、對稱的效果，大多可以任意的調動，並無識別上的困難。秦、漢以後的文字，偏旁一經調動，時常變成兩個不同的文字，如：由二個「朿」組合之字，採取左右式作「棘」，採取上下式作「棗」，又如：從心俞聲之字，採取左右式作「愉」，採取上下式作「愈」，又如：從心亡聲之字，採取左右式作「忙」，採取上下式作「忘」，無論形、音、義皆可能有所差異，這種因偏旁位置的改變而產生新的文字之現象，係文字統一、制度化的結果，與戰國時期所見的偏旁位置不固定，其結果是不同的。

七、使書寫便捷，將原本象形成分濃厚的文字，改以線條取代，但不任意分割形體

　　從甲骨文觀察，部分屬於象形的文字，發展到西周時期，尚保有原本的形體，一旦到了春秋、戰國時期，這些象形意味濃厚的文字，常為線條取代。深究變易的因素，這些文字書寫不易，彎曲的形體，造成書寫的不便，在需要大量運用文字記錄的情形下，惟有透過幾個簡單的筆畫取代，進而達到簡化的目的。又象形文字往往一體成形，不容許將其形體任意的分割。然而隨著時代的發展，方塊字觀念的興起，某些象形文字為了配合方塊，遂將過長或是過寬的形體割裂，使得原有的形體不復存，造成文字的訛誤。

八、形符的形體相近，或意義相近同、具有相當的聯繫者，而兩相代換

（一）形體近同的偏旁而兩相代換

　　形符的代換，須在形體、或是意義上，具有若干相近或相同的關係。從戰國文字觀察，凡是作為形符者，若具有形體相近同的關係，多兩相替代。

（二）意義相同、同類的偏旁而兩相代換

　　古文字裡凡是作為形符的兩個字，其間的意義相同，或是屬於同一類者，大多彼此替換。由於意義的相同或是同類會造成偏旁的替換，使得某些偏旁因為繫聯的關係，與甲偏旁代換，亦與乙、丙、丁等偏旁代換，無形間擴大了義

近形符代換的範圍。

（三）在意義上具有相當的聯繫而兩相代換

原本兩個不同意義的形符，可以透過社會習俗、認知、語辭的使用習慣，予以聯繫，進而發生替換，甚至因取象的不同，或是語意改變的因素，使不同類的偏旁進行替換。

九、具有聲韻關係的偏旁而兩相代換

（一）凡聲符為聲母與聲子關係者而兩相代換

戰國文字中，聲符替代的現象，以具有聲母、聲子關係的替代較爲常見。由於所從之聲符相近同，只是形體的差異，在書寫上容易以筆畫少者取代筆畫多者。

（二）某字為滿足不同方音，而用當地的方言系統改換其聲符

甲地使用的形聲字，流傳到其他的地域，由於彼此的語言系統並不完全相同，爲了使其他地方的使用者得以識讀，而改換原本的聲符，以各地所認知的文字，作爲聲符所在，藉以標示音讀，如：楚系的「廚」字寫作從肉豆聲的「脰」，晉系的「廚」字寫作從肉朱聲的「胏」或是從广朱聲的「床」。

（三）為了延續表意，將原本未顯的聲符，以今音取代

某些早期所造的形聲字，流傳到後代，由於語音的改變，早期的聲符，以今音讀之，無法爲今人所認同，惟有將原本的聲符改換，或是疊加一個新的聲符，以爲標音之用，如：「龏」字本從廾龍聲，春秋戰國時或在從廾龍聲的形體上再添加「兄」聲。

十、文字在隸變的過程，某些原本不同形體的字，化異爲同，形成相同的形體

從戰國文字觀察，兩周時期的篆文改爲隸書時，有時會將幾個不同來源的文字，改變其形體結構，使其得以歸於同類，以便於文字形體的記憶、書寫。

十一、合書字具有相同的筆畫、偏旁，或相近的部件，才能以共用、借用、包孕合書方式，達到省減的目的

合文的書寫方式，在戰國時期達到高峰。將兩個或兩個以上的文字書寫在一起，並非任意爲之。倘若採取共用筆畫或偏旁的方式書寫，無論是上下式的

組合，或是左右式的組合，其間必須有一道筆畫或偏旁相同。一般而言，係上半部的收筆或偏旁，與下半部的起筆或偏旁相同，以共用方式，達到省減的目的。若採取借用部件的方式書寫，也必須有一個相近的部近，才能以借用的方式，達到省減的目的。採取包孕合書者，被省減的字，本身須可作為另一個字的偏旁，才能以包孕合書的方式書寫，達到省減的目的。以包孕合書的方式書寫，其結果係以單一而且完整無缺的字形呈現，為了便於識讀，常會在該字的下方或是右下方，增添合文符號「＝」或「－」，以為辨識之需。

第二節　戰國五系文字的異同

　　戰國時期由於周王室的權力已經衰微，失去控制的力量，再加上各個諸侯國身處不同的地域，遂發展出自己的法令制度、風格、藝術，如：「夫擊甕扣缶，彈箏搏髀，而歌呼嗚嗚快耳者，真秦之聲也。鄭衛桑閒，韶虞武象者，異國之樂也。」〔註1〕又如：「田疇異畮，車涂異軌，律令異灋，衣冠異制，言語異聲，文字異形。」〔註2〕文字演化的趨勢，不外是繁化與簡化，由於地域的不同，對於文字的使用，有其不同的需求，遂產生文字異形的現象。基本上，戰國五系的文字，在形體的演變，仍有其相同或相異之處。

一、戰國文字的共通性

　　戰國五系文字雖為同源，卻因各地域的文化、制度等因素的影響，使得部分文字發展出不同的形體，大致而言，楚、晉、齊、燕、秦五系文字仍具有相同的發展趨勢，如：

（一）習慣增添短橫畫「－」

　　從戰國時期楚、晉、齊、燕、秦的文字形體觀察，其間的飾筆種類雖有十餘種之多，卻以短橫畫的增添最為習見，造成此現象的因素，係短橫畫容易與文字中的豎畫、橫畫達到平衡或協調的作用，因此無論任何的地域系統皆十分易見增添短橫畫的情形。

〔註 1〕 李斯：〈上書秦始皇〉，《文選》，第三十九卷，頁 535，臺北，正中書局，1985 年。

〔註 2〕 （漢）許慎撰、（清）段玉裁注：《說文解字注》，頁 765，臺北，黎明文化事業股份有限公司，1991 年。

（二）為求形體結構的完整、穩定而重複某一形體或偏旁

文字的書寫，有時並非僅是單純的追求表義，或是表聲的目的，有時也會考慮形體結構的完整與否，而將某一個形體或偏旁重複。此種現象由來已久，於戰國時期以前即存在，它普遍地存於各地域中，並無地域的差異。

（三）為了表現各地方音的不同而增添、改換聲符

文字在空間的因素下，爲了使甲地所創的文字得以在乙地或丙地繼續使用，往往會根據當地的方音而更改或是增添一個新的聲符。透過這種新增或改易聲符的方式，會使得原本屬於象形、指事、會意之字，變爲形聲字，如：齊系「墨」字增添「勹」聲，讀作「密」，亦會使得原本的形聲字，改易爲一形多聲的文字，如：晉系的「䜌」字增添「少」聲。

（四）將重複的形體省減

文字形體的趨簡，係文字形構演化上的趨勢。倘若組合文字的某部分，係由兩個或兩個以上相同的形體組成，而其重複的形體，無論重複幾個，皆無礙於原本所承載的音義，在追求書寫的便捷下，多可將重複的部分，省減其一。

（五）以剪裁省減的方式簡化文字。

戰國時期以前的文字，在文字形體的省減上，大多省略其間的一個筆畫、部件、偏旁，發展至戰國時期，除了承襲前代的省減方式外，又發展出可以大量省略文字形體的方法，透過剪裁省減達到大幅度地省改文字。

（六）偏旁位置的經營仍未固定

偏旁位置的不固定現象，早於殷商甲骨文中存在，戰國時期的五系文字，基本上仍沿襲此種書寫的方式，有時係在同一系統的同一件器物上，見到偏旁位置不固定的情形，有時則在同一系統的不同器物上發現偏旁位置的互置，有時甚至須要透過不同系統的文字資料比對，才能發覺其間的差異。

（七）具有表義作用的偏旁尚未固定

對於事物的種類歸屬，往往因爲各系統的觀點不同，致使同一個文字，時見偏旁的替代。此種現象的產生，有時受到造字時取象的不同所致，有時是爲了明確記錄某字的語義，而採取偏旁的替換。一般而言，由於各系的觀點略有差異，遂造成某些文字的偏旁，與習見的形體不同。

二、戰國文字的個別性

從兩周時期的文字觀察，戰國文字雖然承襲於前代，卻因爲地域的不同，使得不同地域的國家，發展出不同的形體結構。從楚、晉、齊、燕、秦五系文字的分域，即可知曉其間存在著必然的差異性，如：

（一）由於文化的差異，鳥書大多見於南方楚域

現今所見的鳥書資料，僅出現於南方的楚文化區裡，係單純的美術化，將文字與鳥的形體或交疊其中，或融爲一體，以求達到視覺的美感。此外，學者常將鳥書與蟲書並稱，從諸多的資料顯示，東周時期僅見鳥書的流行，至於所謂的蟲書，僅見於〈王子逗匜〉的「之（ ）」字，實難證明東周時期已流行將蟲形飾紋增添於文字上。歷來學者在研究上，多將宛轉彎曲者稱爲「蟲書」的說法，應是受到秦漢以後蟲書形體的影響。蟲書眞正的流行與出現，係在秦、漢之後；東周時期所見字形筆畫引曳彎曲的現象，係美術化的表現，與後代的蟲書不可等同視之。

（二）各地的審美觀點不同，飾筆的種類與增添，各有特色

在飾筆的種類上，楚系文字習見以垂露點或點、畫等裝飾符號，置於文字間，以求形體結構的穩定性，或視覺的對稱、平衡等效果，因而使得某些文字，深具地域特色，如：從「竹」之字習慣將短橫畫「一」增添在豎畫上，寫作「竹」；從「火」之字多將短橫畫「一」添加在豎畫上，寫作「火」等。「 」、「ㄱ」、「 」、「 」等飾筆，目前僅見於晉系的中山國文字。齊系文字飾筆增繁的現象，以將短橫畫「一」增添於從「△」部件中，最爲特殊，而且多集中於「立」字或是從偏旁「立」者，寫作「立」；或將短斜畫「ノ」添置在從「各」的右側「ㄟ」筆畫，寫作「 」；或將「八」增添於「平」字的左右兩側，寫作「平」。燕系文字習見將短斜畫「ˊ」或「ˋ」添加在「長」的右側「ㄟ」筆畫；或將「。」添加在「○」中。秦系文字相較於其他系統的文字，飾筆的增添，顯得十分的簡單，尚未見花俏的裝飾符號，主要以「一」爲主，此外，也習見將短斜畫「ノ」添加在「既」的右側「ㄟ」筆畫，寫作「既」。

（三）文字形體相近，以特定的符號作爲區別功能

楚系文字中，或有部分文字的形體十分近似，爲了分辨形體的不同，遂以某個符號，作爲區別之用。此種辨識的情形，目前於其他四系文字裡尚未見。

以楚系之「肉」、「月」等字為例，為了區別「肉」、「月」等形近字，多增添「〃」於「肉」的右側，達到區別字形的作用。

（四）各地的習慣不同，無義偏旁的種類與增添，各有特色

無義偏旁的增添，其作用應與飾筆近同，主要為穩定形體結構或為單純的裝飾。楚系文字習見增添無義偏旁「宀」、「口」等；晉系習見增添無義偏旁「甘」、「口」等；齊、燕二系習見增添無義偏旁「口」。

（五）為求明確的記錄語義，不同地域的文字使用者，因認知的差異，而有不同的偏旁增添

文字為了詳實的記錄語義，常在既有的形體結構上，增添標義偏旁，以強調該字的意義。此種增添偏旁的情形，並不具有統一性，往往因各地的認知不同，而有不同的表現。以表示地望的「邑」為例，在齊系文字或見增添「土」或「山」旁，燕系文字習慣增添「土」旁，其作用與「邑」旁相同。

（六）造字時因取象的不同，使得義符有所差異

組成文字的偏旁，往往因為造字之時的取象不同，而有不同的形體表現。如：「劍」字於秦系文字多從刀，於其他系統中多從金，係造字時對於偏旁意義的選擇不同所致；又如：楚簡中從「豸」之字，多從「鼠」；又如：「誅」字於晉系之中山國，寫作從戈朱聲，「言」旁改為「戈」旁，一方面為明確表示其義，以「戈」替代「言」，一方面亦可能是造字者取象不同所致。

（七）受到空間的影響，不同地域的使用者，常在象形、指事、會意字上增添聲符，或將形聲字的聲符更易

戰國時期各地的語音或有差異，某些文字使用既久，流傳至後代，或因表音的部分日趨模糊，或因古今音之別，為使該字繼續使用，遂在象形、指事、會意字上，添加一個符合該地語音的字，作為聲符所在，或是在形聲字上新增或改易聲符，因而又造出具有地域色彩的文字。如：「鑄」字於晉系從金從紂省聲，「廚」字從肉朱聲或從广朱聲，一方面為了趨簡，一方面則是以該地所能接受的聲符，取代原有的形體。又如：「墨」字於齊系貨幣中，或增添聲符「勹」，明示其讀音為「密」。又如：「國」字於燕系中，多增添聲符「丌」，「野」字於秦系中，多增添聲符「予」。在聲符的替換上，楚系文字中習見聲母與聲了的替

換，或是以筆畫少者與筆畫多者互換等，後者的現象，應是受到趨簡避繁的影響所致。

（八）各地的文字繁簡不一，產生獨特的形體

漢字在增繁與省減的交互作用下，不斷的演化，文字異體的情形，至戰國時期日趨嚴重，不同的地域系統，各自發展出深具地域特色的文字。如：楚系之「昔」或從「昔」之字，下半部的「日」多作「田」，寫作「䒑」，「中」字的豎畫或向右側彎曲，寫作「ϕ」；齊系之「馬」字多未採取省減方式書寫，寫作「枭」，「寅」字受到本身形體的影響，寫作「𩰬」或「ℓℓℓℓ」；燕系之「年」字下半部的形體多與「土」近同，寫作「𡴋」，「中」字多採取省減方式書寫，寫作「ϟ」，「都」字下半部的形體多與「衣」近同，寫作「𧝓」；秦系之「為」字或省略「象」旁，寫作「ϕ」，「野」字或省略「林」旁，寫作「𡐦」。

（九）晉系的貨幣文字習以省減方式表現

晉系文字的省減現象十分豐富，大致而言，以貨幣上的文字最為奇特。它可以省減整個義符或是聲符，完全未考慮辨識或是音讀的問題，也可以利用貨幣上的邊、線，作為文字形構的一部分，形成特殊的表現方式。

（十）秦系文字的類化結果，或將原本來源不同的文字，改易為部分相同的形體

在秦系文字的類化中，較為特殊者，為兩周時期的篆文轉變為隸書時，將「享」、「敦」、「郭」等字下半部的形體，類化為「子」，透過化異為同的方式，將原本不同來源的字形，改為部分相同的形體，其好處在於容易記識，毋須分別記得該字的形構。

（十一）秦系文字在篆文轉變為隸書的過程，常將從「口」者寫成「艹」，或將從「廾」之形，改易為「凡」。

秦系文字在文字演變中，或受到筆畫的收縮影響，改易文字的形體，以「夙」字為例，將「𤕦」右側形體所見的「手」形收縮省略，並且將彎曲的筆畫拉直，與「凡（𠬞）」的形體相近，書寫作「𦧇」，失去「廾」的形體特徵；或受筆畫延伸的影響，將所從之「口」上下兩側的橫畫延展，寫成「艹」的形體，使得原本的特徵消失，轉而為新的形體所取代。由篆文過渡到隸書的階段，為了將

圓潤整齊的筆畫改爲平直方正的筆畫，勢必得在既有的形體結構上，作一番的調整，有時會將原本的形體改易，形成新的特徵。

（十二）合文的書寫雖有定式，卻因地域的不同，產生不同的結果

戰國時期的合文，常以不省筆合文、共用筆畫、共用偏旁、借用部件、刪減偏旁、包孕合書等方式，將兩個或兩個以上的文字壓縮在一個方塊中。隨著地域的差異，產生的結果卻有不同。秦系文字在合文的處理上，爲了讓使用者得以識讀，大多在合文的右下方增添合文符號「＝」，惟獨於數目字合文，不增添任何符號。此一表現，與其他地域的文字不同。以楚系文字爲例，在合文符號的種類上，即有「＝」與「－」二種，增添與否往往沒有一定的常規；又以晉、燕二系文字爲例，合文符號「＝」的增添並無常規，但是在貨幣文字上，受限於書寫的面積，一律以未增添合文符號的方式處理。又秦系的材料裡，睡虎地竹簡所見的合文，多以包孕合書的方式書寫，睡虎地竹簡的年代，距離秦王政統一六國爲期不遠，此種表現的方式，可能是受到當時秦國文字的政策影響所致。再者，目前所見的晉、齊、燕、秦四系的合文，多爲詞組的形式，唯楚系出現非詞組的合文，可知合書的文字若具有相近同的筆畫、偏旁、部件即可合書。

第三節　戰國文字的特質

戰國文字承襲殷商、西周、春秋時期的文字而來，其間的形體結構，或同或異，有的形體與前代完全一致，有的則略作變化，或將原本的豎畫改以彎曲的筆畫取代，有的增添裝飾符號，有的爲了更明確地表示該字的意義，或是標示音讀，遂在原本的形構上增添偏旁。茲就本論文研究的內容，歸納出戰國文字形構的變化，獲得結論如下：

一、增添的飾筆種類繁多

從兩周文字的形體觀察，增添飾筆的現象，在西周與春秋時期，多以小圓點「‧」或是短橫畫「－」爲主；添置的地方，多位於一般起筆橫畫之上，或是豎畫、較長的筆畫上、或是「口」中。戰國時期，飾筆的種類，由基本的「‧」或「－」，不斷地發展出半圓點、垂露點、小空心圓點、渦漩紋、短斜書等，甚者會將單一的裝飾符號重複爲二，形成複體狀，如：將「－」重複爲「＝」；添

加的位置，除了一般起筆橫畫之上，或置於豎畫、較長的筆畫、「口」中，凡是有助於平衡或是對稱的位置，在不破壞原本的形體，使其不成文字外，幾乎多可添置，如：增添於部件中、增添於字或偏旁的左側或右側、增添於起筆橫畫下、增添於收筆橫畫下、增添於從「○」部件中等。

二、飾筆「‧」多拉長為「－」

西周與春秋時期，多以小圓點「‧」或是短橫畫「－」為主，小圓點多添置於豎畫或是較長的筆畫上。此種增添的方式，在戰國文字裡，原本增添小圓點的位置，往往為短橫畫所取代。古文字裡，小圓點一般多可拉長為短橫畫，從飾筆的增繁觀察，亦為相同的演變模式。正因為小圓點可以拉長為短橫畫，在彼消此長的慣性下，戰國文字中以短橫畫飾筆的增繁最為常見，可增添之處也最多。

三、習見增添偏旁

戰國時期隨著社會的進步，經濟的發展，思想的蓬勃，許多品物器用的製造材料，不再侷限於某一材料上，為了表現此一特質，遂在既有的形構上，增添一個具有表義作用的偏旁；非僅器物如此，在竹書的文字上，為了使某一個字的意義愈為彰顯，也習慣於原本的形構上，增添一個表義偏旁。此外，有時某一文字，在甲地本為象形或是指事、或為會意字，在乙地因無法掌握該字的音讀，則習慣增添一個具有表音作用的偏旁，以為聲符使用。

四、形體省減並無固定模式

從字形觀察，西周、春秋時期的文字，儘管亦有趨簡避繁的現象，在省減的手法上，往往較為固定，多為筆畫、部件的省減，或是將象形意味濃厚的字形，改以簡單的筆畫所取代。戰國時期除了部件、筆畫的省減外，亦可採取剪裁省減的方式，僅保留該字的一小部分，甚或違背省減的原則，遂將表音的部分省略。

五、合文書寫達到高峰期

殷商甲骨文、銅器銘文中所見的合文現象，多集中於先王先公的稱謂、時間序數詞、數目字、習用語上，在書寫上以不省減筆畫的合文方式為主；西周、春秋時期則多見稱謂、數目字、數量詞，書寫上亦以不省減筆畫的合

文方式爲主。戰國時期的合文內容，除了稱謂、人名、地望、時間序數詞、數目字、數量詞外，品物器用、動物、星宿、職官、姓氏等，甚或非屬詞組者，亦可採取合文的方式書寫。其中又發展出不省筆合文、共用筆畫、共用偏旁、借用部件、刪減偏旁、包孕合書等書寫的方式。由於合文的書寫限制太少，倘若未在合書的文字右下方增添合文符號「＝」或「－」，往往不易辨識，因此自從秦王政統一六國後，在文字統一的政策下，原本盛極一時的合文，遂日漸的消失。

六、形聲字大量產生

象形、指事、會意、形聲四者，於殷商甲骨文中皆已出現。隨著時代進步，文字使用頻繁，發展到戰國時期，原本所造的文字不敷使用，惟有在既有的形構上增添形符或是聲符，以爲字義的區隔，或是音讀的辨識。在毋須費力的重新造字下，此種增添的方式，遂產生大量的形聲字。象形、指事、會意於增添形符後，原本兼具音義的部分，轉爲聲符所在，遂形成從╳、╳聲的形式，表面上「╳聲」爲聲符，實際上仍爲該字的意義所在。此外，或在象形、指事、會意上增添聲符，原本兼具音義的部分，轉爲形符所在，形成從╳、╳聲的形式，從文字表音的角度言，這些轉變爲形符的部分，原本皆有其讀音，形符與聲符的音讀往往相近同，無論是形符或是聲符的音讀，皆可達到識讀的作用。

七、方言字各地歧出

從聲符的改換觀察，某些文字於殷商、西周、春秋時期皆存在，或爲象形、指事、會意字，或爲形聲字，發展至戰國時期，或增添聲符，或改換聲符，更易後的形體，往往不見於其他地域，僅見於某系統中。

八、二聲字的普遍化

自殷商甲骨文至戰國文字，其間相差近千年，戰國時期語言異聲，某些文字流行既久，原有的聲符無法彰顯，或是受到文字省減的影響，導致其特徵發生變異，爲了使這些文字得以繼續的使用，於象形、指事、會意字上增添一個偏旁，作爲聲符之用，使得二聲字大量出現。

第四節　戰國文字的價值

　　戰國時期諸侯各自爲政，其文字因通行的國家或是地域而有所不同，有的完全承襲前代的文字，有的爲了適應實際使用的需求而將形體略作改變，因此產生大量的異體字。從其間的文字言，或刻鑄於銅器、璽印、貨幣、玉石、陶器，或墨書於簡牘帛書，它的內容豐富而多樣化，有地望、職官的記載，有卜筮祭禱，有司法訴訟，有法律條文，有作器者的名字，有墓葬之陪葬品物的名稱，有儒家思想性質的竹書，也有牽涉日常生活的日書。因此，認識戰國文字，更可進一步的深入其間，瞭解其內容。茲就本論文研究的內容，歸納出戰國文字的研究價值，所獲結論如下：

一、可作爲研究商周文字的依據

　　古文字的演變，從現今所見的材料顯示，除了早期陶器上的符號外，應由殷商甲骨文、銅器銘文，一路發展下來，迄漢代的篆文爲止。漢代的篆文，雖屬古文字的範圍，由於《說文解字》的傳世，今人欲明瞭篆文的形體並不困難。從文字的傳承言，秦、漢篆文之前爲戰國文字；從篆文與戰國文字形體的觀察，其間或形構相同，或略作變易，或得之於秦系文字，或得之於六國文字。關於古文字的研究，孫詒讓云：

> 略摭金文、龜甲文、石鼓文、貴州紅巖古刻，與《說文》古籀互相勘校，揭其岐異，以箸消變之原，而會最比屬，以尋古文、大小篆沿革之大例。〔註3〕

戰國文字居於秦、漢篆文之前，位於春秋金文之後，透過已知形構的比對，可以將未知的形體辨識。從秦、漢篆文而戰國文字，從其形體的變異，找出其間的規則，並且作爲辨識早期文字的依據。

二、足徵《說文解字》收錄字形的來源

　　《說文解字》中除了小篆之外，亦收錄大量的重文，包括：古文、奇字、籀文、篆文、或體、俗字、今文等，這些文字的來源不一，據許慎之言，或源於前朝，或爲當時所見。從本論文的研究得知，許書收錄的字形多有所承，戰國文字的異體甚多，正可藉此出土資料，重新釐清每一個字形的來源。

〔註3〕　（清）孫詒讓：〈敘〉，《名原》，頁2，濟南，齊魯書社，1986年。

三、衆多通假資料爲研究上古音系的依據

從戰國文字的聲符替代、通假等現象觀察，其間的韻部關係，並非完全符合音韻學者的分部。換言之，傳世文獻整理出來的上古韻部，原本不可能有所接觸者，往往與出土材料所呈現的情形相抵觸。以過去深爲音韻學者所推崇的「之、脂、支」三部以及「東、冬」二部分立說爲例，無論在出土材料或是傳世文獻，常發現其彼此通假或是合韻的情形。可證段玉裁、孔廣森的說法，實有可疑，筆者以爲應將「之、脂、支」合併爲一部，「東、冬」合併爲一部，對於上古韻部的分合，宜重新的調整，方能符合實際的情形。

四、繁複的諧聲資料爲研究先秦複聲母的依據

上古漢語是否存在複聲母的討論與研究，由來已久，語言學者或從傳世文獻的資料分析，或從方言中求得證據，印證複聲母的存在。實際上，從戰國時期的文字考察，其間的聲化、諧聲資料，即保留大量的訊息，如：「娿」字爲從文、吅得聲之字，爲 ml－的形式；「路」字從足各聲，各：路爲 kl－的形式，「藍」字從艸監聲，監：藍爲 kl－的形式；「瘳」字從疒翏聲，翏：瘳爲 tl－的形式等。透過大量出土之戰國時期的文字材料，正可以佐證上古漢語複聲母的確實存在。

五、俯拾皆是的合文資料可作爲探究商周以來合書形式及其內容的依據

以合文書寫的方式，早於殷商甲骨文即存在，惟發展到戰國時期達到巔峰。從殷商甲骨文的資料觀察，合文的書寫，多以不省筆合文爲主，而且尚未見增添合文符號。此種合書的方式，於戰國時期有了不同的表現，大致可分爲不省筆合文、共用筆畫、共用偏旁、借用部件、刪減偏旁、包孕合書等。一般而言，採取合文方式書寫者，大多會在該字的下方，或是右下方，增添合文符號「＝」或「－」，藉以表示該字係由二字或二字以上壓縮而成。透過戰國時期合文材料的分析，可藉以明瞭自殷商甲骨文至西周、春秋時期其間合文內容的差異，以及書寫方式的不同。

參考書目

下列書目分爲五類。第一類收錄清以及清代以前的著作，包括近人的集注、注解等，悉依四庫全書總目的部類方式羅列；第二類收錄民國以來學者的著作；第三類收錄民國以來單篇論文之見於叢書、期刊、報紙、網站者；第四類收錄學位論文；第五類收錄外國學者的著作與單篇論文。悉依作者姓名筆畫順序排列，凡同一姓氏者排列在一起，再據第二字的筆畫多寡排列，又同一作者先按出版年代先後順序。此外，出版日期悉以西元紀年表示，如有未知者皆以「○○」代替。

一

（一）經　部

1. （宋）丁度等，《集韻》，臺北：學海出版社，1986 年。

2. （漢）毛公傳、（漢）鄭玄箋、（唐）孔穎達等正義，《毛詩正義》，臺北：藝文印書館，1993 年。

3. （漢）孔安國傳、（唐）孔穎達等正義，《尚書正義》，臺北：藝文印書館，1993 年。

4. （漢）公羊壽傳、（漢）何休注、（唐）徐彥疏，《春秋公羊傳注疏》，臺北：藝文印書館，1993 年。

5. （魏）王弼注、（晉）韓康伯注、（唐）孔穎達等正義，《周易正義》，臺北：藝文印書館，1993 年。

6. （周）左丘明傳、（晉）杜預注、（唐）孔穎達等正義，《春秋左傳正義》，臺北：藝文印書館，1993 年。

7.　（清）朱駿聲，《說文通訓定聲》，臺北：藝文印書館，1994 年。

8.　（魏）何晏注、（宋）邢昺疏，《論語注疏》，臺北：藝文印書館，1993 年。

9.　（晉）杜預註，《春秋經傳集解》，臺北：新興書局，1992 年。

10.　（清）吳大澂，《說文古籀補》，臺北：藝文印書館，1968 年。

11.　（晉）范甯注、（唐）楊士勛疏，《春秋穀梁傳注疏》，臺北：藝文印書館，1993 年。

12.　（宋）夏竦，《古文四聲韻》，臺北：學海出版社，1978 年。

13.　（清）孫詒讓，《名原》，濟南：齊魯書社，1986 年。

14.　（清）郝懿行、王念孫、錢繹、王先謙等著，《爾雅・廣雅・方言・釋名──清疏四種合刊（附索引）》，上海：上海古籍出版社，1989 年。

15.　（宋）郭忠恕，《汗簡》，北京：中華書局，1983 年。

16.　（晉）郭璞注、（宋）邢昺疏，《爾雅注疏》，臺北：藝文印書館，1993 年。

17.　（宋）陳彭年等，《校正宋本廣韻》，臺北：藝文印書館，1991 年。

18.　（漢）許慎撰、（宋）徐鉉等校定，《說文解字》，北京：中華書局，1985 年。

19.　（漢）許慎撰、（南唐）徐鍇傳釋，《說文解字》，北京：中華書局，1985 年。

20.　（漢）許慎撰、（清）段玉裁注，《說文解字注》（經韻樓藏版），臺北：黎明文化事業股份有限公司，1991 年。

21.　（唐）陸德明，《經典釋文》，臺北：鼎文書局，1972 年。

22.　黃壽祺、張善文，《周易譯注》，臺北：漢京文化事業有限公司，1992 年。

23.　傅隸樸，《周易理解》，臺北：臺灣商務印書館，1992 年。

24.　（漢）趙岐注、（宋）孫奭疏，《孟子注疏》，臺北：藝文印書館，1993 年。

25.　（漢）鄭玄注、（唐）孔穎達等正義，《禮記正義》，臺北：藝文印書館，1993 年。

26.　（漢）鄭玄注、（唐）賈公彥疏，《周禮注疏》，臺北：藝文印書館，1993 年。

27.　（漢）鄭玄注、（唐）賈公彥疏，《儀禮注疏》，臺北：藝文印書館，1993 年。

（二）史　部

1.　（晉）孔晁注，《逸周書》，上海：商務印書館，1937 年。

2.　王國維，《古本竹書紀年輯校・今本竹書紀年疏證》，臺北：藝文印書館，1974 年。

3.　（周）左丘明，《國語》，臺北：宏業書局，1980 年。

4.　（漢）司馬遷撰、（劉宋）裴駰集解、（唐）司馬貞索隱、（唐）張守節正義、（日本）瀧川龜太郎注，《史記會注考證》，臺北：宏業書局有限公司，1992 年。

5.　（清）吳式芬，《攈古錄金文》，臺北：樂天出版社，1974 年。

6.　（劉宋）范曄撰、（唐）李賢注、（清）王先謙集解，《後漢書集解》，臺北：藝文印書館，1996 年。

7.　（漢）班固撰、（唐）顏師古注、（清）王先謙補注，《漢書補注》，臺北：藝文印書館，1996 年。

8.　（清）乾隆敕編，《西清古鑑》（景印摛藻堂四庫全書薈要），臺北：世界書局，1986

年。

9. （清）鄒安，《周金文存》，臺北：台聯國風出版社，1978 年。

10. 楊伯峻，《春秋左傳注》，高雄：復文圖書出版社，1991 年。

11. （漢）劉向集錄，《戰國策》，臺北：里仁書局，1990 年。

12. （清）劉體智，《小校經閣金石文字》，臺北：藝文印書館，1972 年。

（三）子　部

1. （周）呂不韋撰、（漢）高誘註，《呂氏春秋》，臺北：藝文印書館，1974 年。

2. （周）李耳撰、（晉）王弼注，《老子》，臺北：中華書局，1993 年。

3. （周）荀卿撰、（清）王先謙集解，《荀子集解》，臺北：藝文印書館，1994 年。

4. （唐）徐堅，《初學記》，臺北：新興書局，1972 年。

5. （漢）高誘注，《淮南子》，臺北：藝文印書館，1974 年。

6. （周）莊周撰、（清）郭慶藩集釋，《莊子集釋》，臺北：河洛圖書出版社，1980 年。

7. （漢）賈誼撰、（清）盧文弨校，《賈子新書》，上海：商務印書館，1937 年。

8. （周）韓非撰、（清）王先慎集解，《韓非子集解》，臺北：藝文印書館，1983 年。

9. （周）韓非撰、（民）陳奇猷著，《韓非子集釋》，高雄：復文圖書出版社，1991 年。

（四）集　部

1. （宋）朱熹集注，《楚辭集注》，臺北：藝文印書館，1983 年。

2. （清）沈德潛選輯、王蒓父箋註、劉鐵冷校刊，《古詩源箋注》，臺北：華正書局，1986 年。

3. （宋）洪興祖補注、（清）蔣驥注，《楚辭補注‧山帶閣注楚辭》，臺北：長安出版社，1991 年。

4. （梁）蕭統選輯、（唐）李善注釋，《文選》，臺北：正中書局，1985 年。

5. （清）嚴可均校輯，《全後漢文》，臺北：世界書局，1975 年。

二

1. 山西省文物工作委員會，《侯馬盟書》，北京：文物出版社，1976 年。

2. 于省吾，《甲骨文字釋林》，臺北：大通書局，1981 年。

3. 于省吾，《詩經楚辭新證》，臺北：木鐸出版社，1982 年。

4. 于省吾，《商周金文錄遺》，北京：中華書局，1993 年。

5. 于省吾，《甲骨文字詁林》，北京：中華書局，1996 年。

6. 于豪亮，《于豪亮學術文存》，北京：中華書局，1985 年。

7. 王力，《王力文集‧字的寫法、讀音和意義》第三卷，濟南：山東教育出版社，1985 年。

8. 王世征、宋金蘭，《古文字學指要》，北京：中國旅遊出版社，1997 年。

9. 王國維，《定本觀堂集林》，臺北：世界書局，1991 年。

10. 王輝，《秦銅器銘文編年集釋》，西安：三秦出版社，1990 年。

11. 王輝，《古文字通假釋例》，臺北：藝文印書館，1993 年。

12. 王輝，《秦文字集證》，臺北：藝文印書館，1999 年。

13. 王輝，《秦出土文獻編年》，臺北：新文豐出版公司，2000 年。

14. 天津歷史博物館藏，《中國歷代貨幣（先秦部分）》，天津：楊柳青畫社，1990 年。

15. 中山大學古文字研究室楚簡整理小組，《戰國楚簡研究》，廣州：中山大學古文字研究室楚簡整理小組，1976～1977 年。

16. 中國社會科學院考古研究所，《長沙發掘報告》，北京：科學出版社，1957 年。

17. 中國社會科學院考古研究所，《小屯南地甲骨》，北京：中華書局，1980～1983 年。

18. 中國社會科學院考古研究所，《殷周金文集成》，北京：中華書局，1984～1994 年。

19. 中國社會科學院考古研究所，《殷周金文集成釋文》，香港：香港中文大學出版社，2001 年。

20. 中國社會科學院考古研究所、湖北省荊州地區博物館，《江陵雨臺山楚墓》，北京：文物出版社，1984 年。

21. 中國社會科學院考古研究所、廣東省博物館，《西漢南越王墓》，北京：文物出版社，1991 年。

22. 中國科學院考古研究所，《壽縣蔡侯墓出土遺物》，北京：科學出版社，1956 年。

23. 中國科學院考古研究所，《輝縣發掘報告》，北京：科學出版社，1956 年。

24. 中國科學院考古研究所，《洛陽中州路（西工段）》，北京：科學出版社，1959 年。

25. 中國科學院考古研究所、湖南省博物館，《長沙馬王堆一號漢墓（上）》，北京：文物出版社，1973 年。

26. 《中國錢幣大辭典》編纂委員會，《中國錢幣大辭典·先秦編》，北京：中華書局，1995 年。

27. 石泉等，《楚國歷史文化辭典》，武漢：武漢大學出版社，1996 年。

28. 朱歧祥，《周原甲骨研究》，臺北：臺灣學生書局，1997 年。

29. 朱活，《古錢新探》，濟南：齊魯書社，1984 年。

30. 朱德熙，《朱德熙古文字論集》，北京：中華書局，1995 年。

31. 李孝定，《甲骨文字集釋》，臺北：中央研究院歷史語言研究所，1991 年。

32. 李家浩，《著名中年語言學家自選集——李家浩卷》，合肥：安徽教育出版社，2002 年。

33. 李零，《長沙子彈庫戰國楚帛書研究》，北京：中華書局，1985 年。

34. 李零，《郭店楚簡校讀記》，北京：北京大學出版社，2002 年。

35. 李運富，《楚國簡帛文字構形系統研究》，長沙：岳麓書社，1997 年。

36. 李學勤，《東周與秦代文明》，北京：文物出版社，1984 年。

37. 李學勤、艾蘭，《歐洲所藏中國青銅器遺珠》，北京：文物出版社，1995 年。

38. 李學勤、齊文心、艾蘭，《英國所藏甲骨集》，北京：中華書局，1985 年。

39. 何浩，《楚滅國研究》，武漢：武漢大學出版社，1989 年。

40. 何琳儀，《戰國文字通論》，北京：中華書局，1989 年。

41. 何琳儀，《古幣叢考》，臺北：文史哲出版社，1996 年。

42. 何琳儀，《戰國古文字典──戰國文字聲系》，北京：中華書局，1998 年。

43. 汪慶正，《中國歷代貨幣大系・先秦貨幣》，上海：上海人民出版社，1988 年。

44. 河北省文物研究所，《燕下都》，北京：文物出版社，1996 年。

45. 河北省文物研究所，《響墓──戰國中山國國王之墓》，北京：文物出版社，1996 年。

46. 河南省文物考古研究所，《新蔡葛陵楚墓》，鄭州：大象出版社，2003 年。

47. 河南省文物研究所，《信陽楚墓》，北京：文物出版社，1986 年。

48. 河南省文物研究所、河南省丹江庫考古發掘隊、淅川縣博物館，《淅川下寺春秋楚墓》，北京：文物出版社，1991 年。

49. 吳其昌，《殷虛書契解詁》，臺北：文史哲出版社，1971 年。

50. 周法高，《金文詁林》，日本京都：中文出版社，1981 年。

51. 周法高，《金文詁林補》，臺北：中央研究院歷史語言研究所，1982 年。

52. 周曉陸、路東之，《秦封泥集》，西安：三秦出版社，2000 年。

53. 金祥恆，《金祥恆先生全集》，臺北：藝文印書館，1990 年。

54. 金德建，《金德建古文字學論文集》，臺北：貫雅文化事業有限公司，1991 年。

55. 屈萬里，《殷虛文字甲編考釋》，臺北：中央研究院歷史語言研究所，1961 年。

56. 林澐，《古文字研究簡論》，長春：吉林大學出版社，1986 年。

57. 邱德修，《新訓詁學》，臺北：五南圖書公司，1997 年。

58. 胡小石，《胡小石論文集》，上海：上海古籍出版社，1982 年。

59. 姚孝遂、蕭丁，《小屯南地甲骨考釋》，北京：中華書局，1985 年。

60. 《保利藏金》編輯委員會，《保利藏金──保利藝術博物館精品選》，廣州：嶺南美術出版社，1999 年。

61. 洪家義，《金文選注繹》，南京：江蘇教育出版社，1988 年。

62. 咸陽市文物考古研究所，《塔兒坡秦墓》，西安：三秦出版社，1998 年。

63. 施謝捷，《吳越文字彙編》，南京：江蘇教育出版社，1998 年。

64. 馬王堆漢墓帛書整理小組，《馬王堆漢墓帛書》（肆），北京：文物出版社，1985 年。

65. 馬文熙、張歸璧，《古漢語知識詳解辭典》，北京：中華書局，1996 年。

66. 馬承源，《商周青銅器銘文選》，北京：文物出版社，1986～1990 年。

67. 馬承源，《中國青銅器》，臺北：南天書局，1991 年。

68. 馬承源，《中國青銅器（修訂本）》，上海：上海古籍出版社，2003 年。

69. 馬承源，《上海博物館藏戰國楚竹書（一）》，上海：上海古籍出版社，2001 年。

70. 馬承源，《上海博物館藏戰國楚竹書（二）》，上海：上海古籍出版社，2002 年。

71. 馬承源，《上海博物館藏戰國楚竹書（三）》，上海：上海古籍出版社，2003 年。

72. 徐中舒，《漢語古文字字形表》，臺北：文史哲出版社，1988 年。

73. 徐中舒，《甲骨文字典》，成都：四川辭書出版社，1995 年。

74. 徐谷甫，《鳥蟲書大鑑》，上海：上海書店出版社，1994 年。

75. 徐谷甫、王延林，《古陶字彙》，上海：上海書店出版社，1996 年。

76. 袁仲一、劉鈺，《秦文字類編》，西安：陝西人民教育出版社，1993 年。

77. 陝西省考古研究所、始皇陵秦俑坑考古發掘隊，《秦始皇陵兵馬俑坑一號坑發掘報告》，北京：文物出版社，1988 年。

78. 容庚，《金文編》，北京：中華書局，1992 年。

79. 高明，《古陶文彙編》，北京：中華書局，1990 年。

80. 高明、葛英會，《古陶文字徵》，北京：中華書局，1991 年。

81. 荊門市博物館，《郭店楚墓竹簡》，北京：文物出版社，1998 年。

82. 孫慰祖，《古封泥集成》，上海：上海書店出版社，1994 年。

83. 唐蘭，《古文字學導論‧殷虛文字記》，臺北：學海出版社，1986 年。

84. 唐蘭，《中國文字學》，臺北：臺灣開明書店，1991 年。

85. 唐蘭，《唐蘭先生金文論集》，北京：紫禁城出版社，1995 年。

86. 張世超、孫凌安、金國泰、馬如森，《金文形義通解》，日本京都：中文出版社，1995 年。

87. 張守中，《中山王嚳器文字編》，北京：中華書局，1981 年。

88. 張守中，《睡虎地秦簡文字編》，北京：文物出版社，1994 年。

89. 張守中，《包山楚簡文字編》，北京：文物出版社，1996 年。

90. 張守中，《郭店楚簡文字編》，北京：文物出版社，2000 年。

91. 張光裕、袁國華，《包山楚簡文字編》，臺北：藝文印書館，1992 年。

92. 張光裕、袁國華，《郭店楚簡研究》第一卷（文字編），臺北：藝文印書館，1999 年。

93. 張光裕、滕壬生、黃錫全，《曾侯乙墓竹簡文字編》，臺北：藝文印書館，1997 年。

94. 張亞初，《殷周金文集成引得》，北京：中華書局，2001 年。

95. 張頷，《古幣文編》，北京：中華書局，1986 年。

96. 陳初生，《金文常用字典》，西安：陝西人民出版社，1987 年。

97. 陳松長，《香港中文大學文物館藏簡牘》，香港：香港中文大學文物館，2001 年。

98. 陳邦懷，《一得集》，濟南：齊魯書社，1989 年。

99. 陳振裕、劉信芳，《睡虎地秦簡文字編》，武漢：湖北人民出版社，1993 年。

100. 陳偉，《包山楚簡初探》，武漢：武漢大學出版社，1996 年。

101. 陳偉，《郭店竹書別釋》，武漢：湖北教育出版社，2003 年。

102. 陳章太、李行健，《普通話基礎方言基本詞匯集》，北京：語文出版社，1996 年。

103. 陳漢平，《金文編訂補》，北京：中國社會科學出版社，1993 年。

104. 陳煒湛，《甲骨文簡論》，上海：上海古籍出版社，1987 年。

105. 陳煒湛、唐鈺明，《古文字學綱要》，廣州：中山大學出版社，1988 年。

106. 陳夢家，《海外中國銅器圖錄》，臺北：台聯國風出版社，1976 年。

107. 陳夢家，《殷虛卜辭綜述》，北京：中華書局，1988 年。

108. 郭沫若，《金文叢考》，北京：人民出版社，1954 年。

109. 郭沫若，《郭沫若全集——考古編》第一卷，北京：科學出版社，1982 年。

110. 郭沫若，《郭沫若全集——考古編》第九卷，北京：科學出版社，1982 年。

111. 郭沫若、中國社會科學院歷史研究所，《甲骨文合集》，北京：中華書局，1982 年。

112. 郭沫若，《兩周金文辭大系圖錄考釋》，上海：上海書店，1999 年。

113. 郭錫良，《漢字古音手冊》，北京：北京大學出版社，1986 年。

114. 郭寶鈞，《山彪鎮與琉璃閣》，北京：科學出版社，1959 年。

115. 商承祚，《福氏所藏甲骨文字》，香港：香港書店，1973 年。

116. 商承祚，《戰國楚竹簡匯編》，濟南：齊魯書社，1995 年。

117. 商承祚，《長沙古物聞見記·續記》，北京：中華書局，1996 年。

118. 商承祚，《殷契佚存》，北京：北京圖書館出版社，2000 年。

119. 商承祚、王貴忱、譚隸華，《先秦貨幣文編》，北京：書目文獻出版社，1983 年。

120. 梁東漢，《漢字的結構及其流變》，上海：上海教育出版社，1991 年。

121. 國家文物局，《2002 中國重要考古發現》，北京：文物出版社，2003 年。

122. 曹旅寧，《秦律新探》，北京：中國社會科學出版社，2002 年。

123. 曹錦炎，《古璽通論》，上海：上海書畫出版社，1996 年。

124. 曹錦炎，《鳥蟲書通考》，上海：上海書畫出版社，1999 年。

125. 曹錦炎、張光裕，《東周鳥篆文字編》，香港：翰墨軒出版有限公司，1994 年。

126. 許威漢，《漢語學》，廣州：廣東教育出版社，1995 年。

127. 淄博市博物館、齊故城博物館，《臨淄商王墓地》，濟南：齊魯書社，1997 年。

128. 湖北省文物考古研究所，《江陵九店東周墓》，北京：科學出版社，1995 年。

129. 湖北省文物考古研究所，《江陵望山沙塚楚墓》，北京：科學出版社，1996 年。

130. 湖北省文物考古研究所、北京大學中文系，《望山楚簡》，北京：中華書局，1995 年。

131. 湖北省荊州地區博物館，《江陵馬山一號楚墓》，北京：文物出版社，1985 年。

132. 湖北省荊沙鐵路考古隊，《包山楚墓》，北京：文物出版社，1991 年。

133. 湖北省荊沙鐵路考古隊，《包山楚簡》，北京：文物出版社，1991 年。

134. 湖北省博物館、中國社會科學院考古研究所，《曾侯乙墓》，北京：文物出版社，1989 年。

135. 湖南省博物館，《湖南省博物館藏古璽印集》，上海：上海書店，1991 年。

136. 湖南省博物館、湖南省文物考古研究所、長沙市博物館、長沙市文物考古研究所,《長沙楚墓》,北京:文物出版社,2000 年。

137. 曾榮汾,《字樣學研究》,臺北:臺灣學生書局,1988 年。

138. 湯餘惠,《戰國銘文選》,長春:吉林大學出版社,1993 年。

139. 湯餘惠等,《戰國文字編》,福州:福建人民出版社,2001 年。

140. 黃錫全,《湖北出土商周文字輯證》,武漢:武漢大學出版社,1992 年。

141. 黃錫全,《先秦貨幣研究》,北京:中華書局,2001 年。

142. 黃錫全,《先秦貨幣通論》,北京:紫禁城出版社,2001 年。

143. 裘錫圭,《古文字論集》,北京:中華書局,1992 年。

144. 裘錫圭,《文字學概要》,北京:商務印書館,1988 年。

145. 裘錫圭,《文字學概要》,臺北:萬卷樓圖書有限公司,1995 年。

146. 曾憲通,《長沙楚帛書文字編》,北京:中華書局,1996 年。

147. 楚文化研究會編,《楚文化考古大事記》,北京:文物出版社,1984 年。

148. 葉玉森,《殷虛書契前編考釋》,臺北:藝文印書館,1966 年。

149. 董作賓,《董作賓先生全集》,臺北:藝文印書館,1977 年。

150. 董楚平,《吳越文化新探》,杭州:浙江人民出版社,1988 年。

151. 董蓮池,《金文編校補》,長春:東北師範大學出版社,1995 年。

152. 楊寬,《戰國史》(增訂版),臺北:臺灣商務印書館,1997 年。

153. 楊樹達,《積微居甲文說》,臺北:大通書局,1974 年。

154. 詹鄞鑫,《漢字說略》,臺北:洪葉文化事業有限公司,1994 年。

155. 滕壬生,《楚系簡帛文字編》,武漢:湖北教育出版社,1995 年。

156. 滕銘予,《秦文化:從封國到帝國的考古學觀察》,北京:學苑出版社,2002 年。

157. 廖名春,《新出楚簡試論》,臺北:臺灣古籍出版有限公司,2001 年。

158. 睡虎地秦墓竹簡整理小組,《睡虎地秦墓竹簡》,北京:文物出版社,2001 年。

159. 銀雀山漢墓竹簡整理小組,《銀雀山漢墓竹簡》(壹),北京:文物出版社,1985 年。

160. 蔡季襄,《晚周繒書考證》,臺北:藝文印書館,1972 年。

161. 劉英茂,《普通心理學》,基隆:大洋出版社,1979 年。

162. 劉信芳,《包山楚簡解詁》,臺北:藝文印書館,2003 年。

163. 劉彬徽,《楚系青銅器研究》,武漢:湖北教育出版社,1996 年。

164. 鄭家相,《中國古代貨幣發展史》,香港:龍門書店,1978 年。

165. 蔣善國,《漢字形體學》,北京:文字改革出版社,1959 年。

166. 賴非,《山東新出土古璽印》,濟南:齊魯書社,1998 年。

167. 龍宇純,《中國文字學》,臺北:臺灣學生書局,1987 年。

168. 潘重規,《龍龕手鑑新編》,臺北:石門圖書公司,1980 年。

169. 臨時澳門市政局，《珍秦齋藏印——秦印篇》，澳門：澳門基金會，2000 年。

170. 臨時澳門市政局，《珍秦齋藏印——戰國篇》，澳門：澳門基金會，2001 年。

171. 顧廷龍，《古匋文香錄》，臺北：文華出版社，1970 年。

172. 羅振玉，《三代吉金文存》，臺北：文華出版社，1970 年。

173. 羅振玉，《殷虛書契考釋》，臺北：藝文印書館，1981 年。

174. 羅福頤，《古璽文編》，北京：文物出版社，1994 年。

175. 羅福頤，《古璽彙編》，北京：文物出版社，1994 年。

176. 嚴一萍，《金文總集》，臺北：藝文印書館，1986 年。

177. 嚴志斌，《四版《金文編》校補》，長春：吉林大學出版社，2001 年。

178. 蘇州博物館，《眞山東周墓地》，北京：文物出版社，1999 年。

179. 饒宗頤、曾憲通，《楚帛書》，香港：中華書局，1985 年。

三

1. 于中航，〈「元年閏」矛〉，《文物》1987：11，北京：文物出版社。

2. 于省吾，〈陳侯壺銘文考釋〉，《文物》1961：10，北京：文物出版社。

3. 于省吾，〈「鄂君啓節」考釋〉，《考古》1963：8，北京：科學出版社。

4. 于省吾，〈壽縣蔡侯墓銅器銘文考釋〉，《古文字研究》第一輯，北京：中華書局，1979年

5. 于省吾，〈釋百〉，《江漢考古》1983：4，武漢：《江漢考古》編輯部。

6. 于豪亮，〈中山三器銘文考釋〉，《考古學報》1979：2，北京：科學出版社。

7. 山西省文物管理委員會，〈山西長治市分水嶺古墓的清理〉，《考古學報》1957：1，北京：科學出版社。

8. 山西省考古研究所、山西省晉東南地區文化局，〈山西省潞城縣潞河戰國墓〉，《文物》1986：6，北京：文物出版社。

9. 山東沂水縣博物館，〈山東沂水縣近年發現的幾座戰國墓〉，《文物》2001：10，北京：文物出版社。

10. 山東諸城縣博物館，〈山東諸城臧家莊與葛布口村戰國墓〉，《文物》1987：12，北京：文物出版社。

11. 大冶縣博物館，〈鄂王城遺址調查簡報〉，《江漢考古》1985：3，武漢：《江漢考古》編輯部。

12. 大冶縣博物館，〈大冶縣出土戰國窖藏青銅器〉，《江漢考古》1989：3，武漢：《江漢考古》編輯部。

13. 王人聰，〈關於壽縣楚器銘文「佢」字的解釋〉，《考古》1972：6，北京：科學出版社。

14. 王人聰，〈古璽考釋〉，《古文字學論集（初編）》，香港：香港中文大學中國文化研究所、吳多泰中國語文研究中心，1983 年。

15. 王人聰，〈眞山墓地出土「上相邦璽」辨析〉，《故宮博物院院刊》1998：2，北京：紫

禁城出版社。

16. 王方，〈山東章丘出土齊刀、賹化圜錢〉，《中國錢幣》1994：2，北京：《中國錢幣》
編輯部。

17. 王紅武、吳大焱，〈陝西寶雞鳳閣嶺公社出土一批秦代文物〉，《文物》1980：9，北京：
文物出版社。

18. 王健民、梁柱、王勝利，〈曾侯乙墓出土的二十八宿青龍白虎圖象〉，《文物》1979：7，
北京：文物出版社。

19. 王嗣洲、孫德源、趙華，〈遼寧莊河市近年出土的戰國貨幣〉，《文物》1994：6，北京：
文物出版社。

20. 王夢華，〈漢字形體演變中的類化問題〉，《東北師大學報》1982：4，長春：東北師大
學報編輯部。

21. 王輝，〈殷人火祭說〉，《古文字研究論文集》，成都：四川人民出版社，1982年。

22. 王輝，〈跋朔縣揀選的四年邘相樂冥鈹〉，《考古與文物》1989：3，西安：《考古與文
物》編輯部。

23. 王輝，〈秦印探述〉，《文博》1990：5，西安：陝西人民出版社。

24. 王輝，〈秦文字釋牘訂補（八篇）〉，《考古與文物》1997：5，西安：《考古與文物》編
輯部。

25. 王輝，〈秦曾孫駰告華大山明神文考釋〉，《考古學報》2001：2，北京：考古雜誌社。

26. 王翰章，〈燕王職劍考釋〉，《考古與文物》1983：2，西安：《考古與文物》編輯部。

27. 尤仁德，〈春秋戰國八璽考釋〉，《考古與文物》1982：3，西安：《考古與文物》編輯
部。

28. 尤仁德，〈館藏戰國六璽考釋〉，《考古與文物》1990：3，西安：《考古與文物》編輯
部。

29. 天津市歷史博物館考古部、寶坻縣文化館，〈寶坻秦城遺址試掘報告〉，《考古學報》
2001：1，北京：考古雜誌社。

30. 牛濟普，〈新鄭館藏東周陶文試析〉，《中原文物》1989：2，鄭州：《中原文物》編輯
部。

31. 牛濟普，〈河南陶文概述〉，《中原文物》1989：4，鄭州：《中原文物》編輯部。

32. 牛濟普，〈楚系官璽例舉〉，《中原文物》1992：3，鄭州：《中原文物》編輯部。

33. 四川省博物館、青川縣文化館，〈青川縣出土秦更修田律木牘——四川青川縣戰國墓
發掘簡報〉，《文物》1982：1，北京：文物出版社。

34. 四川省博物館、新都縣文物管理所，〈四川新都戰國木槨墓〉，《文物》1981：6，北京：
文物出版社。

35. 包山墓地竹簡整理小組，〈包山2號墓竹簡概述〉，《文物》1988：5，北京：文物出版
社。

36. 石志廉，〈陳喜壺補正〉，《文物》1961：10，北京：文物出版社。

37. 石志廉，〈「楚王孫瀆（漁）」銅戈〉，《文物》1963：3，北京：文物出版社。

38. 石志廉，〈館藏戰國七璽考〉，《中國歷史博物館館刊》1979 年總一期，北京：文物出版社。

39. 石志廉，〈戰國古璽考釋十種〉，《中國歷史博物館館刊》1980 年總二期，北京：文物出版社。

40. 石志廉，〈戰國古鉨文字考釋十一種〉，《中國歷史博物館館刊》1989 年總十三、十四期，北京：文物出版社。

41. 白於藍，〈包山楚簡補釋〉，《中國文字》新廿七期，臺北：藝文印書館，2001 年。

42. 白冠西，〈郘爰考釋〉，《考古通訊》1957：1，北京：科學出版社。

43. 白雲翔，〈遼寧撫順市發現戰國青銅兵器〉，《考古》1996：3，北京：科學出版社。

44. 甘肅省文物考古研究所、天水市北道區文化館，〈甘肅天水放馬灘戰國秦漢墓群的發掘〉，《文物》1989：2，北京：文物出版社。

45. 丘寶怡，〈燕國璽印文字研究〉，《問學二集》，香港：香港中文大學中國語言及文學系，1997 年。

46. 史黨社、田靜，〈郭沫若〈詛楚文考釋〉訂補〉，《文博》1998：3，西安：陝西人民出版社。

47. 西安市文物保護考古所，〈西安北郊尤家莊二十號戰國墓發掘簡報〉，《文物》2004：1，北京：文物出版社。

48. 安志敏，〈金版與金餅──楚漢金幣及其有關問題〉，《考古學報》1973：2，北京：科學出版社。

49. 安志敏、陳公柔，〈長沙戰國繒書及其有關問題〉，《文物》1963：9，北京：文物出版社。

50. 安徽阜陽地區展覽館文博組，〈安徽鳳臺發現楚國「郢大膚」銅量〉，《文物》1978：5，北京：文物出版社。

51. 安徽省文化局文物工作隊，〈安徽淮南市蔡家崗趙家孤堆戰國墓〉，《考古》1963：4，北京：考古雜誌社。

52. 安徽省文物考古研究所、潛山縣文物管理所，〈安徽潛山公山崗戰國墓葬發掘報告〉，《考古學報》2002：1，北京：考古雜誌社。

53. 朱京葛，〈河南長葛出土一件戰國銅鈹〉，《文物》1992：4，北京：文物出版社。

54. 朱華，〈山西運城出土戰國布幣淺析〉，《中國錢幣》1985：2，北京：《中國錢幣》編輯部。

55. 朱淵清，〈孔子詩論〉，簡帛研究網站，2001 年 12 月 18 日。

56. 朱淵清，〈「孔」字的寫法〉，簡帛研究網站，2001 年 12 月 18 日。

57. 朱德熙，〈中山王器的祀字〉，《文物》1987：11，北京：文物出版社。

58. 朱德熙、裘錫圭，〈平山中山王墓銅器銘文的初步研究〉，《文物》1979：1，北京：文物出版社。

59. 朱德熙、裘錫圭、李家浩，〈望山一、二號墓竹簡釋文與考釋〉，《江陵望山沙塚楚墓》，北京：文物出版社，1996年。

60. 李天虹，〈《包山楚簡》釋文補正〉，《江漢考古》1993：3，武漢：《江漢考古》編輯部。

61. 李天虹，〈郭店楚簡文字雜釋〉，《郭店楚簡國際學術研討會論文集》，武漢：湖北人民出版社，2000年。

62. 李守奎，〈江陵九店56號墓竹簡考釋4則〉，《江漢考古》1997：4，武漢：《江漢考古》編輯部。

63. 李光軍、宋蕊，〈二年寺工師壺、雍工敀壺銘文再釋〉，《考古與文物》1993：4，西安：《考古與文物》編輯部。

64. 李先登，〈河南登封陽城遺址出土陶文簡釋〉，《古文字研究》第七輯，北京：中華書局，1982年。

65. 李先登，〈滎陽、邢丘出土陶文考釋〉，《中國歷史博物館館刊》1989年總十一期，北京：文物出版社。

66. 李仲操，〈八年呂不韋戈考〉，《文物》1979：12，北京：文物出版社。

67. 李昭和，〈青川出土木牘文字簡考〉，《文物》1982：1，北京：文物出版社。

68. 李政、曹硯農，〈關注里耶——「湘西里耶秦簡學術研討會」掃描〉，《中國文物報》2002年8月9日，第五版。

69. 李恩佳，〈戰國時期中山國的陶量〉，《文物》1987：4，北京：文物出版社。

70. 李家浩，〈試論戰國時期楚國的貨幣〉，《考古》1973：3，北京：科學出版社。

71. 李家浩，〈戰國邙布考〉，《古文字研究》第三輯，北京：中華書局，1980年。

72. 李家浩，〈楚國官印考釋〉，《江漢考古》1984：2，武漢：《江漢考古》編輯部。

73. 李家浩，〈戰國於疋布考〉，《中國錢幣》1986：4，北京：《中國錢幣》編輯部。

74. 李家浩，〈齊國文字中的「遂」〉，《湖北大學學報（哲學社會科學版）》1992：3，武漢：《湖北大學學報》編輯部。

75. 李家浩，〈十一年皋落戈銘文釋文商榷〉，《考古》1993：8，北京：科學出版社。

76. 李家浩，〈江陵九店五十六號墓竹簡釋文〉，《江陵九店東周墓》，北京：科學出版社，1995年。

77. 李家浩，〈戰國官印考釋兩篇〉，《于省吾教授百年誕辰紀念文集》，長春：吉林大學出版社，1996年。

78. 李家浩，〈信陽楚簡「樂人之器」研究〉，《簡帛研究》第三輯，南寧：廣西教育出版社，1998年。

79. 李家浩，〈傳賃龍節銘文考釋——戰國符節銘文研究之三〉，《考古學報》1998：1，北京：科學出版社。

80. 李家浩，〈燕國「泃谷山金鼎瑞」補釋〉，《中國文字》新廿四期，臺北：藝文印書館，1998年。

81. 李家浩，〈五六號墓竹簡釋文與考釋〉，《九店楚簡》，北京：中華書局，2000年。

82. 李家浩、裘錫圭，〈曾侯乙墓竹簡釋文與考釋〉，《曾侯乙墓》，北京：文物出版社，1989年。

83. 李景聃，〈壽縣楚墓調查報告〉，《田野考古報告》第一冊，臺北：南天書局，1978年。

84. 李運富，〈楚國簡帛文字叢考〉，《古漢語研究》1997：1，長沙：古漢語研究雜誌社。

85. 李零，〈戰國鳥書箴銘帶鉤考釋〉，《古文字研究》第八輯，北京：中華書局，1983年。

86. 李零，〈古文字雜識（二則）〉，《第三屆國際中國古文字學研討會論文集》，香港：香港中文大學中國文化研究所中國語文及文學系，1997年。

87. 李零，〈秦駰禱病玉版的研究〉，《國學研究》第六卷，北京：北京大學出版社，1999年。

88. 李零，〈郭店楚簡校讀記〉，《道家文化研究》第十七輯，北京：生活·讀書·新知三聯書店，1999年。

89. 李零，〈參加「新出簡帛國際學術研討會」的幾點感想〉，簡帛研究網站，2000年11月16日。

90. 李零，〈容成氏〉，《上海博物館藏戰國楚竹書（二）》，上海：上海古籍出版社，2002年。

91. 李零、劉雨，〈楚郙陵君三器〉，《文物》1980：8，北京：文物出版社。

92. 李學來，〈山東肥城市發現一件戰國有銘銅戈〉，《考古》2002：9，北京：考古雜誌社。

93. 李學勤，〈談近年新發現的幾種戰國文字資料〉，《考古參考資料》1956：1，北京：中國古典藝術出版社。

94. 李學勤，〈戰國時代的秦國銅器〉，《文物參考資料》1957：8，北京：文物出版社。

95. 李學勤，〈戰國題銘概述（上）〉，《文物參考資料》1959：7，北京：文物出版社。

96. 李學勤，〈戰國題銘概述（中）〉，《文物參考資料》1959：8，北京：文物出版社。

97. 李學勤，〈戰國題銘概述（下）〉，《文物參考資料》1959：9，北京：文物出版社。

98. 李學勤，〈北京揀選青銅器的幾件珍品〉，《文物》1982：9，北京：文物出版社。

99. 李學勤，〈秦國文物的新認識〉，《文物》1980：9，北京：文物出版社。

100. 李學勤，〈試論長沙子彈庫楚帛書殘片〉，《文物》1992：11，北京：文物出版社。

101. 李學勤，〈古越閣所藏青銅兵器選粹〉，《文物》1993：4，北京：文物出版社。

102. 李學勤，〈鈹〉，《保利藏金——保利藝術博物館精品選》，廣州：嶺南美術出版社，1999年。

103. 李學勤，〈秦玉牘索隱〉，《故宮博物院院刊》2000：2，北京：紫禁城出版社。

104. 李學勤，〈「桓」字與真山楚官璽〉，《國學研究》第八卷，北京：北京大學出版社，2001年。

105. 李學勤，〈滎陽上官皿與安邑下官鍾〉，《文物》2003：10，北京：文物出版社。

106. 李學勤、李零，〈平山三器與中山國史的若干問題〉，《考古學報》1979：2，北京：科學出版社。

107. 宋國定，〈新蔡發掘一座大型楚墓〉，《中國文物報》，1994年10月23日，第一版。

108. 何琳儀,〈中山王器考釋拾遺〉,《史學集刊》1984：3,長春:《史學集刊》編輯委員會。

109. 何琳儀,〈長沙帛書通釋〉,《江漢考古》1986：2,武漢:《江漢考古》編輯部。

110. 何琳儀,〈返邦刀幣考〉,《中國錢幣》1986：3,北京:《中國錢幣》編輯部。

111. 何琳儀,〈平安君鼎國別補正〉,《考古與文物》1986：5,西安:《考古與文物》編輯部。

112. 何琳儀,〈古璽雜識讀〉,《古文字研究》第十九輯,北京:中華書局,1992 年。

113. 何琳儀,〈魏國方足布四考〉,《文物季刊》1992：4,太原:《文物季刊》編輯部。

114. 何琳儀,〈包山竹簡選釋〉,《江漢考古》1993：4,武漢:《江漢考古》編輯部。

115. 何琳儀,〈郭店竹簡選釋〉,《文物研究》總第十二輯,合肥:黃山書社,1999 年。

116. 何琳儀,〈戰國兵器銘文選釋〉,《考古與文物》1999：5,西安:《考古與文物》編輯部。

117. 何琳儀,〈滬簡詩論選釋〉,簡帛研究網站,2002 年 1 月 17 日。

118. 何雙全,〈天水放馬灘秦墓出土地圖初探〉,《文物》1989：2,北京:文物出版社。

119. 孝感地區第二期亦工亦農文物考古訓練班,〈湖北雲夢睡虎地十一號秦墓發掘簡報〉,《文物》1976：6,北京:文物出版社。

120. 余謹,〈上博藏簡（一）討論會綜述〉,簡帛研究網站,2002 年 1 月 1 日。

121. 河北省文化局文化工作隊,〈河北邯鄲百家村戰國墓〉,《考古》1962：12,北京:考古雜誌社。

122. 河北省文物管理處,〈河北省平山縣戰國時期中山國墓葬發掘簡報〉,《文物》1979：1,北京:文物出版社。

123. 河南省文化局文物工作隊第一隊,〈我國考古史上的空前發現信陽長臺關發掘一座戰國大墓〉,《文物參考資料》1959：9,北京:文物出版社。

124. 河南省文物考古研究所、河南省駐馬店市文化局、新蔡縣文物保護管理所,〈河南新蔡平夜君成墓的發掘〉,《文物》2002：8,北京:文物出版社。

125. 河南省文物考古研究所、信陽市文物工作隊,〈河南信陽長臺關七號楚墓發掘簡報〉,《文物》2004：3,北京:文物出版社。

126. 林仙庭、高大美,〈山東棲霞出土戰國時期青銅器〉,《文物》1995：7,北京:文物出版社。

127. 林素清,〈春秋戰國美術字體研究〉,《中央研究院歷史語言研究所集刊》第六十一本第一分,臺北:中央研究院歷史語言研究所,1991 年。

128. 林素清,〈楚簡文字綜論〉,「中央研究院第三屆國際漢學會議」,臺北:中央研究院,2000 年。

129. 林素清,〈上博楚竹書〈昔者君老〉釋讀〉,「第一屆應用出土資料國際學術研討會」,苗栗:育達商業技術學院應用中文系,2003 年。

130. 林清源,〈《殷周金文集成》新收戰國秦戈考釋〉,《于省吾教授百年誕辰紀念文集》,

長春：吉林大學出版社，1996 年。

131. 林澐，〈釋古璽中從「朿」的兩個字〉，《古文字研究》第十九輯，北京：中華書局，1992 年。

132. 長白朝鮮族自治縣文物管理所，〈吉林長白朝鮮族自治縣發現藺相如銅戈〉，《文物》1998：5，北京：文物出版社。

133. 周亞，〈鄙王職壺銘文初釋〉，《上海博物館集刊》第八期，上海：上海書畫出版社，2000 年。

134. 周鳳五，〈《詈命案文書》箋釋——包山楚簡司法文書研究之一〉，《文史哲學報》第四十一期，臺北：國立臺灣大學出版委員會，1994 年。

135. 周鳳五，〈包山楚簡《集著》、《集著言》析論〉，《中國文字》新二十一期，臺北：藝文印書館，1996 年。

136. 周鳳五，〈郭店楚簡〈忠信之道〉考釋〉，《中國文字》新廿四期，臺北：藝文印書館，1998 年。

137. 周鳳五，〈讀郭店竹簡〈成之聞之〉札記〉，《古文字與古文獻》試刊號，臺北：楚文化研究會籌備處，1999 年。

138. 周鳳五，〈郭店楚簡識字札記〉，《張以仁先生七秩壽慶論文集》，臺北：臺灣學生書局，1999 年。

139. 周鳳五，〈郭店楚墓竹簡〈唐虞之道〉新釋〉，《中央研究院歷史語言研究所集刊》第七十本第三分，臺北：中央研究院歷史語言研究所，1999 年。

140. 周鳳五，〈郭店竹簡的形式特徵及其分類意義〉，《郭店楚簡國際學術研討會論文集》，武漢：湖北人民出版社，2000 年。

141. 周鳳五，〈《秦惠文王禱詞華山玉版》新探〉，《中央研究院歷史語言研究所集刊》第七十二本第一分，臺北：中央研究院歷史語言研究所，2001 年。

142. 周鳳五，〈〈孔子詩論〉新釋文及注解〉，簡帛研究網站，2002 年 1 月 16 日。

143. 周鳳五，〈遂公盨銘初探〉，「楚簡綜合研究第二次學術研討會——古文字與古文獻爲議題」，臺北：中央研究院歷史語言研究所，2002 年。

144. 周鳳五，〈論上博〈孔子詩論〉竹簡留白問題〉，簡帛研究網站，2002 年 1 月 19 日。

145. 周曉陸，〈盱眙所出重金絡蠨、陳璋圓壺讀考〉，《考古》1988：3，北京：科學出版社。

146. 周曉陸、紀達凱，〈江蘇連雲港市出土襄城楚境尹戈讀考〉，《考古》1995：1，北京：科學出版社。

147. 岳起，〈咸陽塔兒坡秦墓新出陶文〉，《文博》1998：1，西安：陝西人民出版社。

148. 吳振武，〈《古璽彙編》釋文訂補及分類修訂〉，《古文字學論集（初編）》，香港：香港中文大學中國文化研究所吳多泰中國語文研究中心，1983 年。

149. 吳振武，〈戰國「廩」字考察〉，《考古與文物》1984：4，西安：《考古與文物》編輯部。

150. 吳振武，〈古璽合文考（十八篇）〉，《古文字研究》第十七輯，北京：中華書局，1989 年。

151. 吳振武，〈試說齊國陶文中的「鍾」和「溢」〉，《考古與文物》1991：1，西安：《考古與文物》編輯部。

152. 吳振武，〈說梁重鈳布〉，《中國錢幣》1991：2，北京：《中國錢幣》編輯部。

153. 吳振武，〈戰國璽印中的「虞」和「衡鹿」〉，《江漢考古》1991：3，武漢：《江漢考古》編輯部。

154. 吳振武，〈古璽和秦簡中的「穆」字〉，《文史》第三十八輯，北京：中華書局，1994年。

155. 吳振武，〈釋雙劍誃舊藏燕「外司聖鍴」璽〉，《于省吾教授百年誕辰紀念文集》，長春：吉林大學出版社，1996年。

156. 吳鎮烽，〈工師文罍考〉，《陝西歷史博物館館刊》第四輯，西安：西北大學出版社，1997年。

157. 吳鎮烽、尚志儒，〈陝西鳳翔高莊秦墓地發掘簡報〉，《考古與文物》1981：1，西安：《考古與文物》編輯部。

158. 金祥恆，〈楚繒書「雹虐」解〉，《金祥恆先生全集》第二冊，臺北：藝文印書館，1990年。

159. 武漢市文物商店，〈武漢市收集的幾件重要的東周青銅器〉，《江漢考古》1983：2，武漢：《江漢考古》編輯部。

160. 邵磊，〈戰國古璽分域叢談〉，《南方文物》1996：4，南昌：《南方文物》編輯部。

161. 官德杰，〈山東臨朐新出武城戈〉，《考古與文物》1999：1，西安：《考古與文物》編輯部。

162. 邱德修，〈甲骨文「喪」字考〉，《中等教育輔導叢書》，臺北：國立臺灣師範大學，1996年。

163. 邱德修，〈甲骨文「套字」考——以鬥系爲例〉，「紀念甲骨文發現百週年文字學研討會」，臺中：私立靜宜大學中文系，1999年。

164. 邱德修，〈春秋〈子軋編鐘銘〉考釋〉，《第十屆中國文字學全國學術研討會論文集》，臺中：逢甲大學中國文學系，1999年。

165. 邱德修，〈《金文編·附錄》「俥」字考〉，《第十三屆全國暨海峽兩岸中國文字學學術研討會論文集》，臺北：萬卷樓圖書有限公司，2002年。

166. 邱德修，〈春秋遱邧鐘銘研究〉，《中國學術研刊》第二十三期，臺北：國立臺灣師範大學國文研究所，2002年。

167. 邱德修，〈如何利用「二聲字」解經〉，《第三屆中國經學國際學術研討會論文集》，臺北：洪葉文化事業有限公司，2003年。

168. 胡文春，〈江陵紀南城遺址內出土「趄公」陶豆〉，《江漢考古》1993：1，武漢：《江漢考古》編輯部。

169. 姜亮夫，〈秦詛楚文考釋——兼釋亞駞、大沈久湫兩辭〉，《蘭州大學學報（社會科學版）》1980：4，蘭州：《蘭州大學學報》編輯部。

170. 姜建成，〈山東青州市出土齊國刀幣〉，《中國錢幣》1987：3，北京：《中國錢幣》編

輯部。

171. 郎保利，〈長平古戰場出土三十八年上郡戈及相關問題〉，《文物》1998：10，北京：文物出版社。

172. 洛陽市文物工作隊，〈洛陽市西工區 212 號東周墓〉，《文物》1985：12，北京：文物出版社。

173. 洛陽市文物工作隊，〈洛陽市針織廠東周墓（C1M5269）的清理〉，《文物》2001：12，北京：文物出版社。

174. 洛陽博物館，〈河南洛陽出土「繁陽之金」劍〉，《考古》1980：6，北京：科學出版社。

175. 洛陽博物館，〈洛陽哀成叔墓清理簡報〉，《文物》1981：7，北京：文物出版社。

176. 咸陽市文物考古研究所，〈涇陽寶豐寺秦墓發掘簡報〉，〈文博〉2002：5，西安：陝西人民出版社。

177. 姚漢源，〈鄂君啓節釋文〉，《古文字研究》第十輯，北京：中華書局，1983 年。

178. 范毓周，〈甲骨文中的合文字〉，《國文天地》第七卷第十二期，臺北：國文天地雜誌社，1992 年。

179. 施謝捷，〈《古璽匯編》釋文校訂〉，《容庚先生百年誕辰紀念文集》，廣州：廣東人民出版社，1998 年。

180. 流火，〈銅龍節〉，《文物》1960：8、9，北京：文物出版社。

181. 唐友波，〈新見頁脒鼎小識〉，《上海博物館集刊》第九期，上海：上海書畫出版社，2002 年。

182. 唐石父、高桂雲，〈燕國明刀面文釋「明」之新證〉，《燕文化研究論文集》，北京：中國社會科學出版社，1995 年。

183. 馬王堆漢墓帛書整理小組，〈馬王堆帛書《六十四卦》釋文〉，《文物》1984：3，北京：文物出版社。

184. 馬承源，〈商鞅方升和戰國量制〉，《文物》1972：6，北京：文物出版社。

185. 馬承源，〈前言：戰國楚竹書的發現保護和整理〉，《上海博物館藏戰國楚竹書（一）》，上海：上海古籍出版社，2001 年。

186. 馬承源，〈孔子詩論〉，《上海博物館藏戰國楚竹書（一）》，上海：上海古籍出版社，2001 年。

187. 馬承源，〈子羔〉，《上海博物館藏戰國楚竹書（二）》，上海：上海古籍出版社，2002 年。

188. 馬承源，〈魯邦大旱〉，《上海博物館藏戰國楚竹書（二）》，上海：上海古籍出版社，2002 年。

189. 馬國權，〈鳥蟲書論稿〉，《古文字研究》第十輯，北京：中華書局，1983 年。

190. 馬璽倫、李玉婷、王元平，〈山東沂水縣出土一件「平阿左戈」銅戈〉，《文物》1991：10，北京：文物出版社。

191. 徐中舒，〈陳侯四器考釋〉，《中央研究院歷史語言研究所集刊》第三本第四分，臺北：中央研究院歷史語言研究所，1932 年。

192. 徐中舒、伍仕謙，〈中山王三器釋文及宮室圖說明〉，《中國史研究》1979：4，北京：中國史研究雜誌社。

193. 徐在國，〈戰國官璽考釋（三則）〉，《考古與文物》1999：3，西安：《考古與文物》編輯部。

194. 徐秉琨，〈說「陽安」布〉，《中國錢幣》1985：2，北京：《中國錢幣》編輯部。

195. 郝本性，〈新鄭「韓鄭故城」發現一批戰國銅兵器〉，《文物》1972：10，北京：文物出版社。

196. 荊州地區博物館，〈湖北江陵藤店一號墓發掘簡報〉，《文物》1973：9，北京：文物出版社。

197. 荊州地區博物館，〈江陵王家臺十五號秦墓〉，《文物》1995：1，北京：文物出版社。

198. 荊州博物館，〈江陵李家臺楚墓清理簡報〉，《江漢考古》1986：3，武漢：《江漢考古》編輯部。

199. 荊沙鐵路考古隊，〈江陵秦家嘴楚墓發掘簡報〉，《江漢考古》1988：2，武漢：《江漢考古》編輯部。

200. 高至喜，〈試論湖南楚墓的分期與年代〉，《中國考古學會第一次年會論文集》，北京：文物出版社，1979年。

201. 高英士，〈朔縣趙家口發現戰國劍〉，《考古與文物》1989：3，西安：《考古與文物》編輯部。

202. 高鴻縉，〈頌器考〉，《師大學報》第四期，臺北：臺灣省立師範大學，1959年。

203. 連劭名，〈秦惠文王禱詞華山玉簡文研究〉，《中國歷史博物館館刊》2000：1，北京：文物出版社。

204. 容庚，〈鳥書考〉，《頌齋述林》，香港：翰墨軒出版有限公司，1994年。（又收入《燕京學報》之〈鳥書考〉、〈鳥書考補正〉、〈鳥書三考〉，與《中山大學學報》1964：1之〈鳥書考〉）

205. 晏昌貴、徐承泰，〈「无比當斤」布時代及國別之再探討〉，《江漢考古》1998：1，武漢：《江漢考古》編輯部。

206. 孫昌盛、馬勇、寒麗麗，〈山東蒙陰發現兩件銘文銅戈〉，《文物》1998：11，北京：文物出版社。

207. 孫華，〈先秦貨幣雜考〉，《考古與文物》1990：2，西安：《考古與文物》編輯部。

208. 孫敬明，〈「車大夫長畫」戈考〉，《文物》1987：1，北京：文物出版社。

209. 孫敬明，〈齊城左戈及相關問題〉，《文物》2000：10，北京：文物出版社。

210. 孫敬明、蘇兆慶，〈十年洱陽令戈考〉，《文物》1990：7，北京：文物出版社。

211. 殷國光，〈《呂氏春秋》含「之」的體詞性向心結構的考察〉，《紀念王力先生百年誕辰學術論文集》，北京：商務印書館，2002年。

212. 殷滌非，〈安徽壽縣新發現的銅牛〉，《文物參考資料》1959：4，北京：文物出版社。

213. 殷滌非，〈壽縣楚器中的「大貹鎬」〉，《文物》1980：4，北京：文物出版社。

214. 殷滌非、羅長銘,〈壽縣出土的「鄂君啓金節」〉,《文物參考資料》1958:4,北京:文物出版社。

215. 烏蘭察布盟文物工作隊,〈內蒙古清水河縣拐子上古城發現秦兵器〉,《文物》1987:8,北京:文物出版社。

216. 郭子直,〈戰國秦封宗邑瓦書銘文新釋〉,《古文字研究》第十四輯,北京:中華書局,1986年。

217. 郭沂,〈郭店竹簡與中國哲學(論綱)〉,《郭店楚簡國際學術研討會論文集》,武漢:湖北人民出版社,2000年。

218. 郭沫若,〈由壽縣蔡器論到蔡墓的年代〉,《考古學報》1956:1,北京:科學出版社。

219. 郭沫若,〈者汈鐘銘考釋〉,《考古學報》1958:1,北京:科學出版社。

220. 郭沫若,〈信陽墓的年代與國別〉,《文物參考資料》1958:1,北京:文物出版社。

221. 郭沫若,〈關於鄂君啓節的研究〉,《文物參考資料》1958:4,北京:文物出版社。

222. 陳平,〈遼陽新出四十年上郡守起戈銘補釋〉,《考古》1994:9,北京:科學出版社。

223. 陳立,〈郭店竹書《六德》文字零拾〉,「第一屆出土文獻學術研討會」,臺北:中央研究院歷史語言研究所,2000年。

224. 陳立,〈《孔子詩論》的作者與時代〉,《上博館藏戰國楚竹書研究》,上海:上海書店出版社,2002年。

225. 陳立,〈試由上博簡《緇衣》從「虍」之字尋其文本來源〉,「新出土文獻與古代文明研究國際學術研討會」,上海:上海大學中國古代文明研究所,2002年。

226. 陳立,〈楚系簡帛資料所見符號初撢〉(待刊稿)。

227. 陳玉寅、姚世英,〈者汻鎛的發現與考略〉,《文物》1992:2,北京:文物出版社

228. 陳邦懷,〈對《陳喜壺》一文的補充〉,《文物》1961:10,北京:文物出版社。

229. 陳邦懷,〈戰國楚帛書文字考證〉,《古文字研究》第五輯,北京:中華書局,1981年。(又收入《一得集》)

230. 陳松長,〈湖南常德新出土銅距末銘文小考〉,《文物》2002:10,北京:文物出版社。

231. 陳佩芬,〈緇衣〉,《上海博物館藏戰國楚竹書(一)》,上海:上海古籍出版社,2001年。

232. 陳佩芬,〈昔者君老〉,《上海博物館藏戰國楚竹書(二)》,上海:上海古籍出版社,2002年。

233. 陳振裕,〈望山一號墓的年代與墓主〉,《中國考古學會第一次年會論文集》,北京:文物出版社,1979年。

234. 陳偉,〈郭店楚簡別釋〉,《江漢考古》1998:4,武漢:《江漢考古》編輯部。

235. 陳偉,〈郭店楚簡《六德》諸篇零釋〉,《武漢大學學報(哲學社會科學版)》1999:5,武昌:《武漢大學學報》編輯部。

236. 陳偉,〈上博、郭店二本《緇衣》對讀〉,簡帛研究網站,2002年1月24日。

237. 陳偉武,〈雙聲符字綜論〉,《中國古文字研究》第一輯,長春:吉林大學出版社,1999

年。

238. 陳煒湛,〈包山楚簡研究（七篇）〉,《容庚先生百年誕辰紀念文集》,廣州：廣東人民
出版社,1998 年。

239. 陳爾俊,〈戰國古璽文字考釋補正〉,《文物研究》總第二期,合肥：黃山書社,1986
年。

240. 陳燮君,〈序〉,《上海博物館藏戰國楚竹書（一）》,上海：上海古籍出版社,2001 年。

241. 陳鐵卿,〈一種常見的古代貨幣──明刀〉,《燕文化研究論文集》,北京：中國社會科
學出版社,1995 年。

242. 陶正剛,〈山西屯留出土一件「平周」戈〉,《文物》1987：8,北京：文物出版社。

243. 陶正剛,〈山西臨縣窰頭古城出土銅戈銘文考釋〉,《文物》1994：4,北京：文物出版
社。

244. 陶榮,〈甘肅崇信出土的秦戳記陶器〉,《文物》1991：5,北京：文物出版社。

245. 寇玉海,〈新鄭發現一件刻款戰國銅矛〉,《中原文物》1992：3,鄭州：《中原文物》
編輯部。

246. 張正寧,〈四川西昌發現戰國「車大夫長畫」銘文戈〉,《考古與文物》1993：5,西安：
《考古與文物》編輯部。

247. 張光裕,〈從政〉,《上海博物館藏戰國楚竹書（二）》,上海：上海古籍出版社,2002
年。

248. 張政烺,〈邵王之諻鼎及簋銘考證〉,《中央研究院歷史語言研究所集刊》第八本第三
分,臺北：中央研究院歷史語言研究所,1939 年。

249. 張政烺,〈中山王響壺及鼎銘考釋〉,《古文字研究》第一輯,北京：中華書局,1979
年。

250. 張春龍、龍京沙,〈湘西里耶秦簡「復活」秦國歷史〉,《中國國家地理》第十八期,
臺北：故鄉出版社,2002 年。

251. 張桂光,〈古文字中的形體訛變〉,《古文字研究》第十五輯,北京：中華書局,1986
年。

252. 張國維,〈山西運城發現秦鹿鍪量〉,《考古與文物》1986：1,西安：《考古與文物》
編輯部。

253. 張震澤,〈燕王職戈考釋〉,《考古》1973：4,北京：科學出版社。

254. 張頷,〈魏幣陝布考釋〉,《中國錢幣》1985：4,北京：《中國錢幣》編輯部。

255. 張雙峰,〈河北興隆發現窖藏明刀幣〉,《文物》1985：6,北京：文物出版社。

256. 張懋鎔、王勇,〈「王太后右和室」銅鼎考略〉,《考古與文物》1994：3,西安：《考古
與文物》編輯部。

257. 張懋鎔、蕭琦,〈秦昭王十五年高陵君鼎考論〉,《考古》1993：3,北京：科學出版社。

258. 商志醰,〈記商承祚教授藏長沙子彈庫楚國殘帛書〉,《文物》1992：11,北京：文物
出版社。

259. 商承祚，〈鄂君啓節考〉，《文物精華》1963：2，北京：文物出版社。

260. 商承祚，〈戰國楚帛書述略〉，《文物》1964：9，北京：文物出版社。

261. 許明綱、于臨祥，〈遼寧新金縣後元臺發現銅器〉，《考古》1980：5，北京：科學出版社。

262. 許淑珍，〈臨淄齊國故城新出土陶文〉，《考古與文物》2003：4，西安：《考古與文物》編輯部。

263. 許進雄，〈十八年相邦平國君銅劍──兼談戰國晚期趙國的相〉，《中國文字》新十七期，臺北：藝文印書館，1993 年。

264. 曹淑琴、殷瑋璋，〈壽縣朱家集銅器群研究〉，《考古學文化論集（一）》，北京：文物出版社，1987 年。

265. 曹錦炎，〈釋戰國陶文中的「敀」〉，《考古》1984：1，北京：科學出版社。

266. 曹錦炎，〈戰國璽印文字考釋（三篇）〉，《考古與文物》1985：4，西安：《考古與文物》編輯部。

267. 曹錦炎，〈甲骨文合文研究〉，《古文字研究》第十九輯，北京：中華書局，1992 年。

268. 曹錦炎，〈戰國古璽考釋（三篇）〉，《第二屆國際中國古文字學研討會論文集》，香港：香港中文大學中國語文及文學系，1993 年。

269. 曹錦炎，〈越王嗣旨不光劍銘文考〉，《文物》1995：8，北京：文物出版社。

270. 曹錦炎，〈關於眞山出土的「上相邦璽」〉，《故宮博物院院刊》1998：2，北京：紫禁城出版社。

271. 曹錦炎等，〈浙江省博物館新入藏越王者旨於賜劍筆談〉，《文物》1996：4，北京：文物出版社。

272. 常德市文物處，〈湖南常德德山戰國墓出土鳥篆銘文戈〉，《江漢考古》1996：3，武漢：《江漢考古》編輯部。

273. 常德地區文物工作隊、桃源縣文化局，〈桃源三元村一號楚墓〉，《湖南考古輯刊》第四輯，長沙：岳麓書社，1987 年。

274. 舒之梅、王紀潮，〈曾侯乙墓的發現與研究〉，《鴻禧文物》第二期，臺北：鴻禧藝術文教基金會，1997 年。

275. 舒城縣文物管理所，〈舒城縣秦家橋戰國楚墓清理簡報〉，《文物研究》總第六輯，合肥：黃山書社，1990 年。

276. 黃文杰，〈秦系簡牘文字譯釋商榷（三則）〉，《中山大學學報（社會科學版）》1996：3，廣州：《中山大學學報》編輯部。

277. 黃美麗，〈煙臺博物館收藏的一件戰國銅戈〉，《文物》2002：5，北京：文物出版社。

278. 黃家祥，〈四川青川縣出土九年呂不韋戈考〉，《文物》1992：11，北京：文物出版社。

279. 黃盛璋，〈關於陳喜壺的幾個問題〉，《文物》1961：10，北京：文物出版社。

280. 黃盛璋，〈試論三晉兵器的國別和年代及其相關問題〉，《考古學報》1974：1，北京：科學出版社。

281. 黃盛璋，〈司馬成公權的國別、年代與衡制問題〉，《中國歷史博物館館刊》1980年總二期，北京：文物出版社。

282. 黃盛璋，〈新出信安君鼎、平安君鼎的國別年代與有關制度問題〉，《考古與文物》1982：2，西安：《考古與文物》編輯部。

283. 黃盛璋，〈平山戰國中山石刻初步研究〉，《古文字研究》第八輯，北京：中華書局，1983年。

284. 黃盛璋，〈「匈奴相邦」印之國別、年代及相關問題〉，《文物》1983：8，北京：文物出版社。

285. 黃盛璋，〈跋「車大夫長畫」戈兼談相關問題〉，《文物》1987：1，北京：文物出版社。

286. 黃盛璋，〈新發現三晉兵器及其相關問題〉，《文博》1987：2，西安：陝西人民出版社。

287. 黃盛璋，〈魏享陵鼎銘考論〉，《文物》1988：11，北京：文物出版社。

288. 黃盛璋，〈三晉銅器的國別、年代與相關制度問題〉，《古文字研究》第十七輯，北京：中華書局，1989年。

289. 黃盛璋，〈新發現之戰國銅器與國別〉，《文博》1989：2，西安：陝西人民出版社。

290. 黃盛璋，〈關於加拿大多倫多市安大略博物館所藏三晉兵器及其相關問題〉，《考古》1991：1，北京：科學出版社。

291. 黃盛璋，〈燕齊兵器研究〉，《古文字研究》第十九輯，北京，中華書局，1992年。

292. 黃盛璋，〈新發現的「屯氏」三孔幣與相關問題答覆〉，《中國錢幣》1993：4，北京：《中國錢幣》編輯部。

293. 黃盛璋，〈關於安徽阜陽博物館藏印的若干問題〉，《文物》1993：6，北京：文物出版社。

294. 黃德寬，〈蔡侯產劍銘文補釋及其他〉，《文物研究》總第二期，合肥：黃山書社，1986年。

295. 黃錫全，〈楚幣新探〉，《中國錢幣》1994：2，北京：《中國錢幣》編輯部。

296. 黃錫全，〈「干關」方足布考──干關、扞關、挺關、麋關異名同地〉，《訓詁論叢》第二輯，臺北：文史哲出版社，1997年。

297. 湖北省文物考古研究所，〈湖北棗陽市九連墩楚墓〉，《考古》2003：7，北京：考古雜誌社。

298. 湖北省宜昌地區文物工作隊，〈湖北當陽縣金家山兩座戰國楚墓〉，《文物》1982：4，北京：文物出版社。

299. 湖北省荊州市博物館，〈荊門郭店一號楚墓〉，《文物》1997：7，北京：文物出版社。

300. 湖北省荊州地區博物館，〈江陵天星觀1號楚墓〉，《考古學報》1982：1，北京：科學出版社。

301. 湖北省荊沙鐵路考古隊包山墓地整理小組，〈荊門市包山楚墓發掘簡報〉，《文物》1988：5，北京：文物出版社。

302. 湖北省博物館，〈襄陽蔡坡戰國墓發掘報告〉，《江漢考古》1985：1，武漢：《江漢考古》編輯部。

303. 湖北省博物館，〈湖北江陵雨臺山 21 號戰國楚墓〉，《文物》1988：5，北京：文物出版社。

304. 湖北省博物館、荊州地區博物館、江陵縣文物工作組發掘小組，〈湖北江陵拍馬山楚墓發掘簡報〉，《考古》1973：3，北京：科學出版社。

305. 湖南省文物考古研究所、慈利縣文物保護管理研究所，〈湖南慈利石板 36 號戰國墓發掘簡報〉，《文物》1990：10，北京：文物出版社。

306. 湖南省文物考古研究所、慈利縣文物保護管理研究所，〈湖南慈利縣石板村戰國墓〉，《考古學報》1995：2，北京：科學出版社。

307. 湖南省文物管理委員會，〈長沙楊家灣 M006 號墓清理簡報〉，《文物參考資料》1954：12，北京：文化部社會文化事業管理局。

308. 湖南省文物管理委員會，〈長沙出土的三座大型木槨墓〉，《考古學報》1957：1，北京：科學出版社。

309. 湖南省博物館，〈長沙子彈庫戰國木槨墓〉，《文物》1974：2，北京：文物出版社。

310. 湖南省博物館，〈湖南常德德山楚墓發掘報告〉，《考古》1963：9，北京：考古雜誌社。

311. 馮沂，〈山東臨沂市出土一批齊國刀幣〉，《中國錢幣》1992：2，北京：《中國錢幣》編輯部。

312. 喬志敏、趙丙喚，〈新鄭館藏東周陶文簡釋〉，《中原文物》1988：4，鄭州：《中原文物》編輯部。

313. 程長新，〈北京市揀選的春秋戰國青銅器〉，《文物》1987：11，北京：文物出版社。

314. 彭浩，〈江陵九店六二一號墓竹簡釋文〉，《江陵九店東周墓》，北京：科學出版社，1995 年。

315. 彭澤元，〈魏「十四年鄴兵庫」戈考釋〉，《江漢考古》1989：3，武漢：《江漢考古》編輯部。

316. 傅淑敏，〈祁縣下王莊出土的戰國布幣〉，《文物》1972：4，北京：文物出版社。

317. 湘鄉縣博物館，〈湘鄉縣五里橋、何家灣古墓葬發掘簡報〉，《湖南考古輯刊》第三輯，長沙：岳麓書社，1986 年。

318. 華義武、史潤梅，〈介紹一件先秦有銘銅矛〉，《文物》1989：6，北京：文物出版社。

319. 湯餘惠，〈略論戰國文字形體中的幾個問題〉，《古文字研究》第十五輯，北京：中華書局，1986 年。

320. 湯餘惠，〈關於全字的再探討〉，《古文字研究》第十七輯，北京：中華書局，1989 年。

321. 湯餘惠，〈戰國文字中的繁陽和繁氏〉，《古文字研究》第十九輯，北京：中華書局，1992 年。

322. 湯餘惠，〈古璽文字七釋〉，《第二屆國際中國古文字學研討會論文集》，香港：香港中文大學中國語文及文學系，1993 年。

323. 裘錫圭，〈談談隨縣曾侯乙墓的文字資料〉，《文物》1979：7，北京：文物出版社。（又收於《古文字論集》）

324. 裘錫圭，〈戰國文字中的「市」〉，《考古學報》1980：3，北京：科學出版社。

325. 裘錫圭，〈《睡虎地秦墓竹簡》注釋商榷（一）〉，《文史》第十三輯，北京：中華書局，1982 年。

326. 裘錫圭，〈《睡虎地秦墓竹簡》注釋商榷（二）〉，《文史》第十三輯，北京：中華書局，1982 年。

327. 裘錫圭，〈〈武功縣出土平安君鼎〉讀後記〉，《考古與文物》1982：2，西安：《考古與文物》編輯部。

328. 裘錫圭，〈以郭店〈老子〉簡爲例談談古文字的考釋〉，《郭店〈老子〉──東西方學者的對話》，北京：學苑出版社，2002 年。

329. 曾憲通，〈楚帛書研究四十年〉，《楚帛書》，香港：中華書局，1985 年。

330. 曾憲通，〈論齊國「邊盟之璽」及其相關問題〉，《容庚先生百年誕辰紀念文集》，廣州：廣東人民出版社，1998 年。

331. 曾憲通、楊澤生、蕭毅，〈秦駰玉版文字考釋〉，《考古與文物》2001：1，西安：《考古與文物》編輯部。

332. 楊少哲，〈安徽太和發現郢爰〉，《中國錢幣》2002：2，北京：《中國錢幣》編輯部。

333. 楊五銘，〈兩周金文數字合文初探〉，《古文字研究》第五輯，北京：中華書局，1981 年。

334. 楊凱夫，〈河北圍場出土戰國明刀幣〉，《文物》1992：10，北京：文物出版社。

335. 楊寬，〈雲夢秦簡所反映的土地制度和農業政策〉，《上海博物館集刊──建館三十周年特輯》，上海：上海古籍出版社，1983 年。

336. 楊鳳翔，〈前所未見的「陽」字蟻鼻錢〉，《文物》2001：9，北京：文物出版社。

337. 楊澤生，〈上海博物館所藏楚簡文字說叢〉，簡帛研究網站，2002 年 2 月 3 日。

338. 榆次市文管所，〈榆次市錦綸廠戰國墓清理簡報〉，《文物季刊》1997：3，太原：《文物季刊》編輯部。

339. 董作賓，〈論長沙出土之繒書〉，《大陸雜誌》第十卷第六期，臺北：大陸雜誌社，1955 年。

340. 董琨，〈古文字形體的發展規律〉，《商周古文字讀本》，北京：語文出版社，1989 年。

341. 葉其峰，〈試釋幾方工官璽印〉，《故宮博物院院刊》1979：2，北京：紫禁城出版社。

342. 葉其峰，〈戰國官璽的國別及有關問題〉，《故宮博物院院刊》1981：3，北京：紫禁城出版社。

343. 雍城考古工作隊，〈鳳翔縣高莊戰國秦墓發掘簡報〉，《文物》1980：9，北京：文物出版社。

344. 賈繼東，〈包山楚墓簡文「見日」淺釋〉，《江漢考古》1995：4，武漢：《江漢考古》編輯部。

345. 廖子中，〈洛陽市又發現一座隨葬空首布的東周墓〉，《文物》1992：3，北京：文物出版社。

346. 滕壬生、黃錫全，〈江陵磚瓦廠 M370 楚墓竹簡〉，《簡帛研究 2001》，桂林：廣西師範大學出版社，2001 年。

347. 趙文俊,〈山東沂南陽都故城出土秦代銅斧〉,《文物》1998:12,北京:文物出版社。

348. 趙振華,〈哀成叔鼎的銘文與年代〉,《文物》1981:7,北京:文物出版社。

349. 趙超,〈試談幾方秦代的田字格印及有關問題〉,《考古與文物》1982:6,西安:《考古與文物》編輯部。

350. 趙誠,〈《中山壺》、《中山鼎》銘文試釋〉,《古文字研究》第一輯,北京:中華書局,1979年。

351. 趙誠,〈古文字發展過程中的內部調整〉,《古文字研究》第十輯,北京:中華書局,1983年。

352. 趙誠,〈《齰篙鐘》新解〉,《江漢考古》1998:2,武漢:《江漢考古》編輯部。

353. 壽光縣博物館,〈山東壽光縣出土一批齊刀化〉,《中國錢幣》1987:3,北京:《中國錢幣》編輯部。

354. 遵化縣文管所,〈河北遵化出土一批燕國刀幣〉,《文物》1992:11,北京:文物出版社。

355. 隨州市博物館,〈隨州均川出土銘文青銅器〉,《江漢考古》1986:2,武漢:《江漢考古》編輯部。

356. 劉雨,〈信陽楚簡釋文與考釋〉,《信陽楚墓》,北京:文物出版社,1986年。

357. 劉宗漢,〈釋戰國貨幣中的「全」〉,《中國錢幣》1985:2,北京:《中國錢幣》編輯部。

358. 劉信芳,〈包山楚簡司法術語考釋〉,《簡帛研究》第二輯,北京:法律出版社,1996年。

359. 劉信芳,〈楚簡文字考釋(五則)〉,《于省吾教授百年誕辰紀念文集》,長春:吉林大學出版社,1996年。

360. 劉信芳,〈九店楚簡日書與秦簡日書比較研究〉,《第三屆國際中國古文字學研討會論文集》,香港:香港中文大學中國語言及文學系,1997年。

361. 劉信芳,〈楚系文字「瑟」以及相關的幾個問題〉,《鴻禧文物》第二期,臺北:鴻禧藝術文教基金會,1997年。

362. 劉信芳,〈包山楚簡解詁試筆十七則〉,《中國文字》新廿五期,臺北:藝文印書館,1999年。

363. 劉信芳,〈古璽試解十則〉,《中國文字》新廿六期,臺北:藝文印書館,2000年。

364. 劉釗,〈楚璽考釋(六篇)〉,《江漢考古》1991:1,武漢:《江漢考古》編輯部。

365. 劉釗,〈包山楚簡文字考釋〉,「中國古文字研究會第九屆學術研討會」,南京,1992年。

366. 劉釗,〈釋楚簡中的「纏」(繆)字〉,《江漢考古》1999:1,武漢:《江漢考古》編輯部。

367. 劉釗,〈金文字詞考釋(三則)〉,《第十三屆全國暨海峽兩岸中國文字學學術研討會論文集》,臺北:萬卷樓圖書有限公司,2002年。

368. 劉國勝,〈曾侯乙墓 E61 號漆箱書文字研究—— 附「瑟」字考〉,《第三屆國際中國古文字學研討會論文集》,香港:香港中文大學中國文化研究所中國語文及文學系,1997

年。

369. 劉彬徽、彭浩、胡雅麗、劉祖信，〈包山二號楚墓簡牘釋文與考釋〉，《包山楚墓》，北京：文物出版社，1991 年。

370. 劉彬徽、彭浩、胡雅麗、劉祖信，〈包山楚簡文字的幾個特點〉，《包山楚墓》，北京：文物出版社，1991 年。

371. 劉翔、劉蜀永，〈驫羌鐘銘——我國目前最早和唯一記載長城歷史的金文〉，《考古與文物》1982：2，西安：《考古與文物》編輯部。

372. 劉龍啓、李振奇，〈河北臨城柏暢城發現戰國兵器〉，《文物》1988：3，北京：文物出版社。

373. 鄧昭輝，〈湖南省博物館收藏的一件戰國時期楚刻銘玉璧〉，《文物》2001：4，北京：文物出版社。

374. 駐馬店地區文管會、沁陽縣文教局，〈河南沁陽秦墓〉，《考古與文物》1980：9，西安：《考古與文物》編輯部。

375. 鄭家相，〈燕刀面文「明」字問題〉，《燕文化研究論文集》，北京：中國社會科學出版社，1995 年。

376. 鄭超，〈楚國官璽考述〉，《文物研究》總第二期，合肥：黃山書社，1986 年。

377. 蔡運章，〈論新發現的一件宜陽銅戈〉，《文物》2000：10，北京：文物出版社。

378. 蔡運章，〈太子鼎銘考略〉，《文物》2001：6，北京：文物出版社。

379. 蔡運章、楊海欽，〈十一年皋落戈及其相關問題〉，《考古》1991：5，北京：科學出版社。

380. 樊瑞平、王巧蓮，〈正定縣文物保管所收藏的兩件戰國有銘銅戈〉，《文物》1999：4，北京：文物出版社。

381. 閻奇，〈遼寧省凌源縣劉丈子鄉發現戰國貨幣窖藏〉，《文物》1994：6，北京：文物出版社。

382. 駢宇騫、段書安，〈本世紀以來出土簡帛概述〉，《本世紀出土思想文獻與中國古典哲學研究兩岸學術討論會論文集》，臺北：私立輔仁大學哲學系，1999 年。

383. 潘建明，〈曾侯乙編鐘音律研究〉，《上海博物館集刊——建館三十周年特輯》，上海：上海古籍出版社，1983 年。

384. 龍朝彬，〈湖南常德出土「秦十七年太后」扣器漆盒及相關問題討論〉，《考古與文物》2002：5，西安：《考古與文物》編輯部。

385. 韓中民，〈長沙馬王堆漢墓帛書概述〉，《馬王堆漢墓研究》，長沙：湖南人民出版社，1979 年。（又收入《文物》1974：9）

386. 韓自強、韓朝，〈安徽阜陽出土的楚國官璽〉，《古文字研究》第二十二輯，北京：中華書局，2000 年。

387. 濮茅左，〈性情論〉，《上海博物館藏戰國楚竹書（一）》，上海：上海古籍出版社，2001 年。

388. 濮茅左，〈民之父母〉，《上海博物館藏戰國楚竹書（二）》，上海：上海古籍出版社，

2002 年。

389. 顏世鉉,〈郭店楚簡淺釋〉,《張以仁先生七秩壽慶論文集》,臺北:臺灣學生書局,1999年。

390. 顏世鉉,〈郭店楚簡散論（二）〉,《江漢考古》2000:1,武漢:《江漢考古》編輯部。

391. 顏世鉉,〈郭店楚簡〈六德〉箋釋〉,《中央研究院歷史語言研究所集刊》第七十二本第二分,臺北:中央研究院歷史語言研究所,2001 年。

392. 顏世鉉,〈考古資料與文字考釋、詞義訓詁之關係舉隅〉,「楚簡綜合研究第二次學術研討會——古文字與古文獻為議題」,臺北:中央研究院歷史語言研究所,2002 年。

393. 邊成修,〈山西長治分水嶺 126 號墓發掘簡報〉,《文物》1972:4,武漢:《江漢考古》編輯部。

394. 魏國,〈山東新泰發現一件齊國銅戈〉,《考古與文物》1991:2,西安:《考古與文物》編輯部。

395. 蕭蘊,〈滿城漢墓出土的錯金銀鳥蟲書銅壺〉,《考古》1972:6,北京:科學出版社。

396. 羅運環,〈楚錢三考〉,《江漢考古》1995:3,武漢:《江漢考古》編輯部。

397. 羅福頤,〈中山王墓鼎壺銘文小考〉,《故宮博物院院刊》1979:2,北京:紫禁城出版社。

398. 譚維四,〈江陵雨臺山 21 號楚墓律管淺論〉,《文物》1988:5,北京:文物出版社。

399. 嚴一萍,〈楚繒書新考（中）〉,《中國文字》第二十七冊,臺北:國立臺灣大學文學院中國文學系,1968 年。（又收入《甲骨文字研究》第三輯）

400. 嚴一萍,〈婦好列傳〉,《中國文字》新三期,臺北:藝文印書館,1981 年。

401. 饒宗頤,〈楚繒書疏證〉,《歷史語言研究所集刊》第四十本,臺北:中央研究院歷史語言研究所,1967 年。

402. 饒宗頤,〈說「重意」、「重夜君」與「重皇」〉,《文物》1981:5,北京:文物出版社。

403. 饒宗頤,〈楚帛書之書法藝術〉,《楚帛書》,香港:中華書局,1985 年。

404. 饒宗頤,〈長沙子彈庫殘帛文字小記〉,《文物》1992:11,北京:文物出版社。

405. 饒宗頤,〈緇衣零簡〉,《學術集林》卷九,上海:遠東出版社,1996 年。

406. 饒宗頤,〈在開拓中的訓詁學——從楚簡易經談到新編《經典釋文》的建議〉,《第一屆國際暨第三屆全國訓詁學學術研討會論文》,高雄:國立中山大學中國文學系,1997 年。

407. 蘇建洲,〈戰國古陶文雜識〉,《中國文字》新廿六期,臺北:藝文印書館,2000 年。

408. 顧鐵符,〈信陽一號楚墓的地望與人物〉,《故宮博物院院刊》1979:2,北京:紫禁城出版社。

四

1. 王仲翊,《包山楚簡文字研究》,高雄:國立中山大學中國文學系碩士論文,1996 年。

2. 文炳淳,《包山楚簡所見楚官制研究》,臺北:國立臺灣大學中國文學研究所碩士論文,1997 年。

3. 文炳淳,《先秦楚璽文字研究》,臺北：國立臺灣大學中國文學研究所博士論文,2002年。

4. 方炫琛,《左傳人物名號研究》,臺北：國立政治大學中國文學研究所博士論文,1983年。

5. 朱歧祥,《中山國古史彝銘考》,臺北：國立臺灣大學中國文學系碩士論文,1982年。

6. 江淑惠,《齊國彝銘彙考》,臺北：國立臺灣大學中國文學系碩士論文,1984年。

7. 李知君,《戰國璽印文字研究》,高雄：國立高雄師範大學國文學系碩士論文,2000年。

8. 李富琪,《郭店楚簡文字構形研究》,高雄：國立高雄師範大學國文學系碩士論文,2000年。

9. 林宏明,《戰國中山國文字研究》,臺北：國立政治大學中國文學系碩士論文,1997年。

10. 林素清,《先秦古璽文字研究》,臺北：國立臺灣大學中國文學系碩士論文,1976年。

11. 林素清,《戰國文字研究》,臺北：國立臺灣大學中國文學系博士論文,1984年。

12. 林清源,《兩周青銅句兵銘文彙考》,臺中：私立東海大學中國文學系碩士論文,1987年。

13. 林清源,《楚國文字構形演變研究》,臺中：私立東海大學中國文學系博士論文,1997年。

14. 林雅婷,《戰國合文研究》,高雄：國立中山大學中國文學系碩士論文,1998年。

15. 吳振武,《古璽文編校訂》,長春：吉林大學博士論文,1984年。

16. 吳雅芝,《戰國三晉銅器研究》,臺北：國立臺灣師範大學國文研究所碩士論文,1996年。

17. 邱德修,《說文解字古文釋形考述》,臺北：國立臺灣師範大學國文研究所碩士論文,1974年。

18. 洪燕梅,《睡虎地秦簡文字研究》,臺北：國立政治大學中國文學系碩士論文,1993年。

19. 洪燕梅,《秦金文研究》,臺北：國立政治大學中國文學系博士論文,1998年。

20. 徐筱婷,《秦系文字構形研究》,彰化：國立彰化師範大學國文教育研究所碩士論文,2001年。

21. 陳月秋,《楚系文字研究》,臺中：私立東海大學中國文學系碩士論文,1992年。

22. 陳立,《楚系簡帛文字研究》,臺北：國立臺灣師範大學國文研究所碩士論文,1999年。

23. 陳茂仁,《楚帛書研究》,嘉義：國立中正大學中國文學研究所碩士論文,1996年。

24. 陳昭容,《秦系文字研究》,臺中：私立東海大學中文研究所博士論文,1996年。

25. 陳國瑞,《吳越文字研究》,高雄：國立中山大學中國文學系碩士論文,1997年。

26. 許文獻,《戰國楚系多聲符字研究》,彰化：國立彰化師範大學國文研究所碩士論文,

2001 年。

27. 許學仁，《先秦楚文字研究》，臺北：國立臺灣師範大學國文研究所碩士論文，1979 年。

28. 許學仁，《戰國文字分域與斷代研究》，臺北：國立臺灣師範大學國文研究所博士論文，1986 年。

29. 張光裕，《先秦泉幣文字辨疑》，臺北：國立臺灣大學中國文學系碩士論文，1970 年。

30. 莊淑慧，《曾侯乙墓出土竹簡考》，臺北：國立臺灣師範大學國文研究所碩士論文，1995 年。

31. 曾昱夫，《戰國楚地簡帛音韻研究》，臺北：國立臺灣大學中國文學研究所碩士論文，2001 年。

32. 游國慶，《戰國古璽文字研究》，桃園：國立中央大學中國文學研究所碩士論文，1991 年。

33. 馮勝君，《戰國燕系古文字資料綜述》，長春：吉林大學考古學系碩士論文，1997 年。

34. 黃聖松，《東周齊國文字研究》，臺北：國立政治大學中國文學系碩士論文，2002 年。

35. 黃靜吟，《秦簡隸變研究》，嘉義：國立中正大學中國文學研究所碩士論文，1993 年。

36. 黃靜吟，《楚金文研究》，高雄：國立中山大學中國文學系博士論文，1997 年。

37. 黃麗娟，《郭店楚簡緇衣文字研究》，臺北：國立臺灣師範大學國文研究所碩士論文，2001 年。

38. 劉釗，《古文字構形研究》，長春：吉林大學博士論文，1991 年。

39. 蔡鴻江，《晉系青銅器研究》，高雄：國立高雄師範大學國文學系博士論文，1999 年。

40. 潘琇瑩，《宋國青銅器彝銘研究》，臺南：國立成功大學中國文學研究所碩士論文，1994 年。

41. 謝映蘋，《曾侯乙墓鐘銘與竹簡文字研究》，高雄：國立中山大學中國文學系碩士論文，1994 年。

42. 顏世鉉，《包山楚簡地名研究》，臺北：國立臺灣大學中國文學研究所碩士論文，1997 年。

43. 闕曉瑩，《《古璽彙編》考釋》，臺北：國立臺灣師範大學國文研究所碩士論文，2000 年。

44. 羅凡晸，《郭店楚簡異體字研究》，臺北：國立臺灣師範大學國文研究所碩士論文，2000 年。

45. 蘇建洲，《戰國燕系文字研究》，臺北：國立臺灣師範大學國文研究所碩士論文，2001 年。

五

1. 白川靜，《金文集（四）》，日本東京都：二玄社，1975 年。

2. 林巳奈夫，〈長沙出土戰國帛書考〉，《東方學報》第三十六冊第一分，日本京都：京都大學人文科學研究所，1964 年。

3. 梅原末治，〈近時出現的文字資料〉，《書道全集》第一卷，日本東京都：平凡社，1990 年。

凡　例

一、〈戰國出土文字材料表〉在「斷代」上，係根據時代先後排列，分為早
　　中晚三期，若無法明確斷代者，將之歸屬在「戰國」，不再細分時代先
　　後。

二、諸多文字材料，在民國以前已有不少著錄於圖書中；再者，由於盜墓
　　行為的盛行，現今流傳於世的許多文物，並無出土地點與出土年代等
　　記載。因此將之分為「非科學考古發掘者」與「科學考古發掘者」二
　　類，依序羅列於表格中，以清眉目。

三、文字材料的名稱，多據前人的命名，惟部分文字材料，如：陶器、漆
　　器、玉石等，因不易命名，僅以其間的文字作為該物之名。

四、為避免圖表過於龐雜，凡是著錄中的青銅器名稱相同而且銘文內容一
　　樣者，或是同墓出土的編鐘等，僅列為一筆登載。

五、晉系中無法區別國屬的銅器、貨幣等材料，將之收錄於「未識國別」。

六、對於璽印的處理，若非屬科學考古發掘者，僅採用學者認定無誤的官
　　璽，至於考古墓葬中所見的璽印則一併採用。

七、錢幣出土資料眾多，而相關資訊並不多見，本文在處理上多據《中國
　　錢幣大辭典•先秦編》所載資料。

八、《古陶文彙編》收錄許多來自不同地點的材料，其中文字相同的陶片甚
　　多，本文在處理上僅擇其一，不全部收錄；再者，文句中有一字未能
　　辨識者則以「囗」表示，倘若該文字完全無法辨識概不收錄。

附錄：戰國出土文字材料表

一、楚系出土文字材料

（一）銅器

　　1、非科學考古發掘者

　　（1）越國

編號	名稱	主要著錄	斷代
1	者汈鎛	殷周金文集成 120	戰國早期前段
2	者汈鐘	殷周金文集成 121～132	戰國早期前段
3	越王者旨於賜鐘	殷周金文集成 144	戰國早期前段
4	戉王者旨於賜矛	殷周金文集成 11511	戰國早期前段
5	戉王者旨於賜劍	殷周金文集成 11596～11600	戰國早期前段
6	越王者旨於賜劍	文物 1996：4	戰國早期前段
7	戉王矛	殷周金文集成 11512	戰國早期前段
8	戉王劍（越王其北古劍）	殷周金文集成 11703	戰國早期前段
9	越王不壽劍	古文字研究第二十四輯	戰國早期前段
10	戉王州句矛	殷周金文集成 11535	戰國早期後段
11	戉王大子矛	殷周金文集成 11544	戰國早期後段
12	戉王州句劍	殷周金文集成 11622	戰國早期後段
13	戉王州句劍	殷周金文集成 11623～11624	戰國早期後段
14	戉王州句劍	殷周金文集成 11626～11628	戰國早期後段
15	戉王州句劍	殷周金文集成 11629	戰國早期後段
16	戉王州句劍	殷周金文集成 11630	戰國早期後段

17	戉王州句劍	殷周金文集成 11632	戰國早期後段
18	戉王州句劍	文物 1993：4	戰國早期後段
19	戉王劍	殷周金文集成 11641	戰國早期後段
20	戉王劍	殷周金文集成 11644～11648	戰國早期後段
21	戉王劍	殷周金文集成 11649～11650	戰國早期後段
22	戉王劍	殷周金文集成 11667	戰國早期後段
23	越王不光矛	古文字研究第二十四輯	戰國早期後段

（2）蔡國

編號	名稱	主要著錄	斷代
1	蔡侯產戈	殷周金文集成 11143	戰國早期前段
2	蔡侯產戈	殷周金文集成 11144	戰國早期前段
3	蔡侯產戈	東周鳥篆文字編 25	戰國早期前段
4	蔡侯產劍	東周鳥篆文字編 27	戰國早期前段
5	蔡侯產劍	殷周金文集成 11587	戰國早期前段
6	蔡公子從戈	東周鳥篆文字編 32	戰國早期前段
7	蔡公子從劍	殷周金文集成 11605	戰國早期前段

（3）宋國

編號	名稱	主要著錄	斷代
1	宋公䜌鼎蓋	殷周金文集成 2233	戰國早期前段
2	宋公䜌戈	殷周金文集成 11133	戰國早期前段
3	宋公得戈	殷周金文集成 11132	戰國早期前段

（4）曾國

編號	名稱	主要著錄	斷代
1	曾子遌簠	殷周金文集成 4488～4489	戰國早期前段
2	錯金音律銘文劍	保利藏金——保利藝術博物館精品選	戰國早期後段

（5）楚國

編號	名稱	主要著錄	斷代
1	楚王酓章戈	殷周金文集成 11381	戰國早期前段
2	楚王酓章劍	殷周金文集成 11659	戰國早期前段
3	楚王酓章鐘	殷周金文集成 83	戰國早期後段
4	楚王酓章鐘	殷周金文集成 84	戰國早期後段

5	卲王之諻鼎	殷周金文集成 2288	戰國早期
6	卲王之諻簋	殷周金文集成 3634～3635	戰國早期
7	墉夜君成鼎	殷周金文集成 2305	戰國早期
8	卲方豆	殷周金文集成 4660～4661	戰國早期
9	楚王孫漁戈	殷周金文集成 11152～11153	戰國早期
10	大𪾩之器銅牛	殷周金文集成 10438	戰國中期後段
11	鄂君啓車節	殷周金文集成 12110～12112	戰國中期後段
12	鄂君啓舟節	殷周金文集成 12113	戰國中期後段
13	曾姬無卹壺	殷周金文集成 9710～9711	戰國中期
14	陳坐戈	殷周金文集成 10924	戰國中期
15	奉之新都戈	殷周金文集成 11042	戰國中期
16	新弨戟	殷周金文集成 11161	戰國中期
17	陳𡉚戟	殷周金文集成 11251	戰國中期
18	王命虎符	殷周金文集成 12094～12095	戰國中期
19	王命龍節	殷周金文集成 12097～ 12099、12101～12102	戰國中期
20	王命龍節	殷周金文集成 12100	戰國中期
21	鄘客問量	殷周金文集成 10373	戰國中期
22	王鐸	殷周金文集成 418	戰國晚期後段
23	楚王酓肯釶鼎	殷周金文集成 2479	戰國晚期後段
24	楚王酓肯鼎	殷周金文集成 2623	戰國晚期後段
25	楚王酓肯簠	殷周金文集成 4549～4551	戰國晚期後段
26	楚王酓肯盤	殷周金文集成 10100	戰國晚期後段
27	大𪾩簠	殷周金文集成 4476	戰國晚期後段
28	大𪾩盞	殷周金文集成 4634	戰國晚期後段
29	楚王酓忎鼎	殷周金文集成 2794	戰國晚期後段
30	楚王酓忎鼎	殷周金文集成 2795	戰國晚期後段
31	楚王酓忎盤	殷周金文集成 10158	戰國晚期後段
32	鑄□客甗	殷周金文集成 914	戰國晚期後段
33	但盤埜匕	殷周金文集成 975～976	戰國晚期後段
34	但紹圣匕	殷周金文集成 977～978	戰國晚期後段
35	客豐愍鼎	殷周金文集成 1803～1806	戰國晚期後段
36	集剂鼎	殷周金文集成 1807	戰國晚期後段
37	集脰大子鼎	殷周金文集成 2095～2096	戰國晚期後段

38	鑄客鼎	殷周金文集成 2296	戰國晚期後段
39	鑄客爲集脰鼎	殷周金文集成 2297～2298	戰國晚期後段
40	鑄客爲集䊭鼎	殷周金文集成 2299	戰國晚期後段
41	鑄客爲集口鼎	殷周金文集成 2300	戰國晚期後段
42	鑄客爲王句小廥鼎	殷周金文集成 2393～2394	戰國晚期後段
43	鑄客爲大句脰官鼎	殷周金文集成 2395	戰國晚期後段
44	鑄客鼎	殷周金文集成 2480	戰國晚期後段
45	鑄客簋	殷周金文集成 4506～4513	戰國晚期後段
46	鑄客豆	殷周金文集成 4675～4680	戰國晚期後段
47	鑄客盉	殷周金文集成 9420	戰國晚期後段
48	秦苛脰勺	殷周金文集成 9931～9932	戰國晚期後段
49	鑄客缶	殷周金文集成 10002～10003	戰國晚期後段
50	鑄客匜	殷周金文集成 10199	戰國晚期後段
51	大右鑑	殷周金文集成 10287	戰國晚期後段
52	集脰鎬	殷周金文集成 10291	戰國晚期後段
53	鑄客鑑	殷周金文集成 10293	戰國晚期後段
54	臤子環權	殷周金文集成 10379	戰國晚期後段
55	鑄客盧	殷周金文集成 10388	戰國晚期後段
56	鑄客盧	殷周金文集成 10389	戰國晚期後段
57	鑄客器	殷周金文集成 10577	戰國晚期後段
58	鑄客器	殷周金文集成 10578	戰國晚期後段
59	𨕌陵君王子申豆	殷周金文集成 4694	戰國晚期後段
60	𨕌陵君王子申豆	殷周金文集成 4695	戰國晚期後段
61	𨕌陵君鑑	殷周金文集成 10297	戰國晚期後段
62	悤鼎	殷周金文集成 1250	戰國晚期
63	右圣刃鼎	殷周金文集成 1801	戰國晚期
64	巨茸十九鼎	殷周金文集成 1994	戰國晚期
65	無臭鼎	殷周金文集成 2098～2099	戰國晚期
66	君夫人鼎	殷周金文集成 2106	戰國晚期
67	東陲鼎蓋	殷周金文集成 2241	戰國晚期
68	巨茸王鼎	殷周金文集成 2301	戰國晚期
69	脰所㐱鼎	殷周金文集成 2302	戰國晚期
70	口廥鼎	殷周金文集成 2309	戰國晚期
71	壽春鼎	殷周金文集成 2397	戰國晚期

72	郢大府量	殷周金文集成 10370	戰國晚期
73	王衡桿	殷周金文集成 10375～10376	戰國晚期
74	口益環權	殷周金文集成 10378	戰國晚期
75	武王戈	殷周金文集成 11102～11104	戰國晚期
76	羕陵公戈	殷周金文集成 11358	戰國晚期
77	楚尙車轄	殷周金文集成 12022	戰國晚期
78	陳共車飾	殷周金文集成 12040	戰國晚期
79	大厝鎬	文物 1980：8	戰國晚期
80	君車轄	考古學報 1982：1	戰國晚期
81	王書刀	考古學報 1982：3	戰國晚期
82	分囟益砝碼	考古 1994：8	戰國晚期
83	悍距末	殷周金文集成 11915	戰國
84	王銅衡	文物 1979：4	戰國

2、科學考古發掘者

（1）越國

編號	名稱	主要著錄	斷代
1	越王者旨於賜戈	殷周金文集成 11310	戰國早期前段
2	越王者旨於賜戈	殷周金文集成 11311	戰國早期前段
3	越王者旨於賜劍	江漢考古 1989：3	戰國早期前段
4	越王丌北古劍	文物 2000：8	戰國早期前段
5	戉王州句劍	殷周金文集成 11625	戰國早期後段
6	戉王州句劍	殷周金文集成 11631	戰國早期後段
7	越王州句劍	江漢考古 1990：4	戰國早期後段
8	戉王劍	殷周金文集成 11642	戰國早期後段
9	戉王劍	殷周金文集成 11664	戰國早期後段
10	戉王劍	殷周金文集成 11704	戰國早期後段

（2）蔡國

編號	名稱	主要著錄	斷代
1	蔡侯產劍	殷周金文集成 11602～11603	戰國早期前段
2	蔡侯產劍	殷周金文集成 11604	戰國早期前段
3	蔡公子缶	殷周金文集成 10001	戰國早期前段

（3）許國

編號	名稱	主要著錄	斷代
1	鄦之造戈	殷周金文集成 11045	戰國早期

（4）曾國

編號	名稱	主要著錄	斷代
1	曾侯郕戈	殷周金文集成 10981	戰國早期前段
2	曾侯郕戈	殷周金文集成 11094～11095	戰國早期前段
3	曾侯郕雙戈戟	殷周金文集成 11096～11097	戰國早期前段
4	曾侯郕雙戈戟	殷周金文集成 11098	戰國早期前段
5	曾侯郕戈	殷周金文集成 11174	戰國早期前段
6	曾侯郕雙戈戟	殷周金文集成 11175	戰國早期前段
7	曾侯郕雙戈戟	殷周金文集成 11176～11177	戰國早期前段
8	曾侯郕殳	殷周金文集成 11567	戰國早期前段
9	曾侯遼雙戈戟	殷周金文集成 11178～11179	戰國早期前段
10	曾侯遼三戈戟	殷周金文集成 11180～11181	戰國早期前段
11	曾侯乙鐘	殷周金文集成 286～349	戰國早期後段
12	曾侯乙鬲	殷周金文集成 577	戰國早期後段
13	曾侯乙匕	殷周金文集成 974	戰國早期後段
14	曾侯乙鼎	殷周金文集成 2290～2295	戰國早期後段
15	曾侯乙簋	殷周金文集成 3636～3643	戰國早期後段
16	曾侯乙簠	殷周金文集成 4495～4496	戰國早期後段
17	曾侯乙豆	殷周金文集成 4670～4671	戰國早期後段
18	曾侯乙壺	殷周金文集成 9581～9582	戰國早期後段
19	曾侯乙勺	殷周金文集成 9927～9930	戰國早期後段
20	曾侯乙缶	殷周金文集成 9998～9999	戰國早期後段
21	曾侯乙冰缶	殷周金文集成 10000	戰國早期後段
22	曾侯乙盤	殷周金文集成 10077	戰國早期後段
23	曾侯乙匜	殷周金文集成 10197 ～10198	戰國早期後段
24	曾侯乙鑑	殷周金文集成 10292	戰國早期後段
25	曾侯乙過濾器	殷周金文集成 10348	戰國早期後段
26	曾侯乙盧	殷周金文集成 10387	戰國早期後段

27	曾侯乙箕	殷周金文集成 10398～10399	戰國早期後段
28	曾侯乙銅鶴	殷周金文集成 10439	戰國早期後段
29	曾侯乙鉤形器	殷周金文集成 10455	戰國早期後段
30	旞作口戈	殷周金文集成 11047	戰國早期後段
31	邥君戈	殷周金文集成 11048	戰國早期後段
32	曾侯乙戈	殷周金文集成 11167	戰國早期後段
33	曾侯乙戈	殷周金文集成 11168，11171	戰國早期後段
34	曾侯乙戈	殷周金文集成 11169～11170	戰國早期後段
35	曾侯乙三戈戟	殷周金文集成 11172	戰國早期後段
36	曾侯乙三戈戟	殷周金文集成 11173	戰國早期後段
37	斦君戟	殷周金文集成 11214	戰國早期後段
38	君輕車軎	殷周金文集成 12025	戰國早期後段
39	盛君縈簠	殷周金文集成 4494	戰國早期後段

（5）楚國

編號	名稱	主要著錄	斷代
1	楚王酓章鎛	殷周金文集成 85	戰國早期後段
2	邵之飤鼎	殷周金文集成 1980	戰國早期
3	邙君戈	殷周金文集成 11026	戰國早期
4	鄵戈	殷周金文集成 11027	戰國早期
5	周旞戈	殷周金文集成 11043	戰國早期
6	番仲戈	殷周金文集成 11261	戰國早期
7	敓戟	殷周金文集成 11092	戰國早期
8	玄鏐戈	江漢考古 1996：3	戰國早期
9	王刮刀	殷周金文集成 11817～11818	戰國早期
10	平夜君成之用戟	文物 2002：8	戰國中期前段
11	平夜君成之用戈	文物 2002：8	戰國中期前段
12	王刮刀	殷周金文集成 11819	戰國中期後段
13	中易鼎	湖南考古輯刊四	戰國中期後段
14	甯篙鐘	殷周金文集成 38	戰國中期
15	正易鼎	殷周金文集成 1500	戰國中期
16	鄳公戈	殷周金文集成 10977	戰國中期
17	王命車馬虎節	西漢南越王墓	戰國中期

18	繁湯之金劍	殷周金文集成 11582	戰國中期
19	長邦戈	殷周金文集成 10914〜10915	戰國晚期
20	蔡長匜	文物研究 6	戰國晚期
21	余訓壺	文物研究 6	戰國晚期
22	李倚壺	文物研究 6	戰國晚期
23	南州壺	文物研究 6	戰國晚期
24	南君戈	江陵九店東周墓	戰國晚期
25	襄城楚境尹戈	考古 1995：1	戰國晚期
26	宜章矛	殷周金文集成 11474	戰國
27	悍距末	文物 2002：10	戰國
28	光張距末	文物 2002：10	戰國

（二）簡帛

1、非科學考古發掘者

（1）楚國

編號	名稱	主要著錄	斷代
1	楚帛書	楚帛書	戰國中期後段
2	香港中文大學藏簡	香港中文大學文物館藏簡牘	戰國中晚期
3	上海博物館藏簡	上海博物館藏戰國楚竹書（一）（二）（三）	戰國中晚期

2、科學考古發掘者

（1）曾國

編號	名稱	主要著錄	斷代
1	曾侯乙墓竹簡	曾侯乙墓	戰國早期後段

（2）楚國

編號	名稱	主要著錄	斷代
1	雨臺山二十一號墓竹簡	文物 1988：5	戰國中期前段
2	慈利石板村三十六號墓竹簡	考古學報 1995：2	戰國中期前段
3	葛陵平夜君成墓竹簡	文物 2002：8	戰國中期前段
4	信陽一號墓竹簡	信陽楚墓	戰國中期後段
5	信陽七號墓竹簡	文物 2004：3	戰國中期後段

6	天星觀一號墓竹簡	考古學報 1982：1	戰國中期後段
7	藤店一號墓竹簡	文物 1973：9	戰國中期後段
8	江陵九店六二一號墓竹簡	江陵九店東周墓	戰國中期後段
9	望山一號墓竹簡	江陵望山沙塚楚墓	戰國中期後段
10	望山二號墓竹簡	江陵望山沙塚楚墓	戰國中期後段
11	包山二號墓竹簡	包山楚墓	戰國中期後段
12	馬山一號墓竹簡	楚系簡帛文字編	戰國中期後段
13	郭店一號墓竹簡	郭店楚墓竹簡	戰國中期後段
14	秦家嘴一號墓竹簡	江漢考古 1988：2	戰國中期
15	秦家嘴十三號墓竹簡	江漢考古 1988：2	戰國中期
16	秦家嘴九十九號墓竹簡	江漢考古 1988：2	戰國中期
17	臨澧九里一號墓竹簡	楚文化考古大事記	戰國中期
18	九連墩二號墓竹簡	考古 2003：7	戰國中期
19	德山夕陽坡二號墓竹簡	楚國歷史文化辭典	戰國中晚期
20	江陵九店五十六號墓竹簡	江陵九店東周墓	戰國晚期前段
21	楊家灣六號墓竹簡	長沙楚墓	戰國晚期後段
22	五里牌四零六號墓竹簡	長沙發掘報告	戰國晚期
23	仰天湖二十五號墓竹簡	戰國楚竹簡匯編	戰國晚期
24	湘西里耶竹簡	中國國家地理第十八期	戰國晚期
25	范家坡二十七號墓竹簡	楚系簡帛文字編	戰國
26	江陵九店四一一號墓竹簡	江陵九店東周墓	戰國
27	磚瓦場三七零號墓竹簡	簡帛研究 2001	戰國
28	雞公山四十八號墓竹簡	望山楚簡	戰國

（三）璽印

1、非科學考古發掘者

編號	名稱	主要著錄	斷代
1	右酷王鉨	古璽彙編 0001	戰國〔註1〕

〔註1〕　〈右酷王鉨〉之「酷」字從酉從央從白，右側上方的「央」字形體，與包山竹簡
　　　　（201）、天星觀卜筮簡所見之字相近同，惟後二者於豎畫上添加一筆短橫畫，釋

2	弋郛昜君鈢	古璽彙編 0002	戰國
3	上鞀君之謂鈢	古璽彙編 0003	戰國〔註2〕
4	司馬之鈢	古璽彙編 0024	戰國
5	司馬窣（卒）鈢	古璽彙編 0042	戰國
6	下鄰邑大夫	古璽彙編 0097	戰國
7	上場（唐）行邑大夫鈢	古璽彙編 0099	戰國
8	上龏邑大夫之鈢	古璽彙編 0100	戰國
9	江夌（陵）行邑大夫鈢	古璽彙編 0101	戰國
10	新蔡大夫之鈢	古璽彙編 0102	戰國〔註3〕
11	大廈（府）	古璽彙編 0127	戰國
12	行廈（府）之鈢	古璽彙編 0128	戰國
13	行廈（府）之鈢	古璽彙編 0129	戰國
14	邟（六）行廈（府）之鈢	古璽彙編 0130	戰國
15	造廈（府）之鈢	古璽彙編 0131	戰國
16	高廈（府）之鈢	古璽彙編 0132	戰國
17	口正廈（府）鈢	古璽彙編 0133	戰國
18	行惠廈（府）鈢	古璽彙編 0134	戰國
19	伍官之鈢	古璽彙編 0135	戰國
20	正官之鈢	古璽彙編 0136	戰國

爲「醋」字應無疑義。

〔註2〕　〈上鞀君之謂鈢〉原書釋作〈上口君之口鈢〉，〈五渚正鈢〉原書釋作〈五口正鈢〉，其中的缺字，爲李家浩考釋增補。「鞀」字右側從欠從口，李家浩以爲添加「口」者於楚文字裡習見，該字應釋爲「贛」，「上贛」或爲贛水邊上故名之。此字是否釋爲「贛」仍須再考慮，故僅從其隸釋之字。再者，〈連囂之四〉原書釋作〈口囂之口〉，李家浩釋爲〈連囂之口三〉，其中的未識字，從印文觀察，應是一筆長橫畫，將之與其下之「三」合併，即爲「四」字。李家浩：〈楚國官印考釋〉，《江漢考古》1984年第2期，頁44～49。

〔註3〕　〈新蔡大夫之鈢〉原書釋作〈口口大夫之鈢〉，〈逋（傳）遞（徙）之鈢〉原書釋作〈逋（傳）口之鈢〉，〈陻（陳）之新都〉原書釋作〈陻（陳）之新口〉，〈后戠（織）歲鈢〉原書釋作〈后口口鈢〉，從其對照可知，該書缺釋甚多，今觀察楚系簡帛資料，缺釋之字皆可據以補入，故從劉釗之意見。劉釗：〈楚璽考釋（六篇）〉，《江漢考古》1991年第1期，頁73～76。

21	計官之鉨	古璽彙編 0137	戰國
22	計官之鉨	古璽彙編 0138	戰國
23	計官之鉨	古璽彙編 0140	戰國
24	㯺（麓）官之鉨	古璽彙編 0141	戰國
25	剢（宰）官之鉨	古璽彙編 0142	戰國
26	新邦官鉨	古璽彙編 0143	戰國
27	連尹之鉨	古璽彙編 0145	戰國
28	士尹之鉨	古璽彙編 0146	戰國
29	群粟客鉨	古璽彙編 0160	戰國
30	鑄巽客鉨	古璽彙編 0161	戰國
31	右囗客鉨	古璽彙編 0162	戰國
32	客戒之鉨	古璽彙編 0163	戰國
33	囗相夌莫囂	古璽彙編 0164	戰國〔註4〕
34	行士鉨	古璽彙編 0165	戰國
35	行士之鉨	古璽彙編 0166	戰國
36	南門之鉨	古璽彙編 0168	戰國
37	安昌里鉨	古璽彙編 0178	戰國
38	樂成里鉨	古璽彙編 0179	戰國
39	郪里之鉨	古璽彙編 0180	戰國
40	楮里之鉨	古璽彙編 0181	戰國
41	閒鄲愧大夫鉨	古璽彙編 0183	戰國
42	州鉨	古璽彙編 0184	戰國
43	右州之鉨	古璽彙編 0185	戰國
44	連（傳）逞（徙）之鉨	古璽彙編 0203	戰國
45	垤鄌（國）之鉨	古璽彙編 0204	戰國

〔註4〕〈囗相夌莫囂〉的「夌」字本釋為「垂」，「朶陵」〈包山75〉之「陵」字右側形體
與此相同，故從曹錦炎改之；此外，曹錦炎於其專著中條列多項《古璽彙編》誤
釋或漏釋的璽印，並予以更改，如：〈正官之鉨〉的「正」字誤釋為「五」，〈群粟
客鉨〉的第二字原本未釋，〈司馬㝵鉨〉的第三字本亦未釋等，今悉據曹錦炎的討
論與考證，一併改正，不逐一條列。曹錦炎：《古璽通論》，上海，上海書畫出版
社，1996年。

46	戠（職）歲之鉨	古璽彙編 0205	戰國
47	良寇之鉨	古璽彙編 0206	戰國
48	周城之鉨	古璽彙編 0207	戰國
49	邦垂之鉨	古璽彙編 0209	戰國
50	軍計之鉨	古璽彙編 0210	戰國
51	口亭之鉨	古璽彙編 0211	戰國
52	流飤（食）之鉨	古璽彙編 0212	戰國〔註5〕
53	戠（織）室之鉨	古璽彙編 0213	戰國〔註6〕
54	行㯟（鹿）之鉨	古璽彙編 0214	戰國〔註7〕
55	戠（職）飤（食）之鉨	古璽彙編 0217	戰國
56	專（薄）室之鉨	古璽彙編 0228	戰國
57	專（薄）室之鉨	古璽彙編 0229	戰國
58	蒦君之鉨	古璽彙編 0230	戰國
59	糈坙埜（野）鉨	古璽彙編 0252	戰國
60	堯相賡鉨	古璽彙編 0262	戰國
61	邨邌达（逐）鉨	古璽彙編 0263	戰國
62	檠埜（來）公鉨	古璽彙編 0264	戰國
63	口邑之出鉨	古璽彙編 0267	戰國
64	攺右馬鉨	古璽彙編 0268	戰國

〔註5〕〈流飤（食）之鉨〉的首字本未釋，李零透過辭例、文字的比對等，將該字釋爲「流」字，並指出「流食」或可讀爲「游食」，該璽印可能是傳食之璽。李零釋爲「流」字是正確的，但是「流食」一印可否視爲傳食之璽，於此暫持保留態度。李零：〈古文字雜識（二則）〉，《第三屆國際中國古文字學研討會論文集》，頁 757～759，香港，香港中文大學中國文化研究所中國語文及文學系，1997 年。

〔註6〕〈戠（織）室之鉨〉的首字本未釋出，該字又見於包山竹簡，故知葉其峰釋爲「戠」字無誤，葉其峰進一步指出應讀爲「織室」，是一種管理紡織手工業的工官，其言應可採信。凡應釋爲「戠」字者，亦據此改正。葉其峰：〈試釋幾方工官璽印〉，《故宮博物院院刊》1979 年第 2 期，頁 73。

〔註7〕〈行㯟（鹿）之鉨〉的「㯟」字原書未釋，偏旁「㯟」的寫法又見於包山竹簡，吳振武將之釋爲「㯟」應可採信，吳振武進一步指出「行㯟」應讀爲「衡鹿」，即文獻所載之掌管林麓之官，今從其說法。吳振武：〈戰國璽印中的「虞」和「衡鹿」〉，《江漢考古》1991 年第 3 期，頁 86～87。

65	号（鄩）易口鉩	古璽彙編 0269	戰國 〔註8〕
66	旼鉩	古璽彙編 0270	戰國
67	訶里傕（進）鉩	古璽彙編 0274	戰國
68	弋易邦栗鉩	古璽彙編 0276	戰國 〔註9〕
69	龍城餞鉩	古璽彙編 0278	戰國
70	童（鐘）丌（瑟）亭鉩	古璽彙編 0279	戰國 〔註10〕
71	右斯政鉩	古璽彙編 0280	戰國
72	陣（陳）之新都	古璽彙編 0281	戰國
73	口夌竿鉩	古璽彙編 0283	戰國
74	鄙辱迉傳鉩	古璽彙編 0288	戰國
75	勿正關鉩	古璽彙編 0295	戰國
76	下鄝戠襄	古璽彙編 0309	戰國

〔註8〕 〈号（鄩）易口鉩〉本釋文〈吁易口鉩〉，曹錦炎指出從銀雀山漢簡、馬王堆帛書
等資料觀察，首字不當釋爲「吁」，應改釋爲「号」，可讀爲從偏旁「邑」之「鄩」
字，其言可從。曹錦炎：〈戰國古璽考釋（三篇）〉，《第二屆國際中國古文字學研
討會論文集》，頁400，香港，香港中文大學中國語文及文學系，1993 年。

〔註9〕 〈弋易邦栗鉩〉原書釋爲〈口邦栗鉩〉，吳振武指出未釋之字應是「弋易」合文。
戰國時期以合文方式書寫時，並無硬性規定必添加合文符號，吳振武釋爲「弋易」
應無疑義。（吳振武：〈古璽合文考（十八篇）〉，《古文字研究》第十七輯，頁269，
北京，中華書局，1989 年。）此外，吳振武更在其博士論文與相關文章裡，針對
《古璽彙編》誤釋或漏釋者加以訂補，其意見多有可取，今多據以改之。吳振武：
《古璽文編校訂》，長春，吉林大學博士論文，1984 年；吳振武：〈《古璽彙編》釋
文訂補及分類修訂〉，《古文字學論集（初編）》，頁 485～535，香港，香港中文大
學中國文化研究所吳多泰中國語文研究中心，1983 年。

〔註10〕 〈童（鐘）丌（瑟）亭鉩〉原書釋作〈童口口鉩〉，從二丌之字亦見於郭店竹簡，
郭店竹簡〈性自命出〉即從二丌，採取上下式形構，作「聽琴瑟之聲」(24)，故
逕改爲「瑟」字；「亭」字本未釋，何琳儀分析字形應作「亭」字，今從其意見。
「童瑟」一辭未知其義，《楚辭・招魂》云：「陳鍾按鼓，造新歌些……鏗鍾搖簴，
揳梓瑟些。」（（宋）朱熹集注：《楚辭集注》，頁 261～263，臺北，藝文印書館，
1983 年。）文中皆將樂器對舉，「鍾」字即爲「鐘」，印文之「童」字應爲「鐘」，
「鐘」、「童」同爲東部字，可以通假。又〈士尹之鉩〉的「士」字本釋爲「上」，
古文字「上」未見此一形體，作此者皆爲「士」字，而何琳儀亦持相同的意見，
故亦逕改之。何琳儀：〈古璽雜識讀〉，《古文字研究》第十九輯，頁 480～483，北
京，中華書局，1992 年。

77	東鄲戠室	古璽彙編 0310	戰國
78	西口巨四	古璽彙編 0316	戰國
79	平阿	古璽彙編 0317	戰國
80	連囂之四	古璽彙編 0318	戰國
81	戠（織）室之口	古璽彙編 0320	戰國
82	郢戠迴敓	古璽彙編 0335	戰國
83	剡賡（府）	古璽彙編 0337	戰國
84	五渚正鉨	古璽彙編 0343	戰國
85	竽鉨	古璽彙編 0346	戰國
86	睧（命）鉨	古璽彙編 0351	戰國
87	口鉨	古璽彙編 0358	戰國
88	俈（造）賡（府）	古璽彙編 2550	戰國
89	女倌	古璽彙編 3580	戰國
90	口信之鉨	古璽彙編 3736	戰國
91	后戠（織）歲鉨	古璽彙編 3759	戰國
92	司馬之賡（府）	古璽彙編 5538	戰國
93	郢粟客鉨	古璽彙編 5549	戰國
94	代州之鉨	古璽彙編 5554	戰國
95	邘食之鉨	古璽彙編 5555	戰國
96	閒中虘鉨	古璽彙編 5559	戰國
97	公翠（卒）之四	古璽彙編 5560	戰國
98	焞公里鉨	古璽彙編 5601	戰國
99	安口之鉨	古璽彙編 5603	戰國
100	口計之鉨	古璽彙編 5604	戰國
101	䜌（聯）叕（綴）郢官	古璽彙編 5605	戰國
102	陲成匀（軍）	珍秦齋藏印・戰國篇 1	戰國
103	述（遂）保之鉨	珍秦齋藏印・戰國篇 2	戰國
104	藏室	珍秦齋藏印・戰國篇 3	戰國
105	口賡（府）	珍秦齋藏印・戰國篇 4	戰國
106	臧（藏）室	珍秦齋藏印・戰國篇 5	戰國

107	鱷（嶜）革	珍秦齋藏印・戰國篇 6	戰國
108	大莫囂鉩	楚文物圖典	戰國
109	囗州之鉩	楚文物圖典	戰國
110	新東陽邑大夫鉩	楚文物圖典	戰國
111	邿菱鉩	湖南省博物館藏古璽印集 1	戰國
112	中戠（織）室鉩	湖南省博物館藏古璽印集 8	戰國
113	黃里貣鉩	古文字研究第二十二輯	戰國
114	鄒厚行邑大夫鉩	古文字研究第二十二輯	戰國

2、科學考古發掘者

編號	名稱	主要著錄	斷代
1	士	長沙楚墓	戰國中期
2	金悬	楚文物圖典	戰國中期
3	士	楚文物圖典	戰國中期
4	苟膳	湖南省博物館藏古璽印集 13	戰國中期
5	區夫相鉩、敬	古璽彙編 0239	戰國晚期
6	大甌（飲）	古璽彙編 5590	戰國晚期
7	競人之鉩	江陵九店東周墓	戰國晚期
8	中（忠）身（信）	長沙楚墓	戰國晚期
9	行可	長沙楚墓	戰國晚期
10	共囗	長沙楚墓	戰國晚期
11	萬金	楚文物圖典	戰國晚期
12	奠囗	楚文物圖典	戰國晚期
13	莫囗信鉩	湖南省博物館藏古璽印集 7	戰國晚期
14	某（梅）薔	湖南省博物館藏古璽印集 11	戰國晚期
15	張女	湖南省博物館藏古璽印集 12	戰國晚期
16	黃鑄	湖南省博物館藏古璽印集 14	戰國晚期
17	陽緩	湖南省博物館藏古璽印集 15	戰國晚期

18	登（鄧）口	湖南省博物館藏古璽印集 16	戰國晚期
19	張瑤	湖南省博物館藏古璽印集 19	戰國晚期
20	黃惑	湖南省博物館藏古璽印集 20	戰國晚期
21	日圣（爻）	湖南省博物館藏古璽印集 23	戰國晚期
22	敬	湖南省博物館藏古璽印集 44	戰國晚期
23	敬上	湖南省博物館藏古璽印集 45	戰國晚期
24	信	湖南省博物館藏古璽印集 48	戰國晚期
25	上桓（柱）邦（國）鉨	眞山東周墓地	戰國晚期
26	啓	眞山東周墓地	戰國晚期
27	鼉宫大夫鉨	考古與文物 2002：5	戰國晚期
28	悉行	長沙楚墓	戰國
29	尙	長沙楚墓	戰國
30	宋難	長沙楚墓	戰國
31	口嚻之鉨	楚文物圖典	戰國
32	黃圣（爻）之鉨	湖南省博物館藏古璽印集 17	戰國

（四）封泥與烙印

1、科學考古發掘者

編號	名稱	主要著錄	斷代
1	昭竽	江陵望山沙塚楚墓	戰國中期後段
2	於王既正	江陵望山沙塚楚墓	戰國中期後段
3	紋	包山楚墓	戰國中期後段
4	咸亭	江陵九店東周墓	戰國晚期後段
5	沉易（陽）㻤（衡）	長沙楚墓	戰國晚期

（五）貨幣

1、非科學考古發掘者

編號	名稱	主要著錄	斷代
1	陳爯・金版	中國錢幣大辭典・先秦編	戰國
2	專爯・金版	中國錢幣大辭典・先秦編	戰國〔註11〕
3	少貞・金版	中國錢幣大辭典・先秦編	戰國〔註12〕
4	鄏爯・金版	中國錢幣大辭典・先秦編	戰國
5	鑪・金版	中國錢幣大辭典・先秦編	戰國
6	垂丘・金版	中國錢幣大辭典・先秦編	戰國
7	郢爯・金版	中國錢幣大辭典・先秦編	戰國
8	中・金版	中國錢幣大辭典・先秦編	戰國
9	郢爯・銀版	中國錢幣大辭典・先秦編	戰國〔註13〕
10	見金一朱・銅錢牌	中國錢幣大辭典・先秦編	戰國〔註14〕

〔註11〕「專爯」本釋爲「專爯」，據黃錫全指出，「專」、「專」二字形體雖近而有別，不可混同而論；又「鑪」字本釋爲「鑪」，楚文字「鑪」非作此形體，黃錫全以爲貨幣所見應是從鹵從皿之字，今悉從其意見。黃錫全：《先秦貨幣通論》，頁350～352，北京，紫禁城出版社，2001年。

〔註12〕從幣文觀察，「少貞」二字清晰可辨。「貞」、「少」二字的寫法在楚文字中習見，朱活將之釋爲「少鼎」，即「鼏」字，鼏、蔡音近相通，故此地爲「蔡」。包山竹簡「貞」字的形體與之相同，如：（223）之「恆貞吉」一辭的「貞」字等即作此形，何琳儀將之釋爲「少貞」的意見可信。朱活：《古錢新探》，頁229，濟南，齊魯書社，1984年；何琳儀：〈楚幣五考〉，《古幣叢考》，頁252～254，臺北，文史哲出版社，1996年。

〔註13〕貨幣上的「爯」字，至今仍有不少學者將之釋爲「爰」，西漢前期墓葬中常見泥質郢稱與半兩的冥錢出土。（中國社會科學院考古研究所：《長沙發掘報告》，頁80～82，北京，科學出版社，1957年；湘鄉縣博物館：〈湘鄉縣五里橋、何家灣古墓葬發掘簡報〉，《湖南考古輯刊》第三輯，頁73～74，長沙，岳麓書社，1986年。）再者，長沙馬王堆一號漢墓的隨葬品，亦出土泥質的冥錢，一爲泥半兩，一爲泥郢稱。前者出土四十簍，每簍約盛二千五百枚至三千枚，外形和字形與秦之「半兩」近乎無異；後者共計三百餘塊，外形與字形雖與楚之「郢爯」略異，就文字言，「郢爯」即是「郢稱」。中國科學院考古研究所、湖南省博物館：《長沙馬王堆一號漢墓（上）》，頁126，北京，文物出版社，1973年。

〔註14〕「見金」之「見」字本釋爲「良」，其字形又見於郭店竹簡〈五行〉（29）、（30），

11	見金二朱・銅錢牌	中國錢幣大辭典・先秦編	戰國
12	見金四朱・銅錢牌	中國錢幣大辭典・先秦編	戰國
13	忻・蟻鼻錢	中國錢幣大辭典・先秦編	戰國
14	行・蟻鼻錢	中國錢幣大辭典・先秦編	戰國
15	全・蟻鼻錢	中國錢幣大辭典・先秦編	戰國
16	貝・蟻鼻錢	中國錢幣大辭典・先秦編	戰國
17	君・蟻鼻錢	中國錢幣大辭典・先秦編	戰國
18	匋・蟻鼻錢	中國錢幣大辭典・先秦編	戰國
19	巽・蟻鼻錢	中國錢幣大辭典・先秦編	戰國 [註15]
20	粲・蟻鼻錢	中國錢幣大辭典・先秦編	戰國
21	橈比當忻・平襠方足平首布	中國錢幣大辭典・先秦編	戰國 [註16]
22	陽・蟻鼻錢	文物 2001：9	戰國 [註17]

2、科學考古發掘者

編號	名稱	主要著錄	斷代
1	巽・蟻鼻錢	長沙楚墓	戰國 [註18]

文句分別爲「文王之見也如此」、「見而知之，智也」，亦見於包山竹簡（15）、（17）、（135）等，分別爲「見日」、「不敢不告見日」、「僕不告於見日」，據此可知，當爲「見」字而非「良」。何琳儀進一步指出，「見金」即今日之「現金」，黃錫全以爲是「視金」。郭店竹簡《老子》乙本之「見」字或讀爲「視」，如：「長生久見（視）之道也」（3），從楚系「見」字可讀爲「視」之例而言，應以黃錫全之言較可採信。〈楚幣五考〉，《古幣叢考》，頁 255～256；黃錫全：〈楚銅錢牌「見金」應讀「視金」〉，《先秦貨幣研究》，頁 221～222.，北京，中華書局，2001 年。

〔註15〕「巽」字於幣文中作「𢍰」，黃錫全隸釋爲「巽」，指出是借用重量名爲之，又云亦可讀作「錢」，今據其隸定。黃錫全：〈楚銅貝貝文釋義新探〉，《先秦貨幣研究》，頁 228，北京，中華書局，2001 年。

〔註16〕「橈比當忻」平襠方足平首布的國別歷來亦多有爭論，晏昌貴與徐承泰舉出其出土的地點，以爲此地爲宋國活動的領域，並且認爲其鑄造的年代爲春秋晚期至戰國早期。事實上，從上表所示，出土「橈比當忻」的地域，亦見金版與蟻鼻錢，若無法說明其關聯，而斷言該種貨幣當是春秋戰國之際宋國所鑄，似乎又流於篤斷。晏昌貴、徐承泰：〈「无比當斤」布時代及國別之再探討〉，《江漢考古》1998 年第1 期，頁 77～81。

〔註17〕楊鳳翔：〈前所未見的「陽」字蟻鼻錢〉，《文物》2001 年第 9 期，頁 96。

〔註18〕湖南省博物館、湖南省文物考古研究所、長沙市博物館、長沙市文物考古研究所：

2	巽・蟻鼻錢	江漢考古 1989：3	戰國〔註19〕
3	見金一朱・銅錢牌	江漢考古 1989：3	戰國
4	見金四朱・銅錢牌	江漢考古 1989：3	戰國
5	郢爯・金版	中國錢幣 2002：2	戰國〔註20〕

（六）玉石

1、非科學考古發掘者

編號	名稱	主要著錄	斷代
1	千四百九十止玉璧	長沙古物聞見記・續記	戰國〔註21〕
2	六百八十三玉璧	文物 2001：4	戰國〔註22〕

2、科學考古發掘者

編號	名稱	主要著錄	斷代
1	曾侯乙磬	曾侯乙墓	戰國早期後段

（七）漆器

1、科學考古發掘者

（1）曾國

編號	名稱	主要著錄	斷代
1	曾侯乙磬匣	曾侯乙墓	戰國早期後段
2	曾侯乙衣箱	曾侯乙墓	戰國早期後段

（2）楚國

編號	名稱	主要著錄	斷代
1	鄐公馬甲	包山楚墓	戰國中期後段
2	東宮之師漆耳杯	文物 1997：7	戰國中期後段
3	五筒形卮	江陵九店東周墓	戰國中期後段

《長沙楚墓（上）》，頁 286，北京，文物出版社，2000 年。

〔註19〕大冶縣博物館：〈大冶縣出土戰國窖藏青銅器〉，《江漢考古》1989 年，第 3 期，頁 18。

〔註20〕楊少哲：〈安徽太和發現郢爰〉，《中國錢幣》2002 年第 2 期，頁 41。

〔註21〕商承祚：《長沙古物聞見記・續記》，頁 260，北京，中華書局，1996 年。

〔註22〕鄧昭輝：〈湖南省博物館收藏的一件戰國時期楚刻銘玉璧〉，《文物》2001 年第 4 期，頁 96。

4	几圓盒	江陵九店東周墓	戰國晚期前段
5	大官耳杯	江陵九店東周墓	戰國晚期後段
6	王二漆盒	考古學報 1957：1	戰國晚期後段

（八）陶器

1、科學考古發掘者

編號	名稱	主要著錄	斷代
1	赾公祇	江漢考古：1993：1	戰國中期〔註23〕

二、晉系出土文字材料

（一）銅器

1、非科學考古發掘者

（1）晉國

編號	名稱	主要著錄	斷代
1	令狐君嗣子壺	殷周金文集成 9719～9720	戰國早期後段
2	驫羌鐘	殷周金文集成 157～161	戰國早期後段
3	驫氏鐘	殷周金文集成 162～170	戰國早期後段
4	魏公瓶	殷周金文集成 9978	戰國早期

（2）東周

編號	名稱	主要著錄	斷代
1	東周左𠂤壺	殷周金文集成 9640	戰國中期
2	徍公右𠂤鼎	殷周金文集成 1945	戰國
3	公朱右𠂤鼎	殷周金文集成 1946	戰國
4	滑斿子鼎	殷周金文集成 1947	戰國
5	筞鼎	殷周金文集成 2306	戰國
6	公朱右𠂤鼎	殷周金文集成 2361	戰國
7	公朱右𠂤鼎	殷周金文集成 2396	戰國
8	公朱左𠂤鼎	殷周金文集成 2701	戰國
9	左斿子壺	殷周金文集成 9538	戰國
10	左斿子壺	殷周金文集成 9539	戰國

〔註23〕 胡文春：〈江陵紀南城遺址內出土「赾公」陶豆〉，《江漢考古》1993 年第 1 期，頁
73。

11	己斿子壺	殷周金文集成 9540	戰國
12	己斿子壺	殷周金文集成 9541	戰國
13	徏宮右𠂤壺	殷周金文集成 9543	戰國
14	徏宮左𠂤方壺	殷周金文集成 9590	戰國
15	徏宮左𠂤方壺	殷周金文集成 9591	戰國
16	徏宮左𠂤方壺	殷周金文集成 9647	戰國
17	四升𠂤客方壺	殷周金文集成 9648	戰國
18	四升𠂤客方壺	殷周金文集成 9649	戰國
19	四升𠂤客方壺	殷周金文集成 9650	戰國
20	東周矛	殷周金文集成 11504 ～11505	戰國

（3）韓國

編號	名稱	主要著錄	斷代
1	屯留戈	殷周金文集成 10927	戰國早期
2	鄭武軍銅器	三代吉金文存卷 18.31	戰國中期
3	闕輿戈	殷周金文集成 10929	戰國晚期前段
4	王三年陽人令卒止戈	考古學報 1974：1	戰國晚期前段 桓惠王三年
5	三年脩余令韓讎戈	殷周金文集成 11317 ～11318	戰國晚期前段 桓惠王三年
6	三年脩余令韓讎戈	殷周金文集成 11319	戰國晚期前段 桓惠王三年
7	四年令韓讎戈	殷周金文集成 11316	戰國晚期前段 桓惠王四年
8	四年邘令戈	殷周金文集成 11335	戰國晚期前段
9	六年格氏令戈	殷周金文集成 11327	戰國晚期前段 桓惠王六年
10	六年鄭令韓熙戈	殷周金文集成 11336	戰國晚期前段 桓惠王六年
11	七年侖氏戈	殷周金文集成 11322	戰國晚期前段 桓惠王七年
12	八年新城大令戈	殷周金文集成 11345	戰國晚期後段 桓惠王八年

13	十年洱陽令長疋戈	文物 1990：7	戰國晚期後段 桓惠王十年
14	荥陽上官皿	文物 2003：10	戰國晚期後段 桓惠王十年
15	十一年皐落戈	考古 1991：5	戰國晚期後段 桓惠王十一年
16	十七年巖令戈	殷周金文集成 11382	戰國晚期後段 桓惠王十七年
17	十八年戈	殷周金文集成 11376	戰國晚期後段 桓惠王十八年
18	十九年冢子口口矛	中原文物 1992：3	戰國晚期後段 桓惠王十九年
19	二十四年邨陰令戈	殷周金文集成 11356	戰國晚期後段 桓惠王廿四年
20	卅年鈹	文物 1992：4	戰國晚期後段 桓惠王卅年
21	四年雍令矛	殷周金文集成 11564	戰國晚期後段 韓王安四年
22	五年鄭令矛	殷周金文集成 11553	戰國晚期後段 韓王安五年
23	六年安陽令矛	殷周金文集成 11562	戰國晚期後段 韓王安六年
24	宜陽右蒼鼎	殷周金文集成 1992	戰國
25	眉朕鼎	殷周金文集成 2103	戰國
26	眉朕鼎	上海博物館集刊第九期	戰國
27	右卜朕鼎	殷周金文集成 2232	戰國
28	宜陽右倉簋	殷周金文集成 3398	戰國
29	長陵盉	殷周金文集成 9452	戰國
30	盛季壺	殷周金文集成 9575	戰國
31	韓氏私官方壺	殷周金文集成 9583	戰國
32	春成侯壺	殷周金文集成 9616	戰國
33	十六年喜令戈	殷周金文集成 11351	戰國
34	坐庫矛	殷周金文集成 11457	戰國
35	鄭武庫劍	殷周金文集成 11590	戰國
36	韓氏晷鼎	商周青銅器銘文選 902	戰國

| 37 | 鄭東倉銅器 | 古文字研究第十七輯 | 戰國 |
| 38 | 宜陽戈 | 文物 2000：10 | 戰國 |

（4）趙國

編號	名稱	主要著錄	斷代
1	王何戈	殷周金文集成 11329	戰國晚期前段 惠文王元年
2	元年邻令戈	殷周金文集成 11360	戰國晚期前段 惠文王元年
3	六年口令戈	殷周金文集成 11320	戰國晚期前段 惠文王六年
4	八年茲氏令吳庶戈	殷周金文集成 11323	戰國晚期前段 惠文王八年
5	藺相如戈	文物 1998：5	戰國晚期前段 惠文王廿年
6	二十九年相邦趙戈	殷周金文集成 11391	戰國晚期前段 惠文王廿九年
7	王立事鈹	殷周金文集成 11669	戰國晚期後段 孝成王元年
8	王立事劍	殷周金文集成 11673	戰國晚期後段 孝成王元年
9	王立事鈹	殷周金文集成 11674	戰國晚期後段 孝成王元年
10	三年鈹	殷周金文集成 11661	戰國晚期後段 孝成王三年
11	三年繺令合唐劍	考古學報 1974：1	戰國晚期後段 孝成王三年
12	七年相邦鈹	殷周金文集成 11712	戰國晚期後段 孝成王七年
13	十三年鈹	殷周金文集成 11711	戰國晚期後段 孝成王十三年
14	守相杜波鈹	殷周金文集成 11670	戰國晚期後段 孝成王十五年
15	十五年春平侯鈹	殷周金文集成 11691	戰國晚期後段 孝成土十五年

16	十五年守相杜波劍	殷周金文集成 11700	戰國晚期後段 孝成王十五年
17	十五年守相杜波鈹	殷周金文集成 11701	戰國晚期後段 孝成王十五年
18	十五年守相杜波鈹	殷周金文集成 11702	戰國晚期後段 孝成王十五年
19	十五年春平侯劍	殷周金文集成 11709	戰國晚期後段 孝成王十五年
20	十六年守相鈹	歐洲所藏中國青銅器 遺珠 178	戰國晚期後段 孝成王十六年
21	十七年邢令戈	殷周金文集成 11366	戰國晚期後段 孝成王十七年
22	十七年春平侯矛	殷周金文集成 11558	戰國晚期後段 孝成王十七年
23	十七年春平侯鈹	殷周金文集成 11684	戰國晚期後段 孝成王十七年
24	十七年相邦春平侯鈹	殷周金文集成 11689	戰國晚期後段 孝成王十七年
25	十七年相邦春平侯鈹	殷周金文集成 11690	戰國晚期後段 孝成王十七年
26	十七年相邦春平侯劍	殷周金文集成 11699	戰國晚期後段 孝成王十七年
27	十七年相邦春平侯鈹	殷周金文集成 11708	戰國晚期後段 孝成王十七年
28	十七年春平侯鈹	殷周金文集成 11713	戰國晚期後段 孝成王十七年
29	十七年春平侯劍	殷周金文集成 11714	戰國晚期後段 孝成王十七年
30	十七年春平侯鈹	殷周金文集成 11715	戰國晚期後段 孝成王十七年
31	十七年春平侯劍	殷周金文集成 11716	戰國晚期後段 孝成王十七年
32	十七年相邦春平侯劍	中國文字新 17	戰國晚期後段 孝成王十七年
33	十八年相邦劍	殷周金文集成 11710	戰國晚期後段 孝成王十八年

34	十八年相邦平國君劍	中國文字新 17	戰國晚期後段 孝成王十八年
35	二年邢令孟陳慶戈	考古學報 1974：1	戰國晚期後段 悼襄王二年
36	三年相邦建信君矛	考古學報 1974：1	戰國晚期後段 悼襄王三年
37	三年相邦建信君鈹	殷周金文集成 11687	戰國晚期後段 悼襄王三年
38	相邦鈹	殷周金文集成 11635	戰國晚期後段 悼襄王三年
39	四年昌國鼎	殷周金文集成 2482	戰國晚期後段 悼襄王四年
40	四年建信君鈹	殷周金文集成 11619	戰國晚期後段 悼襄王四年
41	四年建信君鈹	殷周金文集成 11695	戰國晚期後段 悼襄王四年
42	七年𡨦工劍	考古學報 1974：1	戰國晚期後段 悼襄王七年
43	八年相邦劍	殷周金文集成 11677	戰國晚期後段 悼襄王八年
44	八年相邦劍	殷周金文集成 11678	戰國晚期後段 悼襄王八年
45	八年相邦鈹	殷周金文集成 11679	戰國晚期後段 悼襄王八年
46	八年相邦鈹	殷周金文集成 11680	戰國晚期後段 悼襄王八年
47	八年相邦鈹	殷周金文集成 11681	戰國晚期後段 悼襄王八年
48	八年相邦劍	殷周金文集成 11706	戰國晚期後段 悼襄王八年
49	元年春平侯矛	殷周金文集成 11556	戰國晚期後段 王遷元年
50	相邦春平侯鈹	殷周金文集成 11688	戰國晚期後段 王遷元年
51	元年相邦春平侯鈹	考古學報 1974：1	戰國晚期後段 王遷元年

52	二年春平侯鈹	殷周金文集成 11682	戰國晚期後段 王遷二年
53	二年相邦春平侯劍	考古學報 1974：1	戰國晚期後段 王遷二年
54	二年邦司寇趙或鈹	保利藏金——保利藝術 博物館精品選	戰國晚期後段 王遷二年
55	三年春平侯鈹	殷周金文集成 11683	戰國晚期後段 王遷三年
56	四年春平相邦鈹	殷周金文集成 11694	戰國晚期後段 王遷四年
57	四年春平侯鈹	殷周金文集成 11707	戰國晚期後段 王遷四年
58	四年相邦春平侯鈹	考古與文物 1989：3	戰國晚期後段 王遷四年
59	五年春平侯矛	殷周金文集成 11557	戰國晚期後段 王遷五年
60	五年相邦春平侯劍	殷周金文集成 11662	戰國晚期後段 王遷五年
61	六年相邦司空馬鈹	保利藏金——保利藝術 博物館精品選	戰國晚期後段 王遷六年
62	八年相邦春平侯矛	考古學報 1974：1	戰國晚期後段 王遷八年
63	四年㡭相樂㝵鈹	考古與文物 1989：3	戰國晚期後段 代王嘉四年
64	六年代劍	文博 1987：2	戰國晚期後段 代王嘉六年
65	十一年庫嗇夫鼎	殷周金文集成 2608	戰國晚期
66	土匀瓶	殷周金文集成 9977	戰國晚期
67	上黨武庫戈	殷周金文集成 11054	戰國晚期
68	魚鼎匕	殷周金文集成 980	戰國
69	敔公上畧鼎	殷周金文集成 2303	戰國
70	屌氏扁壺	殷周金文集成 9682	戰國
71	司馬成公權	殷周金文集成 10385	戰國
72	䜌左庫戈	殷周金文集成 10959 ～10960	戰國

73	邯鄲上庫戈	殷周金文集成 11039	戰國
74	七年戈	殷周金文集成 11271	戰國
75	十二年趙令戈	殷周金文集成 11355	戰國
76	十四年武城令戈	殷周金文集成 11377	戰國
77	閔令趙狽矛	殷周金文集成 11561	戰國
78	六年安平守鈹	殷周金文集成 11671	戰國
79	五年邦司寇劍	殷周金文集成 11686	戰國
80	三年馬師鈹	殷周金文集成 11675	戰國
81	十八年建君鈹	殷周金文集成 11717	戰國
82	右旦鏃	殷周金文集成 11943 ～11973	戰國
83	左旦鏃	殷周金文集成 11974 ～11985	戰國
84	廿一旦鏃	殷周金文集成 11996	戰國
85	十七年蓋弓帽	殷周金文集成 12032	戰國
86	三年杖首	三代吉金文存卷 18.31	戰國
87	公朁權	三代吉金文存卷 18.33	戰國
88	三侯權	商周金文錄遺 539	戰國
89	上黨武庫矛	考古學報 1974：1	戰國
90	襄陰鼎	古文字研究第十七輯	戰國

（5）魏國

編號	名稱	主要著錄	斷代
1	陰晉左庫戈	殷周金文集成 11135	戰國早期
2	朝歌右庫戈	殷周金文集成 11182	戰國早期
3	二十七年晉戈	殷周金文集成 11215	戰國早期
4	十四年州戈	殷周金文集成 11269	戰國早期
5	九年戈丘令雍戈	殷周金文集成 11313	戰國早期
6	十三年囗陽令戈	殷周金文集成 11347	戰國早期
7	二年寍鼎	殷周金文集成 2481	戰國中期前段 惠王二年
8	四年咎奴蕃令戈	殷周金文集成 11341	戰國中期前段 惠王四年
9	七年邦司寇矛	殷周金文集成 11545	戰國中期前段 惠王七年

10	十二年邦司寇矛	殷周金文集成 11549	戰國中期前段 惠王十二年
11	十二年寧右庫劍	考古學報 1974：1	戰國中期前段 惠王十二年
12	十四年鄴下庫戈	江漢考古 1989：3	戰國中期前段 惠王十四年
13	梁十九年亡智鼎	殷周金文集成 2746	戰國中期後段 惠王十九年
14	廿七年大梁司寇鼎	殷周金文集成 2609	戰國中期後段 惠王廿七年
15	廿七年大梁司寇鼎	殷周金文集成 2610	戰國中期後段 惠王廿七年
16	廿七年鈿	殷周金文集成 9997	戰國中期後段 惠王廿七年
17	卅年鼎	殷周金文集成 2527	戰國中期後段 惠王卅年
18	三十三年業令戈	殷周金文集成 11312	戰國中期後段 惠王卅三年
19	卅五年鼎	殷周金文集成 2611	戰國中期後段 惠王卅五年
20	卅五年盉	殷周金文集成 9449	戰國中期後段 惠王卅五年
21	安邑下官壺	殷周金文集成 9707	戰國中期後段 襄王七年
22	十七年平陰鼎蓋	殷周金文集成 2577	戰國晚期前段 襄王十七年
23	元年閏矛	文物 1987：11	戰國晚期前段 安釐王元年
24	廿三年郚令戈	考古學報 1974：1	戰國晚期後段 安釐王廿三年
25	二十三年郚令戈	殷周金文集成 11299	戰國晚期後段 安釐王廿三年
26	二十九年高都令戈	殷周金文集成 11302 ～11303	戰國晚期後段 安釐王廿九年
27	廿九年高都令劍	殷周金文集成 11652 ～11653	戰國晚期後段 安釐王廿九年

28	卅二年坪安君鼎	殷周金文集成 2764	戰國晚期後段 安釐王卅二年
29	四分鼎	殷周金文集成 1808	戰國晚期
30	上 Ψ 床鼎	殷周金文集成 2104	戰國晚期
31	上樂床鼎	殷周金文集成 2105	戰國晚期
32	十年弗官容齋鼎	殷周金文集成 2240	戰國晚期
33	梁上官鼎	殷周金文集成 2451	戰國晚期
34	下官壺	殷周金文集成 9515	戰國晚期
35	口言令司馬戈	殷周金文集成 11343	戰國晚期
36	八年言令戈	殷周金文集成 11344	戰國晚期
37	十二年邦司寇劍	殷周金文集成 11676	戰國晚期
38	私官鼎	殷周金文集成 1508	戰國
39	中厶官鼎	殷周金文集成 2102	戰國
40	垣上官鼎	殷周金文集成 2242	戰國
41	𧻜諆侯鼎	殷周金文集成 2304	戰國
42	半齋鼎	殷周金文集成 2308	戰國
43	十三年上官鼎	殷周金文集成 2590	戰國
44	巍鼎	殷周金文集成 2647	戰國
45	廿三年槀朝鼎	殷周金文集成 2693	戰國
46	邾戈	殷周金文集成 10902	戰國
47	信陰君庫戈	殷周金文集成 11055	戰國
48	十八年鄉左庫戈	殷周金文集成 11264	戰國
49	三年蒲子戈	殷周金文集成 11293	戰國
50	三年口令戈	殷周金文集成 11338	戰國
51	五年鞏令思戈	殷周金文集成 11348	戰國
52	五年鞏令思戈	殷周金文集成 11349	戰國
53	七年宅陽令矛	殷周金文集成 11546	戰國
54	右庫劍	殷周金文集成 11633	戰國
55	邡 Ψ 庫戈	殷周金文集成 11907	戰國
56	陰晉戀左庫劍	小校經閣金石文字卷 10.101	戰國
57	朝歌鍾	古文字研究第十七輯	戰國
58	半稱幣權	古文字研究第十七輯	戰國
59	梁府稱幣權	古文字研究第十七輯	戰國

60	平安少府鼎足	歐洲所藏中國青銅器遺珠 175	戰國

（6）未識國別

編號	名稱	主要著錄	斷代
1	六年令戈	殷周金文集成 11337	戰國早期
2	公夾鼎	殷周金文集成 1347	戰國
3	三斗鼎	殷周金文集成 2101	戰國
4	王氏官鼎蓋	殷周金文集成 2236	戰國
5	右宔公鼎	殷周金文集成 2307	戰國
6	王子中廥鼎	殷周金文集成 2530	戰國
7	鄆孝子鼎	殷周金文集成 2574	戰國
8	公夾方壺	殷周金文集成 9496	戰國
9	冢十六梧	殷周金文集成 9940	戰國
10	公劦權	殷周金文集成 10380	戰國
11	十四兩銀俑	殷周金文集成 10440	戰國
12	武陽右庫戈	殷周金文集成 11053	戰國
13	四年右庫戈	殷周金文集成 11266	戰國
14	非釬戈	殷周金文集成 11270	戰國
15	十年邧令差戈	殷周金文集成 11291	戰國
16	二十三年口丘戈	殷周金文集成 11301	戰國
17	九年戈	殷周金文集成 11307	戰國
18	三年口陶令戈	殷周金文集成 11354	戰國
19	王三年馬雍令戈	殷周金文集成 11375	戰國
20	廿三司寇矛	殷周金文集成 11565	戰國
21	七年劍	殷周金文集成 11657	戰國
22	元年劍	殷周金文集成 11660	戰國
23	七年劍	殷周金文集成 11672	戰國
24	八年邦右庫兵器	殷周金文集成 11837	戰國
25	中府鐵	殷周金文集成 11906	戰國

2、科學考古發掘者

（1）鄭國

編號	名稱	主要著錄	斷代
1	哀成叔鼎	殷周金文集成 2782	戰國中期前段

| 2 | 哀成叔鍸 | 殷周金文集成 4650 | 戰國中期前段 |
| 3 | 哀成叔豆 | 殷周金文集成 4663 | 戰國中期前段 |

（2）東周

編號	名稱	主要著錄	斷代
1	周王叚戈	殷周金文集成 11212	戰國

（3）韓國

編號	名稱	主要著錄	斷代
1	吳庫戈	殷周金文集成 10919	戰國早期
2	虞之戟	殷周金文集成 11002	戰國早期
3	宜無戟	殷周金文集成 11112	戰國早期
4	王帶鉤	殷周金文集成 10403	戰國早期
5	口公戈	殷周金文集成 11099	戰國早期
6	露戈	文物 1986：6	戰國早期
7	鄭左庫矛	考古學報 1974：1	戰國中期
8	鄭武庫戈	殷周金文集成 10990～10991	戰國中期
9	鄭坓庫戈	殷周金文集成 10992	戰國中期
10	鄭坓庫戈	殷周金文集成 10993	戰國中期
11	鄭左庫戈	殷周金文集成 10994	戰國中期
12	鄭右庫戈	殷周金文集成 10995	戰國中期
13	鄭右庫矛	殷周金文集成 11485	戰國中期
14	鄭坓庫矛	殷周金文集成 11507	戰國中期
15	王二年鄭令戈	殷周金文集成 11328	戰國晚期前段 桓惠王二年
16	王三年鄭令戈	殷周金文集成 11357	戰國晚期前段 桓惠王三年
17	九年鄭令矛	殷周金文集成 11551	戰國晚期後段 桓惠王九年
18	十四年鄭令戈	殷周金文集成 11387	戰國晚期後段 桓惠王十四年
19	十五年鄭令戈	殷周金文集成 11388	戰國晚期後段 桓惠王十五年
20	十六年鄭令戈	殷周金文集成 11389	戰國晚期後段 桓惠王十六年

21	十七年鄭令戈	殷周金文集成 11371	戰國晚期後段 桓惠王十七年
22	二十年鄭令戈	殷周金文集成 11372	戰國晚期後段 桓惠王廿年
23	二十一年鄭令戈	殷周金文集成 11373	戰國晚期後段 桓惠王廿一年
24	三十一年鄭令戈	殷周金文集成 11398	戰國晚期後段 桓惠王卅一年
25	卅二年鄭令矛	殷周金文集成 11555	戰國晚期後段 桓惠王卅二年
26	卅三年鄭令劍	殷周金文集成 11693	戰國晚期後段 桓惠王卅三年
27	卅四年鄭令矛	殷周金文集成 11560	戰國晚期後段 桓惠王卅四年
28	元年鄭令矛	殷周金文集成 11552	戰國晚期後段 韓王安元年
29	二年鄭令矛	殷周金文集成 11563	戰國晚期後段 韓王安二年
30	三年鄭令矛	殷周金文集成 11559	戰國晚期後段 韓王安三年
31	四年鄭令戈	殷周金文集成 11384	戰國晚期後段 韓王安四年
32	五年鄭令戈	殷周金文集成 11385	戰國晚期後段 韓王安五年
33	六年鄭令戈	殷周金文集成 11397	戰國晚期後段 韓王安六年
34	七年鄭令矛	殷周金文集成 11554	戰國晚期後段 韓王安七年
35	八年鄭令戈	殷周金文集成 11386	戰國晚期後段 韓王安八年

（4）趙國

編號	名稱	主要著錄	斷代
1	邯鄲上戈	殷周金文集成 10996	戰國中期

（5）魏國

編號	名稱	主要著錄	斷代

1	二十五年戈	殷周金文集成 11324	戰國中期後段 惠王廿五年
2	三十三年大梁戈	殷周金文集成 11330	戰國中期後段 惠王卅三年
3	三十四年頓丘戈	殷周金文集成 11321	戰國中期後段 惠王卅四年
4	信安君鼎	殷周金文集成 2773	戰國晚期前段 襄王十二年
5	二十一年啓封令癰戈	殷周金文集成 11306	戰國晚期後段 安釐王廿一年
6	坪安君鼎	殷周金文集成 2793	戰國晚期後段 安釐王廿八年
7	龍陽燈	文物 2004：1	戰國晚期

（6）中山國

編號	名稱	主要著錄	斷代
1	左使車兵鬲	殷周金文集成 513	戰國中期後段
2	左使車工兵鬲	殷周金文集成 537	戰國中期後段
3	左使車工匕	殷周金文集成 971	戰國中期後段
4	左使車工叀鼎	殷周金文集成 2088～2090	戰國中期後段
5	左使車工朿鼎	殷周金文集成 2091	戰國中期後段
6	左使車工北鼎	殷周金文集成 2092	戰國中期後段
7	左使車工蔡鼎	殷周金文集成 2093～2094	戰國中期後段
8	中山王嚳鼎	殷周金文集成 2840	戰國中期後段
9	左使車工簋	殷周金文集成 4477	戰國中期後段
10	左使車工簋	殷周金文集成 4478	戰國中期後段
11	左使車工豆	殷周金文集成 4664	戰國中期後段
12	左使車工豆	殷周金文集成 4665	戰國中期後段
13	十一年盉	殷周金文集成 9448	戰國中期後段
14	十二年盉	殷周金文集成 9450	戰國中期後段
15	左使車工壺	殷周金文集成 9561	戰國中期後段
16	左使車工壺	殷周金文集成 9562	戰國中期後段
17	十四年方壺	殷周金文集成 9665～9666	戰國中期後段
18	十年右使壺	殷周金文集成 9674	戰國中期後段
19	十三年壺	殷周金文集成 9675	戰國中期後段

20	十年扁壺	殷周金文集成 9683	戰國中期後段
21	十一年壺	殷周金文集成 9684	戰國中期後段
22	十二年扁壺	殷周金文集成 9685	戰國中期後段
23	十三年壺	殷周金文集成 9686	戰國中期後段
24	三年壺	殷周金文集成 9692	戰國中期後段
25	十三年壺	殷周金文集成 9693	戰國中期後段
26	妾蚉壺	殷周金文集成 9734	戰國中期後段
27	中山王響方壺	殷周金文集成 9735	戰國中期後段
28	左使車勺	殷周金文集成 9924～9925	戰國中期後段
29	左使車勺	殷周金文集成 9926	戰國中期後段
30	十三年勺	殷周金文集成 9933～9934	戰國中期後段
31	八年匜	殷周金文集成 10257	戰國中期後段
32	八年鳥柱盆	殷周金文集成 10328	戰國中期後段
33	十年盆	殷周金文集成 10333	戰國中期後段
34	左使車筒形器	殷周金文集成 10349	戰國中期後段
35	十年銅盒	殷周金文集成 10358	戰國中期後段
36	十二年銅盒	殷周金文集成 10359	戰國中期後段
37	左繈箕	殷周金文集成 10396	戰國中期後段
38	右使車箕	殷周金文集成 10397	戰國中期後段
39	十年燈座	殷周金文集成 10402	戰國中期後段
40	王鋪首	殷周金文集成 10408	戰國中期後段
41	雍鋪首	殷周金文集成 10409	戰國中期後段
42	左工鋪首	殷周金文集成 10410	戰國中期後段
43	左工鋪首	殷周金文集成 10411	戰國中期後段
44	左工鋪首	殷周金文集成 10412	戰國中期後段
45	左使車鋪首	殷周金文集成 10413	戰國中期後段
46	十四年銅牛	殷周金文集成 10441	戰國中期後段
47	十四年銅犀	殷周金文集成 10442	戰國中期後段
48	十四年銅虎	殷周金文集成 10443	戰國中期後段
49	十四年雙翼神獸	殷周金文集成 10444	戰國中期後段
50	十四年雙翼神獸	殷周金文集成 10445	戰國中期後段
51	十四年雙翼神獸	殷周金文集成 10446	戰國中期後段
52	十四年雙翼神獸	殷周金文集成 10447	戰國中期後段
53	コ山形器	殷周金文集成 10448	戰國中期後段

54	⫼山形器	殷周金文集成 10449	戰國中期後段
55	╁左使車山形器	殷周金文集成 10450	戰國中期後段
56	十左使車山形器	殷周金文集成 10451	戰國中期後段
57	右佐𢏕錐形器	殷周金文集成 10452	戰國中期後段
58	王上框架	殷周金文集成 10470	戰國中期後段
59	君王上框架	殷周金文集成 10471	戰國中期後段
60	十四年帳架	殷周金文集成 10472	戰國中期後段
61	十四年帳橛	殷周金文集成 10473	戰國中期後段
62	十四年帳橛	殷周金文集成 10474〜10475	戰國中期後段
63	十四年鳳方案	殷周金文集成 10477	戰國中期後段
64	兆域圖銅版	殷周金文集成 10478	戰國中期後段
65	中山侯鉞	殷周金文集成 11758	戰國中期後段
66	公鑿	殷周金文集成 11800	戰國中期後段
67	左使車工刀	殷周金文集成 11814	戰國中期後段
68	左使錘	殷周金文集成 11822	戰國中期後段
69	私庫嗇夫鑲金銀泡飾	殷周金文集成 11863	戰國中期後段
70	私庫嗇夫鑲金銀泡飾	殷周金文集成 11864	戰國中期後段
71	私庫嗇夫鑲金銀泡飾	殷周金文集成 11865	戰國中期後段
72	私庫嗇夫車軎	殷周金文集成 12042〜12043	戰國中期後段
73	私庫嗇夫衡飾	殷周金文集成 12044〜12045	戰國中期後段
74	私庫嗇夫蓋杠接管	殷周金文集成 12046〜12053	戰國中期後段
75	左使車嗇夫帳桿母扣	殷周金文集成 12054	戰國中期後段
76	左使車嗇夫帳桿母扣	殷周金文集成 12055	戰國中期後段
77	左使車嗇夫帳桿母扣	殷周金文集成 12056	戰國中期後段
78	左使車嗇夫帳桿母扣	殷周金文集成 12057	戰國中期後段
79	左使車嗇夫帳桿母扣	殷周金文集成 12058	戰國中期後段
80	左使車嗇夫帳桿母扣	殷周金文集成 12059	戰國中期後段
81	左使車嗇夫帳桿母扣	殷周金文集成 12060	戰國中期後段
82	左使車嗇夫帳桿母扣	殷周金文集成 12061	戰國中期後段
83	左使車嗇夫帳桿母扣	殷周金文集成 12062	戰國中期後段

84	左使車嗇夫帳桿母扣	殷周金文集成 12063	戰國中期後段
85	上匕	殷周金文集成 967	戰國中期後段
86	公銼刀	殷周金文集成 11821	戰國中期後段
87	右使車嗇夫鼎	殷周金文集成 2707	戰國中期後段
88	師紿銅泡	殷周金文集成 11862	戰國中期

（7）未識國別

編號	名稱	主要著錄	斷代
1	內戈	殷周金文集成 11165〜11166	戰國早期
2	公賜鼎	文物 2001：12	戰國中期
3	九年戈	殷周金文集成 11283	戰國晚期
4	二年皇陽令戈	殷周金文集成 11314〜11315	戰國
5	工銀節約	殷周金文集成 12033〜12038	戰國
6	少府銀節約	殷周金文集成 12039	戰國

（二）璽印

1、非科學考古發掘者

編號	名稱	主要著錄	斷代
1	鄔（廩）襄君	古璽彙編 0004	戰國
2	春安君	古璽彙編 0005	戰國
3	富昌韓君	古璽彙編 0006	戰國
4	陽陰（陰）都壽君府	古璽彙編 0009	戰國
5	左椁（郭）司馬	古璽彙編 0044	戰國
6	足茖司馬	古璽彙編 0045	戰國
7	陽州左邑右未（督）司馬	古璽彙編 0046	戰國
8	佫郎（府）左司馬	古璽彙編 0049	戰國
9	右司馬	古璽彙編 0056	戰國
10	右司馬	古璽彙編 0057	戰國
11	司寇之鉨	古璽彙編 0065	戰國
12	杻里司寇	古璽彙編 0066	戰國
13	會（陰）陰司寇	古璽彙編 0067	戰國

14	会（陰）官（館）司寇	古璽彙編 0068	戰國〔註24〕
15	悢奴司寇	古璽彙編 0069	戰國
16	高志司寇	古璽彙編 0070	戰國
17	戰（單）埛（狐）司寇	古璽彙編 0071	戰國
18	虞（攄）弨司寇	古璽彙編 0072	戰國
19	㦒（樂）陰司寇	古璽彙編 0073	戰國
20	暈昉司寇	古璽彙編 0074	戰國
21	口司寇	古璽彙編 0075	戰國
22	襄陰（陰）司寇	古璽彙編 0077	戰國〔註25〕
23	石城彊司寇	古璽彙編 0078	戰國
24	文梠（臺）西彊司寇	古璽彙編 0079	戰國
25	口陽司工	古璽彙編 0084	戰國
26	萇（巍）芒左司工	古璽彙編 0089	戰國
27	汪匋右司工	古璽彙編 0091	戰國
28	平匋宗正	古璽彙編 0092	戰國
29	南宮牆（將）行	古璽彙編 0093	戰國
30	兇奴相邦	古璽彙編 0094	戰國〔註26〕

〔註24〕 〈会（陰）官（館）司寇〉原書釋作〈口口司寇〉，從其對照可知，該書缺釋二字，今觀察戰國文字資料，缺釋之字皆可據以補入。「官」字本從土從宀，徐在國以爲「土」可視爲贅加的義符，此現象亦見於其他戰國文字，故從徐在國之意見；再者，〈增陽門〉原書釋爲〈口陽門〉，未釋之字，徐在國以爲當從目從土從自，讀爲「典」，從字形觀察，「自」的形體正與〈会官司寇〉之「官」字所從的「自」相同，故可據以改之；〈梠南閱（門）〉一辭，原書僅釋爲〈梠南閱〉，實無意義可言，徐在國透過文字通假讀爲「典南門」，其意見可從，而「閱」字亦據之改讀爲「門」。徐在國：〈戰國官璽考釋（三則）〉，《考古與文物》1999 年第 3 期，頁 82 ～84。

〔註25〕 〈襄陰〉之「襄」字，在璽印中具有多種寫法，曹錦炎透過字形、辭例、地名等考證、比較，得出確切的答案。《古璽彙編》誤釋或漏釋者，悉據之改正。曹錦炎：〈戰國璽印文字考釋（三篇）〉，《考古與文物》1985 年第 4 期，頁 81～83。

〔註26〕 〈兇奴相邦〉出土的時間與地點皆不可考，黃盛璋指出其舊藏安徽黃氏，現藏於上海博物館，從文字的形體言，應屬於晉系，又該印刻製的國別應爲趙國，在時間上可能爲趙武靈王二十六年（西元前 300 年）之後至秦統一六國之前（西元前 221 年）。（黃盛璋：〈「匈奴相邦」印之國別、年代及相關問題〉，《文物》1983 年第 8 期，頁 67～72。）單憑印上的文字甚難斷言爲趙國所製，今僅將之歸於三晉

31	邶（代）勬弩後牁（將）	古璽彙編 0096	戰國
32	武隊（遂）大夫	古璽彙編 0103	戰國
33	佥（陰）成君邑大夫 俞安	古璽彙編 0104	戰國
34	厎腐嗇夫	古璽彙編 0108	戰國
35	左邑余子嗇夫	古璽彙編 0109	戰國
36	左邑余子嗇夫	古璽彙編 0110	戰國
37	余子嗇夫	古璽彙編 0111	戰國
38	公嗇夫	古璽彙編 0112	戰國
39	左邑發弩	古璽彙編 0113	戰國
40	左發弩	古璽彙編 0114	戰國
41	墻城發弩	古璽彙編 0115	戰國
42	榆平發弩	古璽彙編 0116	戰國
43	亡陸和丞	古璽彙編 0122	戰國
44	尙（上）谷和丞	古璽彙編 0123	戰國
45	襄平右丞	古璽彙編 0125	戰國
46	墥陽門	古璽彙編 0171	戰國
47	穌（蘇）槫左宮	古璽彙編 0254	戰國
48	昌飲㽮（長）事（吏）	古璽彙編 0301	戰國〔註27〕
49	脩武鄸（縣）事（吏）	古璽彙編 0302	戰國
50	妾都蒙鄸（縣）	古璽彙編 0303	戰國
51	曹逸饡府	古璽彙編 0304	戰國
52	參（三）枱（臺）在宮	古璽彙編 0305	戰國
53	桼丘向（廩）厠	古璽彙編 0324	戰國〔註28〕

的系統。

〔註27〕 〈昌飲㽮（長）事（吏）〉本釋爲〈昌口長事〉，湯餘惠指出「長事」應爲「長吏」，
晉系的「長」字多作「㽮」，而「事」、「吏」古本一字，故其言可採。湯餘惠：〈古
璽文字七釋〉，《第二屆國際中國古文字學研討會論文集》，頁 393，香港，香港中
文大學中國語文及文學系，1993 年。

〔註28〕 〈桼丘向（廩）厠〉本釋爲〈口丘口口〉，何琳儀將璽印上未釋出的文字與戰國文
字相對照，發現其字亦見於貨幣、兵器等文字中，可將未識出的部份一一補正，
今觀察何琳儀所舉之例，其言可採用。〈古璽雜識讀〉，《古文字研究》第十九輯，
頁 474。

54	囗陽市	古璽彙編 0332	戰國〔註29〕
55	侖守坯	古璽彙編 0341	戰國
56	㐭（廩）鉨	古璽彙編 0348	戰國〔註30〕
57	千畝左軍	古璽彙編 0349	戰國〔註31〕
58	右軍眂（視）事	古璽彙編 0350	戰國
59	獏鄱噩丘鄼（縣）昌里囗	古璽彙編 0352	戰國
60	句罤（瀆）五都囗	古璽彙編 0353	戰國
61	肖賹太后	古璽彙編 1068	戰國
62	肖軦器容一斗	古璽彙編 1069	戰國
63	㦡（樂）成府	古璽彙編 1386	戰國
64	鄲（縣）丞	古璽彙編 1905	戰國
65	罤（瀆）邑司馬	古璽彙編 2131	戰國
66	邰鄲㐭（廩）剞	古璽彙編 2226	戰國
67	鄝（制）司工	古璽彙編 2227	戰國
68	下南閔（門）	古璽彙編 2244	戰國
69	陽匲府	古璽彙編 2315	戰國
70	陽溧府	古璽彙編 2316	戰國
71	陽曲	古璽彙編 2317	戰國〔註32〕

〔註29〕璽印中有一文字，《古璽彙編》多釋爲「往」，如：〈囗陽往〉、〈囗往囗鉨〉等，作「往」字解釋，文意不合。裘錫圭透過璽印、陶文、貨幣等資料，依序論證齊、燕、晉系所見之字應釋爲「市」字，由於此字的辨識，解決了諸多的問題。裘錫圭：〈戰國文字中的「市」〉，《考古學報》1980年第3期，頁285～296。

〔註30〕璽印中「廩」字往往未能釋出，吳振武比較戰國時期各系的相關文字，並且透過辭例的觀察，將該字釋爲「廩」，解決了歷來疑難所在。吳振武：〈戰國「廩」字考察〉，《考古與文物》1984年第4期，頁80～87。

〔註31〕〈千畝左軍〉本釋爲〈右軍囗千〉，其義未明，李家浩指出該印的文字爲反文，未釋之字爲從田又聲的畝字，「千畝」爲地名，將之與文獻對照應爲戰國時的魏地，此印璽屬於魏國之璽。李家浩：〈戰國官印考釋兩篇〉，《于省吾教授百年誕辰紀念文集》，頁166，長春，吉林大學出版社，1996年。

〔註32〕〈陽曲〉原書釋作〈陽七〉，不知爲何義，李零於〈戰國鳥書箴銘帶鉤考釋〉中將形體作「七」者釋爲「曲」字，自此文從字順。「七」的形體除見於璽印外，亦見於趙國貨幣，如：「陽曲」尖足平首布與圓足平首布，「下陽曲」與「上陽曲」三孔平首布等，今悉據之將作「七」形體之字，改釋爲「曲」字。李零：〈戰國鳥書

72	阡于陰府	古璽彙編 2332	戰國
73	垍南閔（門）	古璽彙編 2563	戰國
74	右庫	古璽彙編 2716	戰國
75	右畋	古璽彙編 2717	戰國
76	右酆（縣）吏	古璽彙編 2719	戰國
77	匐胡壄（地）	古璽彙編 2737	戰國
78	昌閔（門）	古璽彙編 3075	戰國
79	下西閔（門）	古璽彙編 3077	戰國
80	北府	古璽彙編 3096	戰國
81	平陽	古璽彙編 3104	戰國
82	襄陰（陰）	古璽彙編 3134	戰國
83	櫨丘府	古璽彙編 3159	戰國
84	新娶府	古璽彙編 3160	戰國
85	上各（洛）府	古璽彙編 3228	戰國〔註33〕
86	宮寓府守	古璽彙編 3236	戰國
87	錢邡（千）都	古璽彙編 3237	戰國
88	馬賡（府）	古璽彙編 3318	戰國
89	向（廩）剖	古璽彙編 3327	戰國
90	賡（府）節	古璽彙編 3395	戰國
91	庶犀府	古璽彙編 3438	戰國
92	兦（當）城府	古璽彙編 3442	戰國〔註34〕
93	青堵市	古璽彙編 3443	戰國

箴銘帶鉤考釋〉，《古文字研究》第八輯，頁59～62，北京，中華書局，1983年。

〔註33〕〈上各（洛）府〉原書釋作〈囗徑〉，印文右下角有合文符號，吳振武以爲應作「上各」，即銅器銘文中所見的「上洛」；〈參（三）柤（臺）士宮〉原書釋作〈品柤在宮〉，吳振武指出釋「品」者爲非，從古文字的形體言，應作「參」字，「參柤」一詞應讀爲「三臺」，爲燕趙邊界上的城市，此印屬趙璽；〈句罜（犢）五都囗〉原書釋作〈罜＝五句都囗〉，「牛」下見合文符號，故應釋爲「句犢」。〈古璽合文考（十八篇）〉，《古文字研究》第十七輯，頁269～272。

〔註34〕曹錦炎於《古璽通論》中條列多項《古璽彙編》誤釋或漏釋的璽印，並予以更改，如：〈兦（當）城府〉本釋爲〈囗城徑〉，〈妾都蒙鄲（縣）〉本釋爲〈囗都囗鄲〉，〈脩武鄲（縣）事（吏）〉本釋爲〈脩武鄲事〉等，今悉據曹錦炎的討論與考證，一併改正，不逐一條列。

94	東埜（野）市	古璽彙編 3992	戰國
95	陽城口	古璽彙編 4047	戰國
96	上口市	古璽彙編 4224	戰國
97	膚（府）	古璽彙編 5343	戰國
98	膚（府）	古璽彙編 5392	戰國
99	又膚（府）	古璽彙編 5414	戰國
100	毆市口鉩	古璽彙編 5602	戰國
101	都府	古璽彙編 5659	戰國
102	春安君	珍秦齋藏印・戰國篇 7	戰國
103	平匋（陶）	珍秦齋藏印・戰國篇 8	戰國
104	武陽司寇	珍秦齋藏印・戰國篇 9	戰國
105	青氏司寇	珍秦齋藏印・戰國篇 10	戰國
106	左工車序	珍秦齋藏印・戰國篇 11	戰國
107	下西閈（門）	珍秦齋藏印・戰國篇 12	戰國
108	介單序	珍秦齋藏印・戰國篇 14	戰國
109	左發弩	珍秦齋藏印・戰國篇 15	戰國
110	口陽都	珍秦齋藏印・戰國篇 16	戰國
111	卜大夫	珍秦齋藏印・戰國篇 18	戰國
112	郘坒（府）	珍秦齋藏印・戰國篇 20	戰國
113	滎陽倉器	中國文字新廿四期	戰國〔註35〕
114	左庫尚歲	中國文字新廿四期	戰國

2、科學考古發掘者

編號	名稱	主要著錄	斷代
1	之	文物 1992：3	戰國
2	公孫生口	文物季刊 1997：3	戰國
3	正行	文物季刊 1997：3	戰國

〔註35〕〈滎陽倉器〉與〈左庫尚歲〉印的文字清晰可識，據吳振武考釋，此二印皆屬三晉的系統。「滎陽倉器」、「左庫」一詞的出現並非偶然，陶文中亦見「陽城倉器」，「左庫」則在兵器中常見，可知吳振武所言應可採信。吳振武：〈釋三方收藏在日本的中國古代官印〉，《中國文字》新廿四期，頁 83～93，臺北，藝文印書館，1998年。

（三）封泥

1、科學考古發掘者

（1）中山國

編號	名稱	主要著錄	斷代
1	繁	譽墓——戰國中山國國王之墓	戰國中期後段

（四）貨幣

1、非科學考古發掘者

（1）東周

編號	名稱	主要著錄	斷代
1	一・平肩空首布	中國錢幣大辭典・先秦編	戰國
2	二・平肩空首布	中國錢幣大辭典・先秦編	戰國
3	七・平肩空首布	中國錢幣大辭典・先秦編	戰國
4	八・平肩空首布	中國錢幣大辭典・先秦編	戰國
5	ㄙ・平肩空首布	中國錢幣大辭典・先秦編	戰國
6	三・平肩空首布	中國錢幣大辭典・先秦編	戰國
7	己・平肩空首布	中國錢幣大辭典・先秦編	戰國
8	子・平肩空首布	中國錢幣大辭典・先秦編	戰國
9	未・平肩空首布	中國錢幣大辭典・先秦編	戰國
10	甘・平肩空首布	中國錢幣大辭典・先秦編	戰國
11	丙・平肩空首布	中國錢幣大辭典・先秦編	戰國
12	少曲市左・平肩空首布	中國錢幣大辭典・先秦編	戰國
13	少曲市中・平肩空首布	中國錢幣大辭典・先秦編	戰國
14	少曲市西・平肩空首布	中國錢幣大辭典・先秦編	戰國
15	少曲市南・平肩空首布	中國錢幣大辭典・先秦編	戰國
16	少曲市囗・平肩空首布	中國錢幣大辭典・先秦編	戰國
17	少曲𡊬𤲬・平肩空首布	中國錢幣大辭典・先秦編	戰國
18	少曲𡊬𤲬𠃜・平肩空首布	中國錢幣大辭典・先秦編	戰國
19	束・平肩空首布	中國錢幣大辭典・先秦編	戰國
20	百・平肩空首布	中國錢幣大辭典・先秦編	戰國
21	安周・平肩空首布	中國錢幣大辭典・先秦編	戰國
22	安臧・平肩空首布	中國錢幣大辭典・先秦編	戰國

23	㡌・平肩空首布	中國錢幣大辭典・先秦編	戰國
24	宋・平肩空首布	中國錢幣大辭典・先秦編	戰國
25	武・平肩空首布	中國錢幣大辭典・先秦編	戰國
26	貢・平肩空首布	中國錢幣大辭典・先秦編	戰國〔註36〕
27	東周・平肩空首布	中國錢幣大辭典・先秦編	戰國
28	定・平肩空首布	中國錢幣大辭典・先秦編	戰國
29	官𣂔・平肩空首布	中國錢幣大辭典・先秦編	戰國
30	侯・平肩空首布	中國錢幣大辭典・先秦編	戰國
31	郱釿・平肩空首布	中國錢幣大辭典・先秦編	戰國
32	留・平肩空首布	中國錢幣大辭典・先秦編	戰國
33	宭・平肩空首布	中國錢幣大辭典・先秦編	戰國
34	雩・平肩空首布	中國錢幣大辭典・先秦編	戰國
35	啚・平肩空首布	中國錢幣大辭典・先秦編	戰國
36	∫・平肩空首布	中國錢幣大辭典・先秦編	戰國
37	Ħ・平肩空首布	中國錢幣大辭典・先秦編	戰國
38	‡・平肩空首布	中國錢幣大辭典・先秦編	戰國
39	凸・平肩空首布	中國錢幣大辭典・先秦編	戰國
40	古・平肩空首布	中國錢幣大辭典・先秦編	戰國
41	宙・平肩空首布	中國錢幣大辭典・先秦編	戰國〔註37〕
42	𡩇・平肩空首布	中國錢幣大辭典・先秦編	戰國
43	卲也・平肩空首布	中國錢幣大辭典・先秦編	戰國〔註38〕
44	參川釿・斜肩空首布	中國錢幣大辭典・先秦編	戰國
45	武・斜肩空首布	中國錢幣大辭典・先秦編	戰國

〔註36〕「貢」字平肩空首布，原釋爲從工從目之「玜」字，戰國文字的偏旁結構並未嚴格限制必須作上下式或左右式，釋爲「玜」字實不知其義，何琳儀將之改釋爲「貢」，並把「目」視爲「貝」的省減，其說可從。何琳儀：〈空首布選釋〉，《古幣叢考》，頁56，臺北，文史哲出版社，1996年。

〔註37〕「宙」平肩空首布，原書未釋逕作「🅰」，從字形觀察，其上爲「穴」，其下據何琳儀指出爲「由」，釋爲從穴從由之字，以爲與《說文》「岫」之籀文吻合，今從其言。〈空首布選釋〉，《古幣叢考》，頁55。

〔註38〕「卲也」一詞，原書首字未釋，楚簡「卲」字與此相近，故從黃錫全之意見，改釋爲「卲也」。黃錫全：〈《中國歷代貨幣大系・先秦貨幣》釋文校訂〉，《先秦貨幣研究》，頁352，北京，中華書局，2001年。

46	武安・斜肩空首布	中國錢幣大辭典・先秦編	戰國
47	武采・斜肩空首布	中國錢幣大辭典・先秦編	戰國〔註39〕
48	王氏・平襠方足平首布	中國錢幣大辭典・先秦編	戰國
49	王城・平襠方足平首布	中國錢幣大辭典・先秦編	戰國
50	平陰・平襠方足平首布	中國錢幣大辭典・先秦編	戰國
51	東周・平襠方足平首布	中國錢幣大辭典・先秦編	戰國
52	周是・平襠方足平首布	中國錢幣大辭典・先秦編	戰國
53	烏氏・平襠方足平首布	中國錢幣大辭典・先秦編	戰國
54	鄐・平襠方足平首布	中國錢幣大辭典・先秦編	戰國
55	東周・圜錢	中國錢幣大辭典・先秦編	戰國
56	安臧・圜錢	中國錢幣大辭典・先秦編	戰國

（2）西周

編號	名稱	主要著錄	斷代
1	西周・圜錢	中國錢幣大辭典・先秦編	戰國

（3）韓國

編號	名稱	主要著錄	斷代
1	百涅・異形平首布	中國錢幣大辭典・先秦編	戰國
2	舟百涅・異形平首布	中國錢幣大辭典・先秦編	戰國〔註40〕
3	盧氏百涅・異形平首布	中國錢幣大辭典・先秦編	戰國〔註41〕
4	容・異形平首布	中國錢幣大辭典・先秦編	戰國〔註42〕
5	垂・異形平首布	中國錢幣大辭典・先秦編	戰國〔註43〕

〔註39〕「武采」之第二字本釋爲「采」，從幣文觀察，其上從爫，其下從禾，昭然可辨，何琳儀指出該地望可能在今山西垣曲東南黃河北岸。何琳儀：〈首陽布幣考——兼述斜肩空首布地名〉，《古幣叢考》，頁65，臺北，文史哲出版社，1996年。

〔註40〕「舟」字本釋爲「俞」，將之與「榆即」之「榆」字偏旁對照，釋「俞」者與字形不合，其下相同形體者亦逕改之。何琳儀：〈銳角布幣考〉，《古幣叢考》，頁85～86，臺北，文史哲出版社，1996年。

〔註41〕「容」字本未釋，逕作「公」，何琳儀指出該字係借用幣線爲筆畫，故宜改釋爲「容」。〈銳角布幣考〉，《古幣叢考》，頁87～88。

〔註42〕「盧氏百涅」、「百涅」之「百」字，學者過去多釋爲「金」，中山王響墓出土銅器云：「方數百里」，「百」字的形體與「金」字相近同，其後學者如何琳儀等人，據之改釋爲「百」；「涅」字本釋爲「涅」，幣文右側多作「廿」，釋作「涅」實有可議，故從何琳儀改釋爲「涅」。〈銳角布幣考〉，《古幣叢考》，頁81～85。

6	亡易‧平襠方足平首布	中國錢幣大辭典‧先秦編	戰國
7	洀‧平襠方足平首布	中國錢幣大辭典‧先秦編	戰國
8	木比當斤‧平襠方足平首布	中國錢幣大辭典‧先秦編	戰國
9	屯留‧平襠方足平首布	中國錢幣大辭典‧先秦編	戰國
10	尹陽‧平襠方足平首布	中國錢幣大辭典‧先秦編	戰國
11	平氏‧平襠方足平首布	中國錢幣大辭典‧先秦編	戰國
12	四比‧平襠方足平首布	中國錢幣大辭典‧先秦編	戰國
13	四陽‧平襠方足平首布	中國錢幣大辭典‧先秦編	戰國
14	宅陽‧平襠方足平首布	中國錢幣大辭典‧先秦編	戰國
15	金氏‧平襠方足平首布	中國錢幣大辭典‧先秦編	戰國
16	郴‧平襠方足平首布	中國錢幣大辭典‧先秦編	戰國
17	郎水‧平襠方足平首布	中國錢幣大辭典‧先秦編	戰國
18	郎亲‧平襠方足平首布	中國錢幣大辭典‧先秦編	戰國
19	涅‧平襠方足平首布	中國錢幣大辭典‧先秦編	戰國
20	鄃氏‧平襠方足平首布	中國錢幣大辭典‧先秦編	戰國
21	陽城‧平襠方足平首布	中國錢幣大辭典‧先秦編	戰國
22	陽是‧平襠方足平首布	中國錢幣大辭典‧先秦編	戰國
23	零‧平襠方足平首布	中國錢幣大辭典‧先秦編	戰國
24	鑄‧平襠方足平首布	中國錢幣大辭典‧先秦編	戰國
25	鑄一‧平襠方足平首布	中國錢幣大辭典‧先秦編	戰國
26	鐺‧平襠方足平首布	中國錢幣大辭典‧先秦編	戰國
27	於疋‧平襠方足平首布	中國錢幣大辭典‧先秦編	戰國〔註44〕
28	帠子‧平襠方足平首布	中國錢幣大辭典‧先秦編	戰國〔註45〕

〔註43〕「垂」字本未釋，逕作「𡉚」，幣文下方應為「山」，何琳儀考證此字為「垂」，其言或可備為一說，暫從其意見。〈銳角布幣考〉，《古幣叢考》，頁88～89。

〔註44〕「於疋」平襠方足平首布，「疋」字又可作「郒」，據李家浩考釋，從邑與否並不影響其地望；再者，從文獻記載與文字語言角度言，「於」、「烏」古本為一字，「疋」、「蘇」二字古音相同，「於疋」可讀為「烏蘇」，戰國時屬韓國疆域，應定為韓幣。今暫從其言。李家浩：〈戰國於疋布考〉，《中國錢幣》1986年第4期，頁55～57。

〔註45〕平襠方足平首布所見之「帠子」、「州」、「郳」等，據何琳儀考證之地望，將之列為韓幣。何琳儀：〈三晉方足布彙釋〉，《古幣叢考》，頁222～225，臺北，文史哲出版社，1996年。

29	𨛜·平襠方足平首布	中國錢幣大辭典·先秦編	戰國
30	鄩·平襠方足平首布	中國錢幣大辭典·先秦編	戰國
31	新城·尖足平首布	中國錢幣大辭典·先秦編	戰國

（4）趙國

編號	名稱	主要著錄	斷代
1	大陰·平襠方足平首布	中國錢幣大辭典·先秦編	戰國
2	中都·平襠方足平首布	中國錢幣大辭典·先秦編	戰國
3	文氏·平襠方足平首布	中國錢幣大辭典·先秦編	戰國
4	文陽·平襠方足平首布	中國錢幣大辭典·先秦編	戰國
5	平貝·平襠方足平首布	中國錢幣大辭典·先秦編	戰國
6	平原·平襠方足平首布	中國錢幣大辭典·先秦編	戰國
7	平陶·平襠方足平首布	中國錢幣大辭典·先秦編	戰國
8	平陽·平襠方足平首布	中國錢幣大辭典·先秦編	戰國
9	邯鄲·平襠方足平首布	中國錢幣大辭典·先秦編	戰國
10	北屈·平襠方足平首布	中國錢幣大辭典·先秦編	戰國
11	𢧜·平襠方足平首布	中國錢幣大辭典·先秦編	戰國〔註46〕
12	同是·平襠方足平首布	中國錢幣大辭典·先秦編	戰國
13	中邑·平襠方足平首布	中國錢幣大辭典·先秦編	戰國
14	安陽·平襠方足平首布	中國錢幣大辭典·先秦編	戰國
15	祁·平襠方足平首布	中國錢幣大辭典·先秦編	戰國
16	阪·平襠方足平首布	中國錢幣大辭典·先秦編	戰國
17	武安·平襠方足平首布	中國錢幣大辭典·先秦編	戰國
18	鄗·平襠方足平首布	中國錢幣大辭典·先秦編	戰國
19	咎奴·平襠方足平首布	中國錢幣大辭典·先秦編	戰國
20	茲氏半·平襠方足平首布	中國錢幣大辭典·先秦編	戰國

〔註46〕 「𢧜」平襠方足平首布，原書釋作從戈從邑之字，李家浩指出古文字中「戈」、「弋」二字時常相混，並舉出諸多例證以為該字應為「𢧜」（李家浩：〈戰國𢧜布考〉，《古文字研究》第三輯，頁160～165，北京，中華書局，1980年。）表面上「弋」字添加一短橫畫與「戈」字相近，據拙作透過字形的比對，發現若為短橫畫者多為「弋」字，若為短斜畫者多為「戈」字（陳立：《楚系簡帛文字研究》，頁260～261，臺北，國立臺灣師範大學國文研究所碩士論文，1999年。）此一書寫的現象亦可應用於判斷貨幣上的文字，故從李家浩之言。

21	貝地・平襠方足平首布	中國錢幣大辭典・先秦編	戰國〔註47〕
22	俞陽・平襠方足平首布	中國錢幣大辭典・先秦編	戰國
23	郾子・平襠方足平首布	中國錢幣大辭典・先秦編	戰國
24	郕・平襠方足平首布	中國錢幣大辭典・先秦編	戰國
25	郅成・平襠方足平首布	中國錢幣大辭典・先秦編	戰國
26	涂・平襠方足平首布	中國錢幣大辭典・先秦編	戰國
27	閃・平襠方足平首布	中國錢幣大辭典・先秦編	戰國
28	干關・平襠方足平首布	中國錢幣大辭典・先秦編	戰國〔註48〕
29	鄔・平襠方足平首布	中國錢幣大辭典・先秦編	戰國
30	陽邑・平襠方足平首布	中國錢幣大辭典・先秦編	戰國
31	榆即・平襠方足平首布	中國錢幣大辭典・先秦編	戰國
32	鄗・平襠方足平首布	中國錢幣大辭典・先秦編	戰國
33	踬安・平襠方足平首布	中國錢幣大辭典・先秦編	戰國
34	壽陰・平襠方足平首布	中國錢幣大辭典・先秦編	戰國
35	膚虒・平襠方足平首布	中國錢幣大辭典・先秦編	戰國
36	鄒・平襠方足平首布	中國錢幣大辭典・先秦編	戰國
37	數垣・平襠方足平首布	中國錢幣大辭典・先秦編	戰國
38	郥・平襠方足平首布	中國錢幣大辭典・先秦編	戰國
39	邾・平襠方足平首布	中國錢幣大辭典・先秦編	戰國
40	鄃・平襠方足平首布	中國錢幣大辭典・先秦編	戰國
41	膚虍・平襠方足平首布	中國錢幣大辭典・先秦編	戰國〔註49〕

〔註47〕平襠方足平首布中的「貝地」因字形怪異，原書或釋爲「俞旻」，或釋作「匬旻」，就上字的字形言，實非「俞」字。何琳儀將貨幣上的文字與先秦時期諸文字相比對，發現二字應爲「貝地」，寫作「也」字，是省減形符的通例，並進一步指出其地望，即今日之臨清的「貝地」；此外，又指出原釋爲「郥」者，亦應改爲「郥」，添加偏旁「邑」，是表明地望之用。作「貝」形體者，亦見於「平旻」，今亦一併更改。何琳儀：〈貝地布幣考〉，《古幣叢考》，頁 143～154，臺北，文史哲出版社，1996 年。

〔註48〕「干關」二字本釋爲「閛中」，從字形觀察，釋爲「中」者，與戰國時期的「中」字形體不同，黃錫全將文字比對，發現「[illegible]」的形體，應爲「干」字，「干關」布屬趙幣，鑄造年代應在戰國晚期之前。黃錫全：〈「干關」方足布考——干關、扞關、挺關、麋關異名同地〉，頁 133～139，《訓詁論叢》第二輯，臺北，文史哲出版社，1997 年。

〔註49〕「膚虍」本釋爲「膚咎」，戰國文字裡「虎」頭形體或作「[illegible]」，或作「[illegible]」，該幣

42	完陽·平襠方足平首布	中國錢幣大辭典·先秦編	戰國〔註50〕
43	开陽·平襠方足平首布	中國錢幣大辭典·先秦編	戰國〔註51〕
44	于·尖足平首布	中國錢幣大辭典·先秦編	戰國
45	于半·尖足平首布	中國錢幣大辭典·先秦編	戰國
46	大丌·尖足平首布	中國錢幣大辭典·先秦編	戰國
47	大陰·尖足平首布	中國錢幣大辭典·先秦編	戰國
48	大陰半·尖足平首布	中國錢幣大辭典·先秦編	戰國
49	子城·尖足平首布	中國錢幣大辭典·先秦編	戰國
50	中都·尖足平首布	中國錢幣大辭典·先秦編	戰國
51	中陽·尖足平首布	中國錢幣大辭典·先秦編	戰國
52	尹城·尖足平首布	中國錢幣大辭典·先秦編	戰國〔註52〕
53	分·尖足平首布	中國錢幣大辭典·先秦編	戰國
54	文陽·尖足平首布	中國錢幣大辭典·先秦編	戰國
55	甘丹·尖足平首布	中國錢幣大辭典·先秦編	戰國
56	平州·尖足平首布	中國錢幣大辭典·先秦編	戰國
57	平匋·尖足平首布	中國錢幣大辭典·先秦編	戰國
58	平目·尖足平首布	中國錢幣大辭典·先秦編	戰國
59	北茲釿·尖足平首布	中國錢幣大辭典·先秦編	戰國

文作「虍」，釋爲「虍」無誤。其下所從之「貝」，在戰國文字中有二系統，一爲「貝」字，一爲「鼎」字，而從「鼎」偏旁者往往省減爲「貝」，故知何琳儀改釋作「虒虍」的意見應可採信，其進一步考釋地望，指出即爲「鮮虞」，爲趙國晚期貨幣。何琳儀：〈趙國方足布三考〉，《古幣叢考》，頁 133～136，臺北，文史哲出版社，1996 年。

〔註50〕「完陽」首字作「𠂇」，何琳儀釋作「下」，其形體與「下」字不符；黃錫全考釋爲「完」，指出該字在幣文中又作「𠂇」，下方的形體與「元」相同，隸定爲「完」應無疑義。何琳儀：〈魏國方足布四考〉，《古幣叢考》，頁 203～204，臺北，文史哲出版社，1996 年；黃錫全：〈趙國方足布七考〉，《先秦貨幣研究》，頁 92～93，北京，中華書局，2001 年。

〔註51〕「开陽」首字本未釋，該字作「𠀕」，何琳儀從甲、金文中找出其對應關係，考證該字即爲「开」，「开陽」爲文獻之「沃陽」，屬戰國之趙幣。〈趙國方足布三考〉，《古幣叢考》，頁 136～137。

〔註52〕「尹城」之首字本釋爲「父」，先秦文字之「尹」、「父」二字有別，於此從何琳儀之意見逕改之。何琳儀：〈尖足布幣考〉，《古幣叢考》，頁 120，臺北，文史哲出版社，1996 年。

60	宁・尖足平首布	中國錢幣大辭典・先秦編	戰國
61	西都・尖足平首布	中國錢幣大辭典・先秦編	戰國
62	邪・尖足平首布	中國錢幣大辭典・先秦編	戰國
63	邑・尖足平首布	中國錢幣大辭典・先秦編	戰國
64	武平・尖足平首布	中國錢幣大辭典・先秦編	戰國
65	武安・尖足平首布	中國錢幣大辭典・先秦編	戰國
66	匐・尖足平首布	中國錢幣大辭典・先秦編	戰國
67	易邑・尖足平首布	中國錢幣大辭典・先秦編	戰國
68	郤・尖足平首布	中國錢幣大辭典・先秦編	戰國
69	郤陽・尖足平首布	中國錢幣大辭典・先秦編	戰國
70	茲・尖足平首布	中國錢幣大辭典・先秦編	戰國
71	茲氏・尖足平首布	中國錢幣大辭典・先秦編	戰國
72	茲釿・尖足平首布	中國錢幣大辭典・先秦編	戰國
73	茲氏半・尖足平首布	中國錢幣大辭典・先秦編	戰國
74	虎半・尖足平首布	中國錢幣大辭典・先秦編	戰國
75	晉陽・尖足平首布	中國錢幣大辭典・先秦編	戰國
76	晉陽半・尖足平首布	中國錢幣大辭典・先秦編	戰國
77	莖城・尖足平首布	中國錢幣大辭典・先秦編	戰國
78	陽曲・尖足平首布	中國錢幣大辭典・先秦編	戰國
79	閔・尖足平首布	中國錢幣大辭典・先秦編	戰國
80	閔半・尖足平首布	中國錢幣大辭典・先秦編	戰國
81	榆即・尖足平首布	中國錢幣大辭典・先秦編	戰國
82	榆即半・尖足平首布	中國錢幣大辭典・先秦編	戰國
83	鄧旭・尖足平首布	中國錢幣大辭典・先秦編	戰國
84	新城・尖足平首布	中國錢幣大辭典・先秦編	戰國
85	壽陰・尖足平首布	中國錢幣大辭典・先秦編	戰國
86	膚虎・尖足平首布	中國錢幣大辭典・先秦編	戰國
87	膚虎半・尖足平首布	中國錢幣大辭典・先秦編	戰國
88	離石・尖足平首布	中國錢幣大辭典・先秦編	戰國
89	藿人・尖足平首布	中國錢幣大辭典・先秦編	戰國
90	吉厺・尖足平首布	中國錢幣大辭典・先秦編	戰國
91	大陰・尖足平首布	中國錢幣大辭典・先秦編	戰國
92	舍卩・尖足平首布	中國錢幣大辭典・先秦編	戰國
93	會示・尖足平首布	中國錢幣大辭典・先秦編	戰國

94	大陰・圓足平首布	中國錢幣大辭典・先秦編	戰國
95	平陶・圓足平首布	中國錢幣大辭典・先秦編	戰國
96	邪半・圓足平首布	中國錢幣大辭典・先秦編	戰國
97	易曲・圓足平首布	中國錢幣大辭典・先秦編	戰國
98	茲・圓足平首布	中國錢幣大辭典・先秦編	戰國
99	茲氏・圓足平首布	中國錢幣大辭典・先秦編	戰國
100	晉陽・圓足平首布	中國錢幣大辭典・先秦編	戰國
101	離石・圓足平首布	中國錢幣大辭典・先秦編	戰國
102	下專・三孔平首布	中國錢幣大辭典・先秦編	戰國
103	下陽曲・三孔平首布	中國錢幣大辭典・先秦編	戰國
104	上苂・三孔平首布	中國錢幣大辭典・先秦編	戰國
105	上專・三孔平首布	中國錢幣大辭典・先秦編	戰國
106	上陽曲・三孔平首布	中國錢幣大辭典・先秦編	戰國
107	亡郒・三孔平首布	中國錢幣大辭典・先秦編	戰國
108	卅・三孔平首布	中國錢幣大辭典・先秦編	戰國
109	五陘・三孔平首布	中國錢幣大辭典・先秦編	戰國
110	平臺・三孔平首布	中國錢幣大辭典・先秦編	戰國
111	北九門・三孔平首布	中國錢幣大辭典・先秦編	戰國
112	安陽・三孔平首布	中國錢幣大辭典・先秦編	戰國
113	安陰・三孔平首布	中國錢幣大辭典・先秦編	戰國
114	朵・三孔平首布	中國錢幣大辭典・先秦編	戰國 [註53]
115	余亡・三孔平首布	中國錢幣大辭典・先秦編	戰國
116	宋子・三孔平首布	中國錢幣大辭典・先秦編	戰國
117	郒陽・三孔平首布	中國錢幣大辭典・先秦編	戰國
118	郒與・三孔平首布	中國錢幣大辭典・先秦編	戰國
119	阿・三孔平首布	中國錢幣大辭典・先秦編	戰國
120	妬邑・三孔平首布	中國錢幣大辭典・先秦編	戰國
121	祥氏・三孔平首布	中國錢幣大辭典・先秦編	戰國 [註54]

[註53] 「朵」字上從厶下從木，本隸定爲「朵」，何琳儀進一步指出或可改作左右式結構，釋爲「柤」字，讀爲「貍」或「狸」。何琳儀改釋之意見可從之。何琳儀：〈三孔布幣考〉，《古幣叢考》，頁171，臺北，文史哲出版社，1996年。

[註54] 「祥氏」三孔平首布之首字本釋爲從圭從攴之字，黃盛璋指出該字結構可分爲上中下層，上中二層皆作草木枝幹之形，下層則作橫畫，並於尾部向右拖斜，表示地下之根，並將之與《說文》相較，當改釋作「屯」字（黃盛璋：〈新發現的「屯氏」三孔幣與相關問題答覆〉，《中國錢幣》1993年第4期，頁42～48。）觀察其上的

122	南行昜・三孔平首布	中國錢幣大辭典・先秦編	戰國
123	家陽・三孔平首布	中國錢幣大辭典・先秦編	戰國
124	親處・三孔平首布	中國錢幣大辭典・先秦編	戰國
125	轅・三孔平首布	中國錢幣大辭典・先秦編	戰國〔註55〕
126	渝陽・三孔平首布	中國錢幣大辭典・先秦編	戰國
127	鳶即・三孔平首布	中國錢幣大辭典・先秦編	戰國
128	鄶・三孔平首布	中國錢幣大辭典・先秦編	戰國
129	卩觜・三孔平首布	中國錢幣大辭典・先秦編	戰國〔註56〕
130	鄏・三孔平首布	中國錢幣大辭典・先秦編	戰國〔註57〕
131	佺・三孔平首布	中國錢幣大辭典・先秦編	戰國〔註58〕
132	明・弧背趙刀	中國錢幣大辭典・先秦編	戰國
133	王匕・直刀	中國錢幣大辭典・先秦編	戰國
134	尹斥・直刀	中國錢幣大辭典・先秦編	戰國
135	甘丹・直刀	中國錢幣大辭典・先秦編	戰國
136	甘丹匕・直刀	中國錢幣大辭典・先秦編	戰國
137	白・直刀	中國錢幣大辭典・先秦編	戰國
138	白人・直刀	中國錢幣大辭典・先秦編	戰國
139	白匕・直刀	中國錢幣大辭典・先秦編	戰國

文字，原本釋爲從圭從攴，與字形不相符，黃盛璋將之釋爲「屯」字，所釋的字形亦與之不符，故暫將之視爲未識字。

〔註55〕「轅」字本釋爲「輻」，右側形體與「景」字相近，「景」字於中山國器作「憂」〈石環XK：120〉，其上之「目」或可寫成幣文之形，又古文字時見省減聲符的現象，今將〈玉環〉之「景」字省減聲符，並將形體倒置，則如幣文所示，故知何琳儀之意見可採信。何琳儀：〈余亡布幣考——兼述三孔布地名〉，《古幣叢考》，頁157～158，臺北，文史哲出版社，1996年。

〔註56〕「卩觜」二字原書未釋，何琳儀指出下字上方所從爲「或」，其下爲「角」，寫作「觜」者乃隸古所致，上字應爲「卩」，二字爲地望之名，讀爲「即裴」，爲趙國之境。〈三孔布幣考〉，《古幣叢考》，頁172。

〔註57〕「鄏」字原書未釋，迻作「鄏」，圖畫性質濃厚，何琳儀指出其上從羊角之形，故隸定爲「鄏」，可讀爲「權」，該地曾先後歸屬於燕、趙，今從原書所言，列爲趙國貨幣。〈三孔布幣考〉，《古幣叢考》，頁161～172。

〔註58〕「佺」字左側形體怪異，何琳儀從文字的比對，認定爲「人」，戰國文字中在豎畫上添加短橫畫十分習見，故知何琳儀之言可從。〈三孔布幣考〉，《古幣叢考》，頁169～171。

140	白人匕‧直刀	中國錢幣大辭典‧先秦編	戰國
141	白匕人‧直刀	中國錢幣大辭典‧先秦編	戰國
142	西匕‧直刀	中國錢幣大辭典‧先秦編	戰國
143	西匕🐍口‧直刀	中國錢幣大辭典‧先秦編	戰國
144	西匕口口‧直刀	中國錢幣大辭典‧先秦編	戰國
145	城‧直刀	中國錢幣大辭典‧先秦編	戰國
146	言刀‧直刀	中國錢幣大辭典‧先秦編	戰國〔註59〕
147	言半‧直刀	中國錢幣大辭典‧先秦編	戰國
148	言易刀‧直刀	中國錢幣大辭典‧先秦編	戰國
149	言易亲刀‧直刀	中國錢幣大辭典‧先秦編	戰國
150	閔‧直刀	中國錢幣大辭典‧先秦編	戰國
151	8‧直刀	中國錢幣大辭典‧先秦編	戰國
152	閔‧圓錢	中國錢幣大辭典‧先秦編	戰國
153	薗石‧圓錢	中國錢幣大辭典‧先秦編	戰國

（5）魏國

編號	名稱	主要著錄	斷代
1	梁半釿‧弧襠方足平首布	中國錢幣大辭典‧先秦編	戰國〔註60〕
2	山陽‧弧襠方足平首布	中國錢幣大辭典‧先秦編	戰國
3	分布‧弧襠方足平首布	中國錢幣大辭典‧先秦編	戰國
4	文安半釿‧弧襠方足平首布	中國錢幣大辭典‧先秦編	戰國
5	共半釿‧弧襠方足平首布	中國錢幣大辭典‧先秦編	戰國
6	安邑釿‧弧襠方足平首布	中國錢幣大辭典‧先秦編	戰國
7	安邑一釿‧弧襠方足平首布	中國錢幣大辭典‧先秦編	戰國

〔註59〕「言刀」原書釋爲「晉匕」，形體作「🐍」，右側爲「刀」，左側與「言」字形體相近，而非「晉」字，故從黃錫全之意見，與此形體相同者亦逕改之。〈《中國歷代貨幣大系‧先秦貨幣》釋文校訂〉，《先秦貨幣研究》，頁358。

〔註60〕「梁半釿」之「梁」字，上半部作Ⓒ下半部從木，與「禾半釿」之「禾」不同，據成增耀考證，應釋爲「梁」，今暫從其意見。成增耀：〈韓城出土「梁半釿」布及背殘陶範〉，《考古與文物》1994年第5期，頁70～72。

8	安邑二釿・弧襠方足平首布	中國錢幣大辭典・先秦編	戰國
9	安邑半釿・弧襠方足平首布	中國錢幣大辭典・先秦編	戰國
10	甫反一釿・弧襠方足平首布	中國錢幣大辭典・先秦編	戰國
11	甫反半釿・弧襠方足平首布	中國錢幣大辭典・先秦編	戰國
12	言半釿・弧襠方足平首布	中國錢幣大辭典・先秦編	戰國
13	言昜一釿・弧襠方足平首布	中國錢幣大辭典・先秦編	戰國
14	言昜二釿・弧襠方足平首布	中國錢幣大辭典・先秦編	戰國
15	垣釿・弧襠方足平首布	中國錢幣大辭典・先秦編	戰國
16	陰安・弧襠方足平首布	中國錢幣大辭典・先秦編	戰國
17	梁正尚百當守・弧襠方足平首布	中國錢幣大辭典・先秦編	戰國
18	梁重釿百當守・弧襠方足平首布	中國錢幣大辭典・先秦編	戰國〔註61〕
19	梁半尚二百當守・弧襠方足平首布	中國錢幣大辭典・先秦編	戰國
20	梁重釿五十當守・弧襠方足平首布	中國錢幣大辭典・先秦編	戰國
21	陰晉一釿・弧襠方足平首布	中國錢幣大辭典・先秦編	戰國
22	陰晉半釿・弧襠方足平首布	中國錢幣大辭典・先秦編	戰國
23	高半釿・弧襠方足平首布	中國錢幣大辭典・先秦編	戰國
24	高安一釿・弧襠方足平首布	中國錢幣大辭典・先秦編	戰國

〔註61〕「梁重釿百當守」的「重」字過去未識，吳振武指出該字即爲冢字，戰國文字裡「冢（或塚）」字常借爲「重」字（吳振武：〈說梁重釿布〉，《中國錢幣》1991 年第 2 期，頁 21～26。）於此釋爲「重」字正可通讀，故從其所言。

25	郭氏半釿・弧襠方足平首布	中國錢幣大辭典・先秦編	戰國
26	盧氏半釿・弧襠方足平首布	中國錢幣大辭典・先秦編	戰國
27	禾一釿・弧襠方足平首布	中國錢幣大辭典・先秦編	戰國〔註62〕
28	禾二釿・弧襠方足平首布	中國錢幣大辭典・先秦編	戰國
29	禾半釿・弧襠方足平首布	中國錢幣大辭典・先秦編	戰國
30	每一釿・弧襠方足平首布	中國錢幣大辭典・先秦編	戰國〔註63〕
31	陝一釿・弧襠方足平首布	中國錢幣大辭典・先秦編	戰國〔註64〕
32	陝半釿・弧襠方足平首布	中國錢幣大辭典・先秦編	戰國
33	皮氏・平襠方足平首布	中國錢幣大辭典・先秦編	戰國
34	邳・平襠方足平首布	中國錢幣大辭典・先秦編	戰國
35	壮・平襠方足平首布	中國錢幣大辭典・先秦編	戰國
36	奉氏・平襠方足平首布	中國錢幣大辭典・先秦編	戰國
37	奇氏・平襠方足平首布	中國錢幣大辭典・先秦編	戰國

〔註62〕「禾一釿」之「禾」字，其形上半部從C，下半部從木，或當作未識字處理，何琳儀從文字觀察，以爲可釋爲「禾」，貨幣上的文字爲反文，若將之反正則上半部作つ，其下仍爲木，或可視爲「禾」的變體，故從何琳儀意見，而其下之「╳二釿」、「╳半釿」，亦逕釋爲「禾」。何琳儀：〈橋形布幣考〉，《古幣叢考》，頁187～192，臺北，文史哲出版社，1996年。

〔註63〕「每」字原書未釋，逕作「每」，與中山王𡼟墓出土封泥上的文字相近同，皆從每從山，亦或可釋爲「繁」。釋作「繁」字，難以考其地望，何琳儀進一步指出可能是「每」字的異體，即文獻所載之「牧」，戰國時屬魏國，今暫將之據形隸定。〈橋形布幣考〉，《古幣叢考》，頁191～192。

〔註64〕「陝一釿」所見的「陝」字原本未釋，逕作「庚」，張頷考釋爲「陝」字，考定其地望在今日山西省平路一帶，屬於魏國陝地所鑄泉幣（朱華：〈山西運城出土戰國布幣淺析〉，《中國錢幣》1985年第2期，頁26～28；張頷：〈魏幣陝布考釋〉，《中國錢幣》1985年第4期，頁32～35，轉頁46。）從字形言，張頷的論證與釋讀應可採信。

38	郘‧平襠方足平首布	中國錢幣大辭典‧先秦編	戰國
39	莆子‧平襠方足平首布	中國錢幣大辭典‧先秦編	戰國
40	高都‧平襠方足平首布	中國錢幣大辭典‧先秦編	戰國
41	猏‧平襠方足平首布	中國錢幣大辭典‧先秦編	戰國
42	虜陽‧平襠方足平首布	中國錢幣大辭典‧先秦編	戰國
43	壞陰‧平襠方足平首布	中國錢幣大辭典‧先秦編	戰國
44	郭氏‧平襠方足平首布	中國錢幣大辭典‧先秦編	戰國
45	郘‧平襠方足平首布	中國錢幣大辭典‧先秦編	戰國〔註65〕
46	郹‧平襠方足平首布	中國錢幣大辭典‧先秦編	戰國〔註66〕
47	共‧圜錢	中國錢幣大辭典‧先秦編	戰國〔註67〕
48	共屯赤金‧圜錢	中國錢幣大辭典‧先秦編	戰國
49	垣‧圜錢	中國錢幣大辭典‧先秦編	戰國
50	侯釿‧圜錢	中國錢幣大辭典‧先秦編	戰國
51	桼垣一釿‧圜錢	中國錢幣大辭典‧先秦編	戰國
52	桼睘一釿‧圜錢	中國錢幣大辭典‧先秦編	戰國
53	襄陰‧圜錢	中國錢幣大辭典‧先秦編	戰國
54	坴坪‧圜錢	中國錢幣大辭典‧先秦編	戰國

（6）中山國

編號	名稱	主要著錄	斷代
1	城白一‧直刀	中國錢幣大辭典‧先秦編	戰國
2	成白十‧直刀	中國錢幣大辭典‧先秦編	戰國
3	城白‧直刀	中國錢幣大辭典‧先秦編	戰國

〔註65〕「郘」字原書作「郘」，其義未明，戰國文字習見於某偏旁或部件下添加短橫畫飾筆，其下之短橫畫應屬飾筆，何琳儀將該字釋爲「郘」應無疑義。〈魏國方足布四考〉，《古幣叢考》，頁 208～209。

〔註66〕「郹」字原書未釋，逕作「郹」，左側字形據何琳儀考證爲「炅」，從一從口的形體，應爲分割筆畫所致，何琳儀進一步指出該字讀爲「耿」，屬魏國所有，今從其言。〈魏國方足布四考〉，《古幣叢考》，頁 207～208。

〔註67〕山西省聞喜縣蒼底村出土大批的圜錢「共」幣，據報告表示，在此批貨幣出土周圍相距不到五十至一百米的範圍中所發現的灰坑裡，有許多戰國晚期的盆、鬲、豆等陶器殘片，從這些相關的遺物觀察，該批「共」幣的年代可能爲戰國中晚期所鑄造。朱華：〈近幾年來山西省出土的一些古代貨幣〉，《文物》1976 年第 10 期，頁 88～90。

（7）未識國別

編號	名稱	主要著錄	斷代
1	馬雍・平襠方足平首布	中國錢幣大辭典・先秦編	戰國

2、科學考古發掘者

（1）東周

編號	名稱	主要著錄	斷代
1	安臧・平肩空首布	文物 1992：3	戰國

（2）韓國

編號	名稱	主要著錄	斷代
1	宅陽・平襠方足平首布	燕下都	戰國〔註 68〕
2	宲・平襠方足平首布	燕下都	戰國〔註 69〕

（3）趙國

編號	名稱	主要著錄	斷代
1	安陽・平襠方足平首布	燕下都	戰國〔註 70〕
2	安陽・平襠方足平首布	燕下都	戰國〔註 71〕
3	平陽・平襠方足平首布	燕下都	戰國
4	閔・平襠方足平首布	燕下都	戰國
5	鄔・平襠方足平首布	燕下都	戰國
6	郎子・平襠方足平首布	燕下都	戰國
7	平州・尖足平首布	燕下都	戰國
8	安陽・平襠方足平首布	燕下都	戰國〔註 72〕
9	平陽・平襠方足平首布	燕下都	戰國
10	榆即・平襠方足平首布	燕下都	戰國
11	郎子・平襠方足平首布	燕下都	戰國
12	斁垣・平襠方足平首布	燕下都	戰國
13	晉陽・尖足平首布	燕下都	戰國

〔註 68〕 河北省文物研究所：《燕下都（上）》，頁 431～432，北京，文物出版社，1996 年。

〔註 69〕 《燕下都（上）》，頁 571。

〔註 70〕 《燕下都（上）》，頁 167。

〔註 71〕 《燕下都（上）》，頁 431～432。

〔註 72〕 《燕下都（上）》，頁 568。

14	甘丹・直刀	文物季刊 1997：3	戰國〔註73〕
15	甘丹・尖足平首布	文物季刊 1997：3	戰國
16	晉陽・尖足平首布	文物季刊 1997：3	戰國
17	大陰・尖足平首布	文物季刊 1997：3	戰國
18	陽曲・尖足平首布	文物季刊 1997：3	戰國
19	平州・尖足平首布	文物季刊 1997：3	戰國
20	茲氏半・尖足平首布	文物季刊 1997：3	戰國

（4）魏國

編號	名稱	主要著錄	斷代
1	梁正尚百當寽・弧襠方足平首布	輝縣發掘報告	戰國〔註74〕
2	垣・圜錢	輝縣發掘報告	戰國
3	梁正尚百當寽・弧襠方足平首布	輝縣發掘報告	戰國〔註75〕
4	梁・平襠方足平首布	燕下都	戰國〔註76〕
5	皮氏・平襠方足平首布	燕下都	戰國
6	盧陽・平襠方足平首布	燕下都	戰國〔註77〕
7	郭氏・平襠方足平首布	燕下都	戰國

（五）陶器

1、非科學考古發掘者

編號	名稱	主要著錄	斷代
1	五	中原文物 1988：4	戰國〔註78〕
2	芌	中原文物 1988：4	戰國
3	公城	中原文物 1988：4	戰國

〔註73〕〈榆次市錦綸廠戰國墓清理簡報〉，《文物季刊》1997 年第 3 期，頁 14～17，轉頁 40。

〔註74〕中國科學院考古研究所：《輝縣發掘報告》，頁 69～83，北京，科學出版社，1956 年。

〔註75〕《輝縣發掘報告》，頁 84～95。

〔註76〕《燕下都（上）》，頁 204，頁 432～433。

〔註77〕《燕下都（上）》，頁 571。

〔註78〕喬志敏、趙丙喚：〈新鄭館藏東周陶文簡釋〉，《中原文物》1988 年第 4 期，頁 11～14。

4	芋口	中原文物 1988：4	戰國
5	呂口	中原文物 1988：4	戰國
6	隋	中原文物 1988：4	戰國
7	綱	中原文物 1988：4	戰國
8	釜	中原文物 1988：4	戰國
9	千	中原文物 1988：4	戰國
10	業	古文字研究第二十四輯	戰國〔註79〕
11	業市	古文字研究第二十四輯	戰國
12	口量牛	古文字研究第二十四輯	戰國
13	匋息	古文字研究第二十四輯	戰國
14	匋癥	古文字研究第二十四輯	戰國
15	匋紹	古文字研究第二十四輯	戰國
16	匋魯	古文字研究第二十四輯	戰國
17	匋胐	古文字研究第二十四輯	戰國
18	匋口	古文字研究第二十四輯	戰國
19	匋相	古文字研究第二十四輯	戰國
20	口猷	古文字研究第二十四輯	戰國
21	匋午	古文字研究第二十四輯	戰國
22	口陽口	古文字研究第二十四輯	戰國
23	冒	古文字研究第二十四輯	戰國
24	幸魯	古陶文彙編 6.1	戰國
25	事口	古陶文彙編 6.2	戰國
26	辛辛	古陶文彙編 6.4	戰國
27	大馬口	古陶文彙編 6.5	戰國
28	卜期	古陶文彙編 6.7	戰國
29	日山	古陶文彙編 6.8	戰國
30	上口	古陶文彙編 6.9	戰國
31	口馬	古陶文彙編 6.11	戰國
32	嗇夫	古陶文彙編 6.58	戰國
33	膾夫	古陶文彙編 6.59	戰國
34	墾禾	古陶文彙編 6.60	戰國

〔註79〕 焦智勤：〈鄴城戰國陶文研究〉，《古文字研究》第二十四輯，頁 323～331，北京，
中華書局，2002 年。

35	郹邵	古陶文彙編 6.61	戰國
36	事可	古陶文彙編 6.62	戰國
37	君晉	古陶文彙編 6.63	戰國
38	君邵	古陶文彙編 6.65	戰國
39	君念	古陶文彙編 6.66	戰國
40	君萃	古陶文彙編 6.68	戰國
41	君駒	古陶文彙編 6.70	戰國
42	君殳	古陶文彙編 6.72	戰國
43	君口	古陶文彙編 6.76	戰國
44	吏	古陶文彙編 6.78	戰國
45	系歲	古陶文彙編 6.79	戰國
46	一樹	古陶文彙編 6.80	戰國
47	厲斤	古陶文彙編 6.82	戰國
48	容城	古陶文彙編 6.83	戰國
49	馬句	古陶文彙編 6.84	戰國
50	里口	古陶文彙編 6.86	戰國
51	呂雕	古陶文彙編 6.90	戰國
52	呂繯	古陶文彙編 6.92	戰國
53	呂呂	古陶文彙編 6.93	戰國
54	呂穆	古陶文彙編 6.96	戰國
55	呂卜	古陶文彙編 6.98	戰國
56	呂佗	古陶文彙編 6.99	戰國
57	呂口	古陶文彙編 6.100	戰國
58	左胅	古陶文彙編 6.101	戰國
59	王牙	古陶文彙編 6.102	戰國〔註80〕
60	芋足	古陶文彙編 6.105	戰國
61	厲大	古陶文彙編 6.106	戰國
62	明口	古陶文彙編 6.112	戰國
63	固口	古陶文彙編 6.150	戰國
64	公	古陶文彙編 6.164	戰國
65	呂	古陶文彙編 6.167	戰國

〔註80〕「王牙」一詞的「牙」字，原本寫作從牙從齒，此種寫法亦見於曾侯乙墓竹簡（165）
與郭店竹簡〈緇衣〉（9），今逕改之。

66	悉	古陶文彙編 6.170	戰國
67	半	古陶文彙編 6.173	戰國
68	左	古陶文彙編 6.176	戰國
69	右	古陶文彙編 6.177	戰國
70	禾	古陶文彙編 6.185	戰國
71	賓	古陶文彙編 6.190	戰國
72	子	古陶文彙編 6.193	戰國
73	宜	古陶文彙編 6.194	戰國
74	奴	古陶文彙編 6.195	戰國
75	東	古陶文彙編 6.196	戰國
76	北	古陶文彙編 6.197	戰國
77	倉	古陶文彙編 6.199	戰國
78	井	古陶文彙編 6.203	戰國
79	备	古陶文彙編 6.207	戰國
80	工	古陶文彙編 6.209	戰國
81	大	古陶文彙編 6.219	戰國
82	九	古陶文彙編 6.231	戰國
83	陽城	古陶文彙編 6.21	戰國
84	陽城倉器	古陶文彙編 6.26	戰國
85	口豆	古陶文彙編 6.28	戰國
86	朱	古陶文彙編 6.158	戰國
87	狍	古陶文彙編 6.186	戰國
88	阱公	古陶文彙編 6.30	戰國
89	陞公	古陶文彙編 6.31	戰國
90	邞公	古陶文彙編 6.36	戰國
91	格氏	古陶文彙編 6.43	戰國
92	格氏左司工	古陶文彙編 6.45	戰國
93	格氏右司工	古陶文彙編 6.46	戰國
94	京斛	古陶文彙編 6.51	戰國
95	滎陽廩	古陶文彙編 6.107	戰國
96	滎陽廩匋	古陶文彙編 6.108	戰國
97	廩匋官信	古陶文彙編 6.109	戰國

98	廩匋口	古陶文彙編 6.113	戰國
99	廩匋复	古陶文彙編 6.115	戰國
100	廩匋蔡	古陶文彙編 6.116	戰國
101	廩匋口	古陶文彙編 6.117	戰國
102	廩匋沱	古陶文彙編 6.118	戰國
103	廩	古陶文彙編 6.153	戰國
104	戾毫	古陶文彙編 6.121	戰國
105	毫丘	古陶文彙編 6.122	戰國
106	毫 十一年以來	古陶文彙編 6.123	戰國〔註81〕
107	毫	古陶文彙編 6.126	戰國
108	屮	古陶文彙編 6.144	戰國
109	巽	古陶文彙編 6.145	戰國
110	其口	古陶文彙編 6.216	戰國〔註82〕

2、科學考古發掘者

（1）中山國

編號	名稱	主要著錄	斷代
1	邦口中 邦左二	文物 1987：4	戰國中晚期 〔註83〕
2	敬事	文物 1987：4	戰國中晚期
3	口口中	文物 1987：4	戰國中晚期
4	口市	文物 1987：4	戰國中晚期
5	邦口中	文物 1987：4	戰國中晚期

〔註81〕 「十一年以來」一詞，其中「以來」二字未釋，牛濟普將之釋爲「私來」（牛濟普：
〈河南陶文概述〉，《中原文物》1989 年第 4 期，頁 87。）詞意不明，戰國文字習
慣於本字上增添偏旁，「來」字下方增添「止」，亦無礙於該字之義，其所謂的「私」
字，在楚簡中多作爲「以」，今據改之。

〔註82〕 「其口」本作「兀口」，「兀」字於楚簡中多作爲「其」，逕改之。

〔註83〕 在河北省平山縣三汲鄉戰國時代的中山國靈壽故城遺址，發掘出土大批的陶量，
共有八件陶器出現陶文，其中三件不清楚，據報告表示，大部分在器物內底印有
戳記，或是在口沿上刻劃陶文，而從陶量的形制觀察，與睡虎地秦墓所出之器相
近。由於該報告十分簡略，今僅能從其所言，將之定爲戰國中晚期。李恩佳：〈戰
國時期中山國的陶量〉，《文物》1987 年第 4 期，頁 64～66，轉頁 75。

（2）未識國別

編號	名稱	主要著錄	斷代
1	戙事	文物 1985：12	戰國中期〔註84〕
2	∧	文物 1985：12	戰國中期
3	受	洛陽中州路（西工段）	戰國〔註85〕

（六）玉石

1、非科學考古發掘者

（1）中山國

編號	名稱	主要著錄	斷代
1	監罟囿臣石	響墓——戰國中山國 國王之墓	戰國〔註86〕

（2）未識國別

編號	名稱	主要著錄	斷代
1	劍珌（玉行氣銘）	三代吉金文存 20.49	戰國晚期〔註87〕

2、科學考古發掘者

（1）中山國

編號	名稱	主要著錄	斷代
1	中山王響墓玉石	響墓——戰國中山國國 王之墓	戰國中期後段

（2）未識國別

編號	名稱	主要著錄	斷代
1	公賜鼎	文物 2001：12	戰國中期

〔註84〕 洛陽市文物工作隊：〈洛陽市西工區 212 號東周墓〉，《文物》1985 年第 12 期，頁 21～22。

〔註85〕 中國科學院考古研究所：《洛陽中州路（西工段）》，頁 24～35，北京，科學出版社，1959 年。

〔註86〕 據悉該石發現於西元 1935 年，係當地農民在城址西方五百米處的南七汲村西南發現，學者以爲這塊大石說明了附近的大墓即爲中山國王的陵墓。究竟所屬爲哪一位中山王，則無法確切考證，故僅將此文物的年代定於戰國時期而不細分。

〔註87〕 〈劍珌〉即一般學者所謂之「玉行氣銘」，爲玉製之十二面棱柱體，其間的文字形體，與晉系的文字風格相近，故將之歸於晉系材料。

（七）簡牘

1、科學考古發掘者

（1）中山國

編號	名稱	主要著錄	斷代
1	中山王䰖墓簡牘	䰖墓──戰國中山國國王之墓	戰國中期後段

（八）骨器

1、非科學考古發掘者

（1）未識國別

編號	名稱	主要著錄	斷代
1	卅里鑲嵌器飾	輝縣發掘報告	戰國晚期

三、齊系出土文字材料

（一）銅器

1、非科學考古發掘者

（1）滕國

編號	名稱	主要著錄	斷代
1	滕侯敦	殷周金文集成 4635	戰國中期
2	滕侯昊戈	殷周金文集成 11018	戰國中期
3	滕侯昊戈	殷周金文集成 11079	戰國中期
4	滕侯昊戈	殷周金文集成 11123	戰國中期
5	滕侯耆戈	殷周金文集成 11077	戰國中期
6	滕侯耆戈	殷周金文集成 11078	戰國中期
7	滕司徒戈	殷周金文集成 11205	戰國中期

（2）魯國

編號	名稱	主要著錄	斷代
1	鄆戈	殷周金文集成 10828	戰國晚期

（3）齊國

編號	名稱	主要著錄	斷代
1	墜逆簋	殷周金文集成 4096	戰國早期前段

2	陳逆簠	殷周金文集成 4629～4630	戰國早期前段
3	禾簋	殷周金文集成 3939	戰國早期後段
4	作遱右戈	殷周金文集成 10975～10976	戰國早期
5	皇宮左戈	殷周金文集成 10982～10984	戰國早期
6	仕斤徒戈	殷周金文集成 11049～11050	戰國早期
7	羊角戈	殷周金文集成 11210	戰國早期
8	工城戈	殷周金文集成 11211	戰國早期
9	十年陞侯午敦	殷周金文集成 4648	戰國中期前段
10	陞侯午簠	殷周金文集成 4145	戰國中期前段
11	十四年陞侯午敦	殷周金文集成 4646～4647	戰國中期前段
12	陞侯因育敦	殷周金文集成 4649	戰國中期後段
13	陞侯因育戈	殷周金文集成 11081	戰國中期後段
14	陳侯因育戈	殷周金文集成 11260	戰國中期後段
15	鵬戈	殷周金文集成 10818	戰國中期
16	盇渭侯戈	殷周金文集成 11065	戰國中期
17	闌丘爲鵬造戈	殷周金文集成 11073	戰國中期
18	子泉聯戟	殷周金文集成 11105	戰國中晚期
19	咋冢壐戈	歐洲所藏中國青銅器遺珠 144	戰國中晚期
20	陞璋方壺	殷周金文集成 9703	戰國晚期前段
21	左關之鍴	殷周金文集成 10368	戰國晚期前段
22	陞純釜	殷周金文集成 10371	戰國晚期前段
23	子禾子釜	殷周金文集成 10374	戰國晚期前段
24	子禾子左戟	殷周金文集成 11130	戰國晚期前段
25	蔓勵窑里人豆	殷周金文集成 4668	戰國晚期
26	陽右戈	殷周金文集成 10945	戰國晚期
27	甘城右戈	殷周金文集成 10998	戰國晚期
28	平阿左戈	殷周金文集成 11001	戰國晚期
29	陵右造戟	殷周金文集成 11062	戰國晚期
30	平□□戈	殷周金文集成 11101	戰國晚期

31	谷[illegible]造戟	殷周金文集成 11183	戰國晚期
32	齊城右造刀	殷周金文集成 11815	戰國晚期
33	陳助簋蓋	殷周金文集成 4190	戰國
34	齊陳曼鼎蓋	周金文存上卷 2.41	戰國
35	齊陳曼簠	殷周金文集成 4595	戰國
36	齊陳曼簠	殷周金文集成 4596	戰國
37	陳喜壺	殷周金文集成 9700	戰國
38	右里敀量	殷周金文集成 10366	戰國
39	右里敀量	殷周金文集成 10367	戰國
40	郓戈	殷周金文集成 10829	戰國
41	武城戈	殷周金文集成 10900	戰國
42	武城戈	殷周金文集成 10966	戰國
43	武城戈	殷周金文集成 11024	戰國
44	阿武戈	殷周金文集成 10923	戰國
45	平陸戈	殷周金文集成 10925	戰國
46	平陸戈	殷周金文集成 10926	戰國
47	齊囗造戈	殷周金文集成 10989	戰國
48	平陽左庫戈	殷周金文集成 11017	戰國
49	陳戈	殷周金文集成 11031	戰國
50	陳[illegible]散戈	殷周金文集成 11033	戰國
51	陳兆造戈	殷周金文集成 11034	戰國
52	陳余戈	殷周金文集成 11035	戰國
53	陳[illegible]散戈	殷周金文集成 11036	戰國
54	陳子戈	殷周金文集成 11084	戰國
55	君子舜戟	殷周金文集成 11088	戰國
56	陳[illegible]車轄	殷周金文集成 12023～12024	戰國
57	陳[illegible]車戈	殷周金文集成 11037	戰國
58	陳子戈	殷周金文集成 11038	戰國
59	平阿左戈	殷周金文集成 11041	戰國
60	平阿左戈	文物 1991：10	戰國
61	平阿左戈	文物 1998：11	戰國
62	平陸左戟	殷周金文集成 11056	戰國
63	陳沂子戈	殷周金文集成 11082	戰國
64	陳御寇戈	殷周金文集成 11083	戰國

65	墜子翼戈	殷周金文集成 11086	戰國
66	羊子戈	殷周金文集成 11089～11090	戰國
67	墜子皮戈	殷周金文集成 11126	戰國
68	墜胎戈	殷周金文集成 11127	戰國
69	墜卿聖孟戈	殷周金文集成 11128	戰國
70	成陽辛城里戈	殷周金文集成 11154～11155	戰國
71	平陽高馬里戈	殷周金文集成 11156	戰國
72	相公子矰戈	殷周金文集成 11285	戰國
73	平陽矛	殷周金文集成 11471	戰國
74	高陽劍	殷周金文集成 11581	戰國
75	墜劍	殷周金文集成 11591	戰國
76	高陽劍首	殷周金文集成 11592	戰國
77	陰平劍	殷周金文集成 11609	戰國
78	桼虎符	殷周金文集成 12087	戰國
79	戀節	殷周金文集成 12089	戰國
80	齊節大夫馬節	殷周金文集成 12090	戰國
81	亡縱熊節	殷周金文集成 12092	戰國
82	釆者節	殷周金文集成 12093	戰國
83	辟大夫虎符	殷周金文集成 12107	戰國
84	邦遄戈	周金文存下卷 6.35	戰國
85	墜口造戈	考古與文物 1991：2	戰國
86	齊城左戈	文物 2000：10	戰國
87	平口左戈	文物 2002：5	戰國

2、科學考古發掘者

編號	名稱	主要著錄	斷代
1	公孫朝子鐘	文物 1987：12	戰國中期後段
2	公孫朝子鎛	文物 1987：12	戰國中期後段
3	墜璋罍	殷周金文集成 9975	戰國晚期前段
4	齊城右造戈	文物 1995：7	戰國晚期
5	趞陵銀匜	臨淄商王墓地	戰國晚期
6	罕銀匜	臨淄商王墓地	戰國晚期
7	少司馬耳杯	臨淄商王墓地	戰國晚期

8	▽耳杯	臨淄商王墓地	戰國晚期
9	師屖鼎	臨淄商王墓地	戰國晚期
10	鄭絢盒	臨淄商王墓地	戰國晚期
11	趡陵夫人雁足燈	臨淄商王墓地	戰國晚期
12	趡陵夫人編鐘石磬木架構件	臨淄商王墓地	戰國晚期
13	武城戈	考古與文物 1999：1	戰國
14	陞發棗戈	文物 2001：10	戰國

（二）璽印

1、非科學考古發掘者

編號	名稱	主要著錄	斷代
1	鉊（鎮）司徒市（師）	古璽彙編 0019	戰國
2	左司徒	古璽彙編 0020	戰國
3	司馬之鉨	古璽彙編 0023	戰國
4	司馬之鉨	古璽彙編 0025	戰國
5	司馬之鉨	古璽彙編 0026	戰國
6	司馬之鉨	古璽彙編 0027	戰國
7	聞（門）司馬鉨	古璽彙編 0028	戰國
8	聞（門）司馬鉨	古璽彙編 0029	戰國
9	聞（門）司馬鉨	古璽彙編 0030	戰國
10	右聞（門）司馬	古璽彙編 0031	戰國
11	右聞（門）司馬	古璽彙編 0032	戰國
12	右聞（門）司馬鉨	古璽彙編 0033	戰國
13	司馬口鉨	古璽彙編 0034	戰國
14	司馬叚鉨	古璽彙編 0035	戰國 [註88]
15	司馬叚鉨	古璽彙編 0036	戰國
16	左司馬竘	古璽彙編 0037	戰國
17	左司馬叚	古璽彙編 0038	戰國
18	左司馬竘	古璽彙編 0039	戰國
19	右司馬叚	古璽彙編 0040	戰國
20	右司馬叚	古璽彙編 0041	戰國

〔註88〕 〈司馬叚鉨〉原書釋作〈司馬敊鉨〉，「敊」字據朱德熙考釋，以爲應是「叚」字的異體。朱德熙：〈戰國文字中所見有關廄的資料〉，《朱德熙古文字論集》，頁 157～165，北京，中華書局，1995 年。

21	司馬段鉨	古璽彙編 0043	戰國
22	左中軍司馬	古璽彙編 0047	戰國
23	平易（陽）信司馬鉨	古璽彙編 0062	戰國
24	王㝍右司馬鉨	古璽彙編 0063	戰國
25	右司馬鍒	古璽彙編 0064	戰國
26	冥釆大夫鉨	古璽彙編 0098	戰國
27	易（唐）攻（工）帀（師）鉨	古璽彙編 0147	戰國
28	路右攻（工）帀（師）	古璽彙編 0148	戰國
29	右攻（工）帀（師）鉨	古璽彙編 0149	戰國
30	東武城攻（工）帀（師）鉨	古璽彙編 0150	戰國
31	口帀帀（師）鉨	古璽彙編 0152	戰國
32	㦷（射）者帀（師）鉨	古璽彙編 0153	戰國
33	戠內帀（師）鉨	古璽彙編 0154	戰國
34	郟易口帀（師）鉨	古璽彙編 0155	戰國
35	清陵苊戛笡帀（師）	古璽彙編 0156	戰國
36	左攻（工）帀（師）戠黍帀（師）鉨	古璽彙編 0157	戰國
37	行曲關	古璽彙編 0173	戰國
38	武關叔	古璽彙編 0174	戰國
39	豕母舓（司）關	古璽彙編 0175	戰國
40	武關牆（將）鉨	古璽彙編 0176	戰國
41	醟（將）和女關	古璽彙編 0177	戰國
42	口聞（門）段鉨	古璽彙編 0193	戰國
43	口口段鉨	古璽彙編 0194	戰國
44	叚俓左段	古璽彙編 0195	戰國
45	輨鄙右段	古璽彙編 0196	戰國
46	易（陽）都邑聚遷（徒）𧮫之鉨	古璽彙編 0198	戰國〔註89〕

〔註89〕〈易（陽）都邑聚遷（徒）𧮫之鉨〉原書釋作〈易口邑口口𧮫之鉨〉，從土取聲之
　　　字，據曹錦炎考釋，應爲「聚」字，即爲聚落，爲古代較小的居住單位。此外，
　　　曹錦炎於《古璽通論》中條列多項《古璽彙編》誤釋或漏釋的璽印，並予以更改，
　　　如：〈鋁（鎮）司徒帀（師）〉本釋爲〈口司徒帀〉，〈冥釆大夫鉨〉本釋爲〈口口夫
　　　二鉨〉，〈豕母舓（司）關〉本釋爲〈口母似關〉，〈盍丘吏鉨〉本釋爲〈口丘事鉨〉
　　　等，今悉據曹錦炎的討論與考證，一併改正，不逐一條列。

47	遷盟之鉨	古璽彙編 0199	戰國
48	遷盟之鉨	古璽彙編 0200	戰國
49	遷盟之鉨	古璽彙編 0201	戰國
50	遷盟之鉨	古璽彙編 0202	戰國
51	長金之鉨	古璽彙編 0223	戰國
52	長金之鉨	古璽彙編 0224	戰國
53	左稟之鉨	古璽彙編 0227	戰國
54	會丌戶鉨	古璽彙編 0253	戰國
55	右邦□□塈鉨	古璽彙編 0259	戰國
56	夜用（坰）家鉨	古璽彙編 0265	戰國
57	匋（陶）都鉨	古璽彙編 0272	戰國
58	□□用（坰）鉨	古璽彙編 0273	戰國
59	荁丘吏鉨	古璽彙編 0277	戰國
60	在聞（門）叚鉨	古璽彙編 0285	戰國
61	墬（陳）窆立（蒞）事歲安邑亳釜	古璽彙編 0289	戰國
62	墬（陳）□三立（蒞）事歲右稟釜	古璽彙編 0290	戰國
63	奠（鄭）昜（陽）墬（陳）三	古璽彙編 0291	戰國
64	須戋丘立盟厹	古璽彙編 0294	戰國
65	左桁（衡）正木	古璽彙編 0298	戰國〔註90〕
66	右桁（衡）正木	古璽彙編 0299	戰國
67	左桁（衡）稟木	古璽彙編 0300	戰國
68	左田牆（將）騎	古璽彙編 0307	戰國
69	高陵車	古璽彙編 0311	戰國
70	鈤（鎮）聞（門）用（坰）豪	古璽彙編 0312	戰國
71	平阿左稟	古璽彙編 0313	戰國
72	東口戠自	古璽彙編 0314	戰國
73	右稟	古璽彙編 0319	戰國

〔註90〕〈左桁（衡）正木〉原書釋作〈左桁正木〉，「桁」字據朱德熙考證，以爲應讀作「衡」。朱德熙：〈釋桁〉，《朱德熙古文字論集》，頁 166～167，北京，中華書局，1995 年。

74	灉（絲）䜌（鄉）遷盟金鉨	古璽彙編 0322	戰國
75	君之稟	古璽彙編 0327	戰國
76	耶聞（門）用（坰）冢	古璽彙編 0334	戰國
77	武強用（坰）冢鉨	古璽彙編 0336	戰國
78	建易（陽）敳自	古璽彙編 0338	戰國
79	句（穀）丘關	古璽彙編 0340	戰國
80	叚鉨	古璽彙編 0345	戰國
81	鄆口市璽（節）	古璽彙編 0355	戰國
82	齊稟	古璽彙編 1597	戰國
83	稟	古璽彙編 5526	戰國
84	司馬叚鉨	古璽彙編 5539	戰國
85	左司馬鈞	古璽彙編 5540	戰國
86	右司馬鉨	古璽彙編 5542	戰國
87	輔口敳封	古璽彙編 5706	戰國
88	㝷（櫻）門	珍秦齋藏印·戰國篇 13	戰國
89	市正	山東新出土古璽印 001	戰國
90	干水口取	山東新出土古璽印 002	戰國
91	左桁（衡）稟木	山東新出土古璽印 003	戰國
92	平阿左稟	山東新出土古璽印 004	戰國
93	莘大夫之鉨	山東新出土古璽印 006	戰國
94	左桁（衡）正木	山東新出土古璽印 008	戰國
95	左桁（衡）正木	山東新出土古璽印 009	戰國
96	左桁（衡）正木	山東新出土古璽印 010	戰國
97	左桁（衡）正木	山東新出土古璽印 011	戰國
98	左桁（衡）正木	山東新出土古璽印 012	戰國
99	左桁（衡）正木	山東新出土古璽印 013	戰國
100	左桁（衡）正木	山東新出土古璽印 014	戰國
101	左桁（衡）正木	山東新出土古璽印 015	戰國
102	右盧淳車翌鉨	山東新出土古璽印 016	戰國
103	左桁（衡）正木	古璽通論 0176	戰國
104	不箕市璽（節）	古璽通論 0184	戰國
105	會至（其）市鉨	古璽通論 0185	戰國
106	安易（陽）水鉨	古璽通論 0186	戰國

2、科學考古發掘者

編號	名稱	主要著錄	斷代
1	音子	臨淄商王墓地	戰國晚期

（三）陶器

1、非科學考古發掘者

編號	名稱	主要著錄	斷代
1	墜旻立事歲	古陶文彙編 3.18	戰國晚期
2	平陵墜旻立事歲口	古陶文彙編 3.21	戰國晚期
3	平陵墜旻不口王畚	古陶文彙編 3.22	戰國晚期
4	句華門墜棱再口廩竘亳釜鑿	考古與文物 1995：3	戰國〔註91〕
5	合蔓𢀣匋者鑾	考古與文物 2003：4	戰國〔註92〕
6	合蔓𢀣匋者生口	考古與文物 2003：4	戰國
7	𢀣里人匋者口	考古與文物 2003：4	戰國
8	蔓𢀣∅	考古與文物 2003：4	戰國
9	蔓𢀣南里口	考古與文物 2003：4	戰國
10	蔓𢀣匋里口	考古與文物 2003：4	戰國
11	中蔓𢀣里人口	考古與文物 2003：4	戰國
12	大匋里人口	考古與文物 2003：4	戰國
13	大口里口	考古與文物 2003：4	戰國
14	孟棠匋里人迊	考古與文物 2003：4	戰國
15	口里旻	考古與文物 2003：4	戰國
16	豆里賹	考古與文物 2003：4	戰國
17	左南彊衢匋∅	考古與文物 2003：4	戰國
18	塙閭賹	考古與文物 2003：4	戰國
19	五	考古與文物 2003：4	戰國
20	豆里固	考古與文物 2003：4	戰國
21	豆里冎	考古與文物 2003：4	戰國
22	豆里口	考古與文物 2003：4	戰國

〔註91〕陳根遠、陳洪：〈新出齊「陳棱」釜陶文考〉，《考古與文物》1995 年第 3 期，頁90～91。

〔註92〕許淑珍：〈臨淄齊國故城新出土陶文〉，《考古與文物》2003 年第 4 期，頁 15～20。

23	豆里人口	考古與文物 2003：4	戰國
24	子袵里人口	考古與文物 2003：4	戰國
25	袵子里☒	考古與文物 2003：4	戰國
26	塙閭棋賹曰雷	考古與文物 2003：4	戰國
27	王卒左叚口剔蘆里	考古與文物 2003：4	戰國
28	楚辠衙蘆里口	考古與文物 2003：4	戰國
29	夔剔口口	考古與文物 2003：4	戰國
30	行	考古與文物 2003：4	戰國
31	因	考古與文物 2003：4	戰國
32	贅	考古與文物 2003：4	戰國
33	觥剔楚	考古與文物 2003：4	戰國
34	觥剔固	考古與文物 2003：4	戰國
35	壐楠三立事歲右稟畚	古陶文彙編 3.1	戰國
36	陳窶立事歲安邑亳畚	古陶文彙編 3.2	戰國
37	壐尋三奠易	古陶文彙編 3.19	戰國
38	尋厶奠易	古陶文彙編 3.20	戰國
39	辛宮口市	古陶文彙編 3.710	戰國
40	壐道立事左畚	古陶文彙編 3.3	戰國
41	壐楠立事口口	古陶文彙編 3.4	戰國
42	壐向立事歲口之王畚	古陶文彙編 3.5	戰國
43	口門壐棱叁左里叚亳豆齊合	古陶文彙編 3.6	戰國
44	口門口棱再口口叚口口	古陶文彙編 3.7	戰國
45	口口壐口口左里口亳豆	古陶文彙編 3.8	戰國
46	口門壐棱再左口口口口	古陶文彙編 3.9	戰國
47	口門壐棱叁左里叚亳口	古陶文彙編 3.10	戰國
48	口門壐棱叁左里叚亳口	古陶文彙編 3.11	戰國
49	王孫壐棱暮左里叚亳口	古陶文彙編 3.12	戰國
50	王孫壐棱立事歲左里叚亳口	古陶文彙編 3.13	戰國
51	壐棱左叚亳口	古陶文彙編 3.14	戰國
52	王孫口這左里叚亳畚	古陶文彙編 3.15	戰國
53	王孫壐棱右叚句亳口	古陶文彙編 3.16	戰國

54	□右殷句亳釜	古陶文彙編 3.17	戰國
55	□□陛專	古陶文彙編 3.25	戰國
56	疤都陛專再左里殷亳豆	古陶文彙編 3.26	戰國
57	昌檮陛圆南左里殷亳□	古陶文彙編 3.27	戰國
58	昌檮陛圆南左里殷亳豆	古陶文彙編 3.28	戰國
59	陛圆立左廩釜	古陶文彙編 3.30	戰國
60	陛圆右廩亳釜	古陶文彙編 3.31	戰國
61	立事歲	古陶文彙編 3.32	戰國
62	陛□□事歲□釜	古陶文彙編 3.33	戰國
63	平門內□□左里殷亳□	古陶文彙編 3.34	戰國
64	闇陛□叄立事左里殷亳□	古陶文彙編 3.35	戰國
65	闇陛□叄立事左里殷亳豆	古陶文彙編 3.36	戰國
66	昌檮陛圆北左里殷亳豆	古陶文彙編 3.38	戰國
67	陛□立事歲平陵廩釜	古陶文彙編 3.39	戰國
68	陛□□邦淮□□□□	古陶文彙編 3.40	戰國
69	闇門外陛專平陵緒廩豆佰戈□□	古陶文彙編 3.41	戰國
70	陛蒼立事歲	古陶文彙編 3.42	戰國
71	陛□陵□立□	古陶文彙編 3.43	戰國
72	陛石	古陶文彙編 3.44	戰國
73	陛□	古陶文彙編 3.45	戰國
74	□□立□歲□□亳豆	古陶文彙編 3.46	戰國
75	陛華句莫廩□亳釜	古陶文彙編 3.47	戰國
76	陛□	古陶文彙編 3.48	戰國
77	陛平	古陶文彙編 3.49	戰國
78	陛□	古陶文彙編 3.50	戰國
79	陛□	古陶文彙編 3.52	戰國
80	陛□	古陶文彙編 3.53	戰國
81	陛這	古陶文彙編 3.54	戰國
82	陛□□亳□	古陶文彙編 3.55	戰國
83	陛□易北王	古陶文彙編 3.56	戰國
84	北左殷亳	古陶文彙編 3.57	戰國

85	陸□立	古陶文彙編 3.58	戰國
86	陸毀斈	古陶文彙編 3.59	戰國
87	東古棱止團里人亳□	古陶文彙編 3.60	戰國
88	緐廮旮訇里思	古陶文彙編 3.62	戰國
89	緐廮旮訇里癸	古陶文彙編 3.63	戰國
90	緐廮旮訇里犬	古陶文彙編 3.64	戰國
91	緐廮旮訇里安	古陶文彙編 3.66	戰國
92	緐廮旮訇里□	古陶文彙編 3.67	戰國
93	緐廮旮訇里□	古陶文彙編 3.68	戰國
94	緐廮旮訇里□	古陶文彙編 3.69	戰國
95	緐廮旮訇里諽	古陶文彙編 3.70	戰國
96	緐廮旮訇里□	古陶文彙編 3.72	戰國
97	緐廮旮訇里□	古陶文彙編 3.73	戰國
98	緐廮旮訇里□	古陶文彙編 3.74	戰國
99	緐廮旮訇里牙	古陶文彙編 3.76	戰國
100	緐廮旮訇里□	古陶文彙編 3.78	戰國
101	緐廮旮訇里□	古陶文彙編 3.80	戰國
102	緐廮旮訇里□	古陶文彙編 3.81	戰國
103	緐廮旮訇里□	古陶文彙編 3.82	戰國
104	緐廮旮訇里□	古陶文彙編 3.83	戰國
105	緐廮旮訇里□	古陶文彙編 3.84	戰國
106	緐廮旮訇里□	古陶文彙編 3.86	戰國
107	緐廮旮訇里化	古陶文彙編 3.87	戰國
108	緐廮旮訇里□	古陶文彙編 3.88	戰國
109	緐廮旮訇里□	古陶文彙編 3.89	戰國
110	緐廮旮訇里□	古陶文彙編 3.90	戰國
111	緐廮旮訇里□	古陶文彙編 3.91	戰國
112	緐廮旮訇里□	古陶文彙編 3.92	戰國
113	緐廮旮訇里□	古陶文彙編 3.93	戰國
114	緐廮旮訇里□	古陶文彙編 3.94	戰國
115	緐廮旮訇里奠	古陶文彙編 3.95	戰國
116	緐廮旮訇里戈	古陶文彙編 3.96	戰國

117	繇衢夻匋里囗	古陶文彙編 3.97	戰國
118	繇衢夻匋里囗	古陶文彙編 3.98	戰國
119	繇衢夻匋里囗	古陶文彙編 3.99	戰國
110	繇衢夻匋里丘	古陶文彙編 3.100	戰國
121	繇衢夻匋里囗	古陶文彙編 3.101	戰國
122	繇衢夻匋里艸	古陶文彙編 3.102	戰國
123	繇衢夻匋里囗	古陶文彙編 3.104	戰國
124	繇衢夻匋里谿	古陶文彙編 3.105	戰國
125	繇夻匋里逭疾	古陶文彙編 3.106	戰國
126	繇衢中匋里囗	古陶文彙編 3.107	戰國
127	繇衢中匋里𣪘	古陶文彙編 3.108	戰國
128	繇衢中匋里倖	古陶文彙編 3.109	戰國
129	繇衢東匋里囗	古陶文彙編 3.110	戰國
130	繇衢東匋里結	古陶文彙編 3.111	戰國
131	繇衢夻匋里人	古陶文彙編 3.112	戰國
132	繇衢東匋里繆	古陶文彙編 3.113	戰國
133	繇衢東匋里忑	古陶文彙編 3.114	戰國
134	繇衢東匋里喜	古陶文彙編 3.115	戰國
135	繇衢東匋里詿	古陶文彙編 3.116	戰國
136	繇衢東匋里戎	古陶文彙編 3.117	戰國
137	繇衢東匋里璋	古陶文彙編 3.118	戰國
138	繇衢東匋里夜	古陶文彙編 3.120	戰國
139	繇衢蒦圆南里囗	古陶文彙編 3.122	戰國
140	蒦圆南里奐	古陶文彙編 3.123	戰國
141	蒦圆南里䲨	古陶文彙編 3.125	戰國
142	蒦圆南里賖	古陶文彙編 3.126	戰國
143	蒦圆南里隻	古陶文彙編 3.128	戰國
144	蒦圆南里囗	古陶文彙編 3.130	戰國
145	蒦圆南里囗	古陶文彙編 3.133	戰國
146	蒦圆南里囗	古陶文彙編 3.134	戰國
147	蒦圆南里囗	古陶文彙編 3.137	戰國
148	蒦圆南里囗	古陶文彙編 3.139	戰國
149	蒦圆南里司馬囗	古陶文彙編 3.140	戰國

150	雙眰南里口	古陶文彙編 3.141	戰國
151	雙眰南里人口	古陶文彙編 3.142	戰國
152	雙眰南里人蟲	古陶文彙編 3.143	戰國
153	雙眰南里人不占	古陶文彙編 3.145	戰國
154	雙眰南里人狄	古陶文彙編 3.146	戰國
155	雙眰南里人口	古陶文彙編 3.147	戰國
156	雙眰南里人奠	古陶文彙編 3.148	戰國
157	雙眰南里人口	古陶文彙編 3.149	戰國
158	雙眰南里人口	古陶文彙編 3.150	戰國
159	雙眰南里人口	古陶文彙編 3.151	戰國
160	雙眰南里人口	古陶文彙編 3.152	戰國
161	雙眰南里人鹿	古陶文彙編 3.153	戰國
162	雙眰南里人慾	古陶文彙編 3.154	戰國
163	雙眰南里人口	古陶文彙編 3.156	戰國
164	雙眰南里人口	古陶文彙編 3.158	戰國
165	雙眰南里人綯	古陶文彙編 3.160	戰國
166	雙眰南里公孫口	古陶文彙編 3.162	戰國
167	雙眰南里匋者口	古陶文彙編 3.163	戰國
168	雙眰南里匋者口	古陶文彙編 3.164	戰國
169	雙眰南里匋者口	古陶文彙編 3.166	戰國
170	雙眰南里匋者口	古陶文彙編 3.168	戰國
171	雙眰南里匋者口	古陶文彙編 3.170	戰國
172	雙眰匋里王口	古陶文彙編 3.171	戰國
173	雙眰匋里日口	古陶文彙編 3.172	戰國
174	雙眰匋里陞口口	古陶文彙編 3.173	戰國
175	雙眰匋里口這	古陶文彙編 3.174	戰國
176	雙眰匋里辛口	古陶文彙編 3.176	戰國
177	雙眰匋里陞各口	古陶文彙編 3.178	戰國
178	雙眰匋里口口	古陶文彙編 3.179	戰國
179	雙眰匋里每窦口	古陶文彙編 3.180	戰國
180	雙眰匋里口	古陶文彙編 3.181	戰國
181	雙眰匋里纆	古陶文彙編 3.182	戰國
182	雙眰匋里口	古陶文彙編 3.184	戰國

183	奠昜匋里口口	古陶文彙編 3.185	戰國
184	奠昜匋里賦	古陶文彙編 3.186	戰國
185	奠昜匋里口	古陶文彙編 3.187	戰國
186	奠昜匋里昔	古陶文彙編 3.188	戰國
187	奠昜匋里怒	古陶文彙編 3.189	戰國
188	奠昜匋里人口	古陶文彙編 3.190	戰國
189	奠昜匋里人乔	古陶文彙編 3.192	戰國
190	奠昜匋里人豆	古陶文彙編 3.193	戰國
191	奠昜匋里人慾	古陶文彙編 3.194	戰國
192	奠昜匋里人造	古陶文彙編 3.196	戰國
193	奠昜匋里人談	古陶文彙編 3.198	戰國
194	奠昜匋里人丹	古陶文彙編 3.200	戰國
195	奠昜匋里人逸	古陶文彙編 3.202	戰國
196	奠昜匋里人俏	古陶文彙編 3.204	戰國
197	奠昜匋里人迁	古陶文彙編 3.206	戰國
198	奠昜匋里人乘	古陶文彙編 3.207	戰國
199	奠昜匋里人敦口	古陶文彙編 3.210	戰國
200	奠昜匋里人陞	古陶文彙編 3.214	戰國
201	奠昜匋里人戴	古陶文彙編 3.216	戰國
202	奠昜匋里人慶	古陶文彙編 3.219	戰國
203	奠昜匋里人昙	古陶文彙編 3.222	戰國
204	奠昜匋里人乔	古陶文彙編 3.226	戰國
205	奠昜匋里人婧	古陶文彙編 3.228	戰國
206	奠昜匋里人竅	古陶文彙編 3.230	戰國
207	奠昜匋里人口	古陶文彙編 3.231	戰國
208	奠昜匋里人口	古陶文彙編 3.232	戰國
209	奠昜匋里人屮	古陶文彙編 3.233	戰國
210	奠昜匋里人憚	古陶文彙編 3.234	戰國
211	奠昜匋里人坺	古陶文彙編 3.235	戰國
212	奠昜匋里人刞	古陶文彙編 3.236	戰國
213	奠昜匋里人㘴	古陶文彙編 3.237	戰國
214	奠昜匋里人口	古陶文彙編 3.238	戰國

215	蒦圆匋里人膏	古陶文彙編 3.240	戰國
216	蒦圆匋里人見	古陶文彙編 3.242	戰國
217	蒦圆匋里人狹	古陶文彙編 3.243	戰國
218	蒦圆匋里人怘	古陶文彙編 3.244	戰國
219	蒦圆匋里人口	古陶文彙編 3.245	戰國
220	蒦圆匋里人悲公畚	古陶文彙編 3.246	戰國
221	蒦圆匋里人悲	古陶文彙編 3.247	戰國
222	蒦圆匋里人口	古陶文彙編 3.248	戰國
223	蒦圆匋里人這	古陶文彙編 3.249	戰國
224	蒦圆匋里人冊	古陶文彙編 3.250	戰國
225	蒦圆匋里人吾	古陶文彙編 3.251	戰國
226	蒦圆匋里人口	古陶文彙編 3.252	戰國
227	蒦圆匋里人口	古陶文彙編 3.253	戰國
228	蒦圆匋里人一	古陶文彙編 3.254	戰國
229	蒦圆匋里人口	古陶文彙編 3.255	戰國
230	蒦圆匋里人口	古陶文彙編 3.256	戰國
231	蒦圆匋里人口	古陶文彙編 3.257	戰國
232	咅蒦圆里匋阤	古陶文彙編 3.258	戰國
233	咅蒦圆里匋化	古陶文彙編 3.260	戰國
234	咅蒦圆里匋口	古陶文彙編 3.262	戰國
235	咅蒦圆里匋口	古陶文彙編 3.263	戰國
236	咅蒦圆里匋口	古陶文彙編 3.264	戰國
237	咅蒦圆里匋遮	古陶文彙編 3.265	戰國
238	咅蒦圆匋者步	古陶文彙編 3.266	戰國
239	咅蒦圆里匋者繆	古陶文彙編 3.267	戰國
240	咅蒦圆里匋者旋	古陶文彙編 3.268	戰國
241	咅蒦圆里匋乙	古陶文彙編 3.270	戰國
242	咅蒦圆匋者譓	古陶文彙編 3.272	戰國
243	咅蒦圆匋者惎	古陶文彙編 3.274	戰國
244	咅蒦圆匋蠡	古陶文彙編 3.276	戰國
245	咅蒦圆壽口口	古陶文彙編 3.278	戰國
246	咅蒦圆匋口公區	古陶文彙編 3.279	戰國

247	夵雙𨝵匋者或	古陶文彙編 3.280	戰國
248	夵雙𨝵里東方□	古陶文彙編 3.281	戰國
249	中雙𨝵里人□	古陶文彙編 3.282	戰國
250	中雙𨝵里人鬷	古陶文彙編 3.283	戰國
251	中雙𨝵里匋婧	古陶文彙編 3.284	戰國
252	中雙𨝵里匋□	古陶文彙編 3.285	戰國
253	中雙𨝵里司馬咸敢	古陶文彙編 3.286	戰國
254	中雙𨝵里匋漸	古陶文彙編 3.287	戰國
255	中雙𨝵里□	古陶文彙編 3.288	戰國
256	中雙𨝵里貞	古陶文彙編 3.289	戰國
257	中雙𨝵里□	古陶文彙編 3.290	戰國
258	東雙𨝵匋分□	古陶文彙編 3.291	戰國
259	東雙𨝵里□	古陶文彙編 3.292	戰國
260	東雙𨝵里步	古陶文彙編 3.293	戰國
261	東雙𨝵里人怨	古陶文彙編 3.294	戰國
262	東雙𨝵里王晉	古陶文彙編 3.295	戰國
263	東雙𨝵里公孫黚	古陶文彙編 3.296	戰國
264	東雙𨝵□	古陶文彙編 3.298	戰國
265	東雙𨝵雔	古陶文彙編 3.301	戰國
266	西雙𨝵王孨王豆	古陶文彙編 3.302	戰國
267	西雙𨝵王孨	古陶文彙編 3.303	戰國
268	西雙𨝵里右□	古陶文彙編 3.304	戰國
269	南雙𨝵□	古陶文彙編 3.305	戰國
270	中雙𨝵里雞易	古陶文彙編 3.306	戰國
271	雙𨝵□里	古陶文彙編 3.307	戰國
272	雙𨝵□	古陶文彙編 3.308	戰國
273	雙𨝵里目	古陶文彙編 3.309	戰國
274	雙𨝵楊里幸□	古陶文彙編 3.310	戰國
275	雙𨝵易里罩	古陶文彙編 3.311	戰國
276	雙𨝵楊里□	古陶文彙編 3.312	戰國
277	雙𨝵楊里□□	古陶文彙編 3.313	戰國
278	易里人□	古陶文彙編 3.314	戰國

279	易里人隻	古陶文彙編 3.315	戰國
280	易里女口	古陶文彙編 3.317	戰國
281	雙圆魚里人貴	古陶文彙編 3.318	戰國
282	雙圆魚里分步	古陶文彙編 3.319	戰國
283	雙圆中里人口旨	古陶文彙編 3.320	戰國
284	雙圆圆蘆左里段口口	古陶文彙編 3.321	戰國
285	縣衢臀里王工	古陶文彙編 3.322	戰國
286	縣衢臀里	古陶文彙編 3.323	戰國
287	縣衢南口里口口口	古陶文彙編 3.325	戰國
288	縣衢口里口齎	古陶文彙編 3.326	戰國
289	縣衢口口里口齊	古陶文彙編 3.328	戰國
290	縣衢上口里郗吉	古陶文彙編 3.329	戰國
291	貯衢匋里王口	古陶文彙編 3.330	戰國
292	楚臺衢蘆里口	古陶文彙編 3.332	戰國
293	楚臺衢蘆里鹿	古陶文彙編 3.333	戰國
294	楚臺衢蘆里龠	古陶文彙編 3.334	戰國
295	楚臺衢蘆里昌	古陶文彙編 3.335	戰國
296	楚臺衢蘆里門	古陶文彙編 3.336	戰國
297	楚臺衢蘆里芰	古陶文彙編 3.337	戰國
298	楚臺衢蘆里口	古陶文彙編 3.338	戰國
299	楚臺衢蘆里何	古陶文彙編 3.340	戰國
300	楚臺衢蘆里口	古陶文彙編 3.341	戰國
301	口臺口蘆里口	古陶文彙編 3.342	戰國
302	楚臺衢蘆里贄	古陶文彙編 3.343	戰國
303	楚臺衢蘆里邵	古陶文彙編 3.344	戰國
304	楚臺衢蘆里口	古陶文彙編 3.345	戰國
305	楚臺衢蘆里口	古陶文彙編 3.346	戰國
306	楚臺衢蘆里篦	古陶文彙編 3.347	戰國
307	楚臺衢蘆里狐	古陶文彙編 3.348	戰國
308	楚臺衢蘆里賵	古陶文彙編 3.350	戰國
309	楚臺衢蘆里賞	古陶文彙編 3.352	戰國
310	楚臺衢蘆里口	古陶文彙編 3.354	戰國
311	楚臺衢丙里尹屮	古陶文彙編 3.355	戰國

312	楚章衢口里㥀	古陶文彙編 3.356	戰國
313	楚章衢口里楠	古陶文彙編 3.357	戰國
314	楚章衢口里口	古陶文彙編 3.358	戰國
315	楚章衢口里曾	古陶文彙編 3.359	戰國
316	楚章衢口里口	古陶文彙編 3.360	戰國
317	楚章衢口里郎	古陶文彙編 3.361	戰國
318	楚章衢武里昔	古陶文彙編 3.362	戰國
319	楚章衢關里口	古陶文彙編 3.364	戰國
320	楚章衢關里臧	古陶文彙編 3.366	戰國
321	楚章衢關里同	古陶文彙編 3.368	戰國
322	楚章衢關里眔	古陶文彙編 3.369	戰國
323	楚章衢關里旦	古陶文彙編 3.370	戰國
324	楚章衢關里癸	古陶文彙編 3.371	戰國
325	楚章衢關里艸	古陶文彙編 3.372	戰國
326	楚章衢關里冎	古陶文彙編 3.374	戰國
327	楚章衢關里二八十	古陶文彙編 3.375	戰國
328	關里口	古陶文彙編 3.376	戰國
329	關里✕	古陶文彙編 3.378	戰國
330	關里它	古陶文彙編 3.379	戰國
331	關里冎	古陶文彙編 3.380	戰國
332	關里賹	古陶文彙編 3.398	戰國
333	關里馬口	古陶文彙編 3.399	戰國
334	關里人曰口	古陶文彙編 3.404	戰國
335	古里匋牙	古陶文彙編 3.405	戰國
336	塙閭不敢	古陶文彙編 3.406	戰國
337	塙閭豆里匋者	古陶文彙編 3.408	戰國
338	塙口豆里人匋者曰酉	古陶文彙編 3.409	戰國
339	塙口豆里人匋者曰口	古陶文彙編 3.410	戰國
340	塙口豆里人匋者曰口	古陶文彙編 3.411	戰國
341	塙口里善	古陶文彙編 3.412	戰國
342	塙口賹	古陶文彙編 3.413	戰國
343	塙口隻	古陶文彙編 3.414	戰國
344	塙閭口口	古陶文彙編 3.416	戰國
345	高閭杏	古陶文彙編 3.417	戰國

346	塙闤桿里曰湻	古陶文彙編 3.418	戰國
347	塙闤桿里曰臧	古陶文彙編 3.420	戰國
348	塙闤桿里曰罼	古陶文彙編 3.422	戰國
349	孟棠匋里人口	古陶文彙編 3.423	戰國
350	孟棠匋里諱	古陶文彙編 3.424	戰國
351	孟棠匋里賞	古陶文彙編 3.425	戰國
352	孟棠匋里口	古陶文彙編 3.426	戰國
353	孟棠匋里口	古陶文彙編 3.427	戰國
354	孟棠匋里可	古陶文彙編 3.428	戰國
355	孟棠匋里繢	古陶文彙編 3.430	戰國
356	西庫里陳何	古陶文彙編 3.431	戰國
357	口庫里曰口㥍	古陶文彙編 3.432	戰國
358	西酷里匋口	古陶文彙編 3.433	戰國
359	東酷里匋口	古陶文彙編 3.434	戰國
360	東酷里孟喜	古陶文彙編 3.435	戰國
361	東酷里鄰㬜	古陶文彙編 3.436	戰國
362	東酷里匋口	古陶文彙編 3.437	戰國
363	東酷里安	古陶文彙編 3.438	戰國
364	東酷里公孫口	古陶文彙編 3.440	戰國
365	東酷里口口	古陶文彙編 3.442	戰國
366	東酷里口口	古陶文彙編 3.443	戰國
367	東酷里口	古陶文彙編 3.444	戰國
368	東酷里口口	古陶文彙編 3.445	戰國
369	東酷里口口	古陶文彙編 3.446	戰國
370	酷里口	古陶文彙編 3.447	戰國
371	酷里人匋者記	古陶文彙編 3.448	戰國
372	酷里人匋者呴	古陶文彙編 3.449	戰國
373	酷里隻	古陶文彙編 3.450	戰國
374	酷里口	古陶文彙編 3.451	戰國
375	酷里人匋者口童	古陶文彙編 3.452	戰國
376	酷里口口	古陶文彙編 3.453	戰國
377	匋里口口	古陶文彙編 3.454	戰國
378	匋里人安	古陶文彙編 3.455	戰國
379	匋里人臧之豆	古陶文彙編 3.456	戰國

380	匋里人賬	古陶文彙編 3.458	戰國
381	匋里人口	古陶文彙編 3.459	戰國
382	呇匋里貞	古陶文彙編 3.460	戰國
383	呇匋里化	古陶文彙編 3.463	戰國
384	呇匋里迓	古陶文彙編 3.464	戰國
385	呇匋里口	古陶文彙編 3.466	戰國
386	呇匋里斿	古陶文彙編 3.468	戰國
387	呇匋里忩	古陶文彙編 3.469	戰國
388	呇匋里口	古陶文彙編 3.470	戰國
389	中里口	古陶文彙編 3.472	戰國
390	口孫口里屌	古陶文彙編 3.473	戰國
391	左南郭衢辛匋里囷	古陶文彙編 3.474	戰國
392	左南郭衢辛匋里賧	古陶文彙編 3.476	戰國
393	左南郭衢辛匋里口	古陶文彙編 3.478	戰國
394	左南郭佑辛匋里佑	古陶文彙編 3.480	戰國
395	左南郭衢辛匋里臧	古陶文彙編 3.482	戰國
396	左南郭衢辛匋里口	古陶文彙編 3.483	戰國
397	袿子里舒	古陶文彙編 3.484	戰國
398	袿子里尋	古陶文彙編 3.486	戰國
399	袿子里楠	古陶文彙編 3.487	戰國
400	子袿里人鬶	古陶文彙編 3.488	戰國
401	子袿子西里人馬	古陶文彙編 3.489	戰國
402	子袿里人屌	古陶文彙編 3.490	戰國
403	子袿子里人口	古陶文彙編 3.491	戰國
404	子袿子里日口乘	古陶文彙編 3.492	戰國
405	子袿子里日乙	古陶文彙編 3.493	戰國
406	子袿子里日臧	古陶文彙編 3.494	戰國
407	子袿子里日賧	古陶文彙編 3.495	戰國
408	袿子里	古陶文彙編 3.496	戰國
409	王卒左衢馘圂中岳里人日尋	古陶文彙編 3.497	戰國
410	王卒左毁馘圂櫟里土	古陶文彙編 3.498	戰國
411	王卒左毁馘圂櫟里屌	古陶文彙編 3.500	戰國
412	王卒左毁馘圂櫟里✕	古陶文彙編 3.504	戰國

413	王卒左毆昌里攴	古陶文彙編 3.506	戰國
414	王卒左毆募北里	古陶文彙編 3.509	戰國
415	王敀櫨里尋	古陶文彙編 3.510	戰國
416	戢募櫨里潯豆	古陶文彙編 3.512	戰國
417	戢募櫨里闬	古陶文彙編 3.514	戰國
418	戢募里豆	古陶文彙編 3.517	戰國
419	戢募土	古陶文彙編 3.520	戰國
420	戢募賞	古陶文彙編 3.522	戰國
421	戢募鹿	古陶文彙編 3.523	戰國
422	戢募口	古陶文彙編 3.524	戰國
423	戢募口	古陶文彙編 3.525	戰國
424	戢募口	古陶文彙編 3.526	戰國
425	戢募旺	古陶文彙編 3.527	戰國
426	戢募闬	古陶文彙編 3.528	戰國
427	戢募口	古陶文彙編 3.530	戰國
428	戢募戀	古陶文彙編 3.532	戰國
429	戢募眾	古陶文彙編 3.534	戰國
430	戢募藏	古陶文彙編 3.540	戰國
431	戢募口	古陶文彙編 3.541	戰國
432	戢募囷	古陶文彙編 3.542	戰國
433	戢募楚	古陶文彙編 3.544	戰國
434	戢募尋	古陶文彙編 3.546	戰國
435	豆里盤	古陶文彙編 3.548	戰國
436	豆里安	古陶文彙編 3.550	戰國
437	豆里囷	古陶文彙編 3.552	戰國
438	豆里口口	古陶文彙編 3.555	戰國
439	豆里疾目	古陶文彙編 3.556	戰國
440	豆里╳	古陶文彙編 3.558	戰國
441	豆里尋	古陶文彙編 3.560	戰國
442	豆里口	古陶文彙編 3.568	戰國
443	豆里口口	古陶文彙編 3.569	戰國
444	豆里工	古陶文彙編 3.570	戰國
445	豆里口口王釜	古陶文彙編 3.571	戰國
446	豆里槙	古陶文彙編 3.572	戰國

447	豆里紡	古陶文彙編 3.576	戰國
448	豆里曰土	古陶文彙編 3.584	戰國
449	豆里土	古陶文彙編 3.585	戰國
450	豆里囗	古陶文彙編 3.586	戰國
451	豆里囗	古陶文彙編 3.588	戰國
452	豆里囗	古陶文彙編 3.590	戰國
453	豆里囗	古陶文彙編 3.591	戰國
454	豆里冃	古陶文彙編 3.592	戰國
455	豆里囗	古陶文彙編 3.604	戰國
456	豆里鮏	古陶文彙編 3.605	戰國
457	豆里乘	古陶文彙編 3.606	戰國
458	豆里賞	古陶文彙編 3.607	戰國
459	豆里囗	古陶文彙編 3.608	戰國
460	豆里囗壤囗囗	古陶文彙編 3.609	戰國
461	豆里人囗絆	古陶文彙編 3.610	戰國
462	丘齊辛里王囗	古陶文彙編 3.613	戰國
463	丘齊辛里幸囗囗	古陶文彙編 3.614	戰國
464	丘齊辛里之囗	古陶文彙編 3.615	戰國
465	丘齊辛里之囗	古陶文彙編 3.617	戰國
466	丘齊辛匋左里段亳區	古陶文彙編 3.619	戰國
467	丘齊辛里郱合囗	古陶文彙編 3.620	戰國
468	丘齊辛里公孫囗囗	古陶文彙編 3.621	戰國
469	丘齊辛里王囗囗囗	古陶文彙編 3.622	戰國
470	丘齊辛里公孫囗	古陶文彙編 3.623	戰國
471	丘齊平里王聞	古陶文彙編 3.624	戰國
472	丘齊衢木彫里囗	古陶文彙編 3.625	戰國
473	丘齊衢木彫里尋	古陶文彙編 3.626	戰國
474	丘齊衢匋里屮	古陶文彙編 3.627	戰國
475	丘齊衢匋里囗	古陶文彙編 3.628	戰國
476	丘齊匋里囗	古陶文彙編 3.629	戰國
477	丘齊匋里王囗	古陶文彙編 3.630	戰國
478	丘齊匋里王囗	古陶文彙編 3.631	戰國
479	丘齊匋里王通	古陶文彙編 3.633	戰國

480	丘齊匋里□	古陶文彙編 3.635	戰國
481	丘齊匋里□眾	古陶文彙編 3.636	戰國
482	丘齊匋里王□	古陶文彙編 3.637	戰國
483	丘齊匋里王竅	古陶文彙編 3.638	戰國
484	丘齊匋里安	古陶文彙編 3.639	戰國
485	丘齊匋里王□	古陶文彙編 3.640	戰國
486	丘齊匋里王□	古陶文彙編 3.641	戰國
487	丘匋里□	古陶文彙編 3.642	戰國
488	丘匋里□	古陶文彙編 3.643	戰國
489	匋里乘	古陶文彙編 3.644	戰國
490	左稟渭林	古陶文彙編 3.645	戰國
491	左□渭鉨	古陶文彙編 3.646	戰國
492	大市區鏨	古陶文彙編 3.647	戰國
493	平□市□鏨	古陶文彙編 3.648	戰國
494	不□市鏨	古陶文彙編 3.649	戰國
495	□陵市木鏨	古陶文彙編 3.652	戰國
496	昏市豆鏨	古陶文彙編 3.653	戰國
497	昏市區鏨	古陶文彙編 3.655	戰國
498	昏市九月	古陶文彙編 3.656	戰國
499	昏市	古陶文彙編 3.657	戰國
500	大市□月	古陶文彙編 3.658	戰國
501	北里壬	古陶文彙編 3.659	戰國
502	北里╳	古陶文彙編 3.661	戰國
503	北里尋	古陶文彙編 3.667	戰國
504	北里何	古陶文彙編 3.668	戰國
505	南里冑	古陶文彙編 3.669	戰國
506	南里□	古陶文彙編 3.670	戰國
507	左里殷	古陶文彙編 3.671	戰國
508	右殷□衙尙畢里季□	古陶文彙編 3.673	戰國
509	右殷□衙榮里□眾□	古陶文彙編 3.675	戰國
510	□丘衙	古陶文彙編 3.676	戰國
511	□衙□□	古陶文彙編 3.677	戰國
512	□衙新里□□	古陶文彙編 3.678	戰國

513	□□衢臂里王問貽	古陶文彙編 3.679	戰國
514	盧里安	古陶文彙編 3.680	戰國
515	盧里□	古陶文彙編 3.681	戰國
516	盧里乘	古陶文彙編 3.682	戰國
517	□□□□左里叚亳□	古陶文彙編 3.684	戰國
518	齊公氏之畲器	古陶文彙編 3.685	戰國
519	菑亭	古陶文彙編 3.687	戰國
520	臨菑亭久	古陶文彙編 3.688	戰國
521	臨菑市	古陶文彙編 3.689	戰國
522	即墨□里□□□	古陶文彙編 3.690	戰國
523	即墨之□市工	古陶文彙編 3.691	戰國
524	脾公之豆	古陶文彙編 3.692	戰國
525	𥳑南北左里□	古陶文彙編 3.693	戰國
526	自□辛□	古陶文彙編 3.694	戰國
527	王□市豆	古陶文彙編 3.696	戰國
528	里□王居	古陶文彙編 3.699	戰國
529	辛匋□□里□	古陶文彙編 3.704	戰國
520	□隻𥳑里人□	古陶文彙編 3.705	戰國
531	丘里人曰戠	古陶文彙編 3.706	戰國
532	平里曰□	古陶文彙編 3.707	戰國
533	曰司徒	古陶文彙編 3.718	戰國
534	公豆	古陶文彙編 3.720	戰國
535	公畚	古陶文彙編 3.722	戰國
536	市區	古陶文彙編 3.723	戰國
537	王豆	古陶文彙編 3.724	戰國
538	王料	古陶文彙編 3.725	戰國
539	王區	古陶文彙編 3.726	戰國
540	右綵	古陶文彙編 3.729	戰國
541	□目	古陶文彙編 3.730	戰國
542	□市	古陶文彙編 3.731	戰國
543	□公	古陶文彙編 3.735	戰國
544	嬌□	古陶文彙編 3.739	戰國
545	左叚	古陶文彙編 3.742	戰國
546	土□	古陶文彙編 3.743	戰國

2、科學考古發掘者

編號	名稱	主要著錄	斷代
1	公	文物 1987：12	戰國中期後段

（四）貨幣

1、非科學考古發掘者

編號	名稱	主要著錄	斷代
1	安陽之法化‧齊刀	中國錢幣大辭典‧先秦編	戰國
2	節墨法化‧齊刀	中國錢幣大辭典‧先秦編	戰國
3	節墨之法化‧齊刀	中國錢幣大辭典‧先秦編	戰國
4	齊法化‧齊刀	中國錢幣大辭典‧先秦編	戰國
5	齊之法化‧齊刀	中國錢幣大辭典‧先秦編	戰國
6	齊返邦張法化‧齊刀	中國錢幣大辭典‧先秦編	戰國
7	簹邦之法化‧齊刀	中國錢幣大辭典‧先秦編	戰國
8	節口口‧弧背齊刀	中國錢幣大辭典‧先秦編	戰國
9	明‧弧背齊刀	中國錢幣大辭典‧先秦編	戰國
10	明‧弧背齊刀	中國錢幣大辭典‧先秦編	戰國
11	賹化‧圓錢	中國錢幣大辭典‧先秦編	戰國
12	賹六化‧圓錢	中國錢幣大辭典‧先秦編	戰國
13	賹四化‧圓錢	中國錢幣大辭典‧先秦編	戰國
14	齊化共金‧齊刀	中國錢幣 2002：2	戰國 〔註 93〕

四、燕系出土文字材料

（一）銅器

1、非科學考古發掘者

編號	名稱	主要著錄	斷代
1	匽侯載器	殷周金文集成 10583	戰國早期前段
2	郾侯奪戈	殷周金文集成 11185	戰國早期前段
3	郾侯奪戈	殷周金文集成 11186	戰國早期前段
4	郾侯奪戈	殷周金文集成 11218	戰國早期前段
5	郾侯奪戈	殷周金文集成 11220	戰國早期前段
6	郾侯奪作戎戈	殷周金文集成 11383	戰國早期前段

〔註93〕萬泉：〈山東臨淄發現齊明刀〉，《中國錢幣》2002 年第 2 期，頁 39。

7	鄅侯奪矛	殷周金文集成 11513	戰國早期前段
8	周素豆	西清古鑑 29.42	戰國早期前段
9	亞行還戈	殷周金文集成 10980	戰國早期
10	鄅侯脥戈	殷周金文集成 11184	戰國早中期
11	鄅侯脥戈	殷周金文集成 11272	戰國早中期
12	鄅王戎人戈	殷周金文集成 11192	戰國中期後段
13	鄅王戎人戈	殷周金文集成 11238	戰國中期後段
14	鄅王戎人戈	殷周金文集成 11239	戰國中期後段
15	鄅王戎人戈	殷周金文集成 11275	戰國中期後段
16	鄅王矛	殷周金文集成 11479	戰國中期後段
17	鄅王戎人矛	殷周金文集成 11498	戰國中期後段
18	鄅王戎人矛	殷周金文集成 11525	戰國中期後段
19	鄅王戎人矛	殷周金文集成 11531	戰國中期後段
20	鄅王戎人矛	殷周金文集成 11536～11537	戰國中期後段
21	鄅王戎人矛	殷周金文集成 11538	戰國中期後段
22	鄅王戎人矛	殷周金文集成 11539	戰國中期後段
23	鄅王戎人矛	殷周金文集成 11543	戰國中期後段
24	職作戈	殷周金文集成 11003	戰國晚期前段
25	王職戈	殷周金文集成 11110	戰國晚期前段
26	鄅侯職戈	殷周金文集成 11187	戰國晚期前段
27	鄅侯職戈	殷周金文集成 11188	戰國晚期前段
28	鄅侯職戈	殷周金文集成 11190	戰國晚期前段
29	鄅侯職戈	殷周金文集成 11191	戰國晚期前段
30	鄅侯職戈	殷周金文集成 11222	戰國晚期前段
31	鄅侯職戈	殷周金文集成 11223	戰國晚期前段
32	鄅侯職戈	殷周金文集成 11224	戰國晚期前段
33	鄅王職戈	殷周金文集成 11226	戰國晚期前段
34	鄅王職戈	殷周金文集成 11227	戰國晚期前段
35	鄅王職戈	殷周金文集成 11228	戰國晚期前段
36	鄅王職戈	殷周金文集成 11229	戰國晚期前段
37	鄅王職戈	殷周金文集成 11230	戰國晚期前段
38	鄅王職戈	殷周金文集成 11231	戰國晚期前段

39	郾王職戈	殷周金文集成 11233～11234	戰國晚期前段
40	郾王職戈	殷周金文集成 11236	戰國晚期前段
41	郾王職矛	殷周金文集成 11480	戰國晚期前段
42	郾王職矛	殷周金文集成 11483	戰國晚期前段
43	郾王職矛	殷周金文集成 11514～11516	戰國晚期前段
44	郾王職矛	殷周金文集成 11517	戰國晚期前段
45	郾王職矛	殷周金文集成 11518	戰國晚期前段
46	郾王職矛	殷周金文集成 11519～11521	戰國晚期前段
47	郾王職矛	殷周金文集成 11526～11527	戰國晚期前段
48	郾王職劍	殷周金文集成 11634	戰國晚期前段
49	郾王職劍	殷周金文集成 11643	戰國晚期前段
50	郾王戈	殷周金文集成 11196	戰國晚期前段
51	郾王職戈	考古 2002：9	戰國晚期前段
52	郾王職壺	上海博物館集刊第八期	戰國晚期前段
53	郾王詈戈	殷周金文集成 11243	戰國晚期前段
54	郾王詈戈	殷周金文集成 11244	戰國晚期前段
55	郾王詈戈	殷周金文集成 11245	戰國晚期前段
56	郾王詈戈	殷周金文集成 11350	戰國晚期前段
57	郾王詈矛	殷周金文集成 11497	戰國晚期前段
58	郾王詈矛	殷周金文集成 11530	戰國晚期前段
59	郾王詈矛	殷周金文集成 11540	戰國晚期前段
60	郾王詈戈	歐洲所藏中國青銅器遺珠 177	戰國晚期前段
61	郾王喜戈	殷周金文集成 11005	戰國晚期後段
62	郾王喜戈	殷周金文集成 11246～11248	戰國晚期後段
63	郾王喜戈	殷周金文集成 11277	戰國晚期後段
64	郾王喜矛	殷周金文集成 11482	戰國晚期後段
65	郾王喜矛	殷周金文集成 11522	戰國晚期後段
66	郾王喜矛	殷周金文集成 11523	戰國晚期後段
67	郾王喜矛	殷周金文集成 11528～11529	戰國晚期後段

68	鄅王喜劍	殷周金文集成 11583	戰國晚期後段
69	鄅王喜劍	殷周金文集成 11584	戰國晚期後段
70	鄅王喜鈹	殷周金文集成 11585	戰國晚期後段
71	鄅王喜劍	殷周金文集成 11606～11607	戰國晚期後段
72	鄅王喜劍	殷周金文集成 11612～11615	戰國晚期後段
73	鄅王喜劍	殷周金文集成 11616	戰國晚期後段
74	鄅王喜劍	殷周金文集成 11617	戰國晚期後段
75	王后鼎	殷周金文集成 2097	戰國晚期
76	王后左相室鼎	殷周金文集成 2360	戰國晚期
77	王后左和室鼎	考古與文物 1994：3	戰國晚期
78	王太后右和室鼎	考古與文物 1994：3	戰國晚期
79	右冶君敦	殷周金文集成 4633	戰國晚期
80	作御司馬戈	殷周金文集成 11059	戰國晚期
81	車大夫長畫戈	殷周金文集成 11061	戰國晚期
82	車大夫長畫戈	考古與文物 1993：5	戰國晚期
83	枚里瘤戈	殷周金文集成 11402	戰國晚期
84	莫戈	古文字研究第七輯	戰國晚期
85	右廥君象尊	殷周金文集成 5697	戰國
86	左冶壺蓋	殷周金文集成 9499	戰國
87	右冶尹壺	殷周金文集成 9563	戰國
88	緻㤂君扁壺	殷周金文集成 9606	戰國
89	永用析涅壺	殷周金文集成 9607	戰國
90	重金扁壺	殷周金文集成 9617	戰國
91	楚高缶	殷周金文集成 9989	戰國
92	楚高缶	殷周金文集成 9990	戰國
93	從睘小器	殷周金文集成 10414	戰國
94	口睘小器	殷周金文集成 10415	戰國
95	辛鈇睘小器	殷周金文集成 10416～10419	戰國
96	口氏睘小器	殷周金文集成 10420	戰國
97	口氏睘小器	殷周金文集成 10421	戰國
98	坣睘小器	殷周金文集成 10422	戰國

99	方金睘小器	殷周金文集成 10423	戰國
100	㣔口睘小器	殷周金文集成 10424	戰國
101	𡊮口睘小器	殷周金文集成 10425	戰國
102	林口睘小器	殷周金文集成 10426	戰國
103	武𤔉睘小器	殷周金文集成 10427	戰國
104	𤔉鋊睘小器	殷周金文集成 10428	戰國
105	口口睘小器	殷周金文集成 10429	戰國
106	口口睘小器	殷周金文集成 10430	戰國
107	口口睘小器	殷周金文集成 10431	戰國
108	少𡇯睘小器	殷周金文集成 10432	戰國
109	豐王口睘小器	殷周金文集成 10433	戰國
110	卅金城睘小器	殷周金文集成 10434	戰國
111	東口睘小器	殷周金文集成 10435	戰國
112	口口睘小器	殷周金文集成 10436	戰國
113	口口睘小器	殷周金文集成 10437	戰國
114	𤔉都小器	殷周金文集成 10461	戰國
115	左鍾賹銅器	殷周金文集成 10466	戰國
116	左軍戈	殷周金文集成 10931	戰國
117	鄲王戈	殷周金文集成 10942	戰國
118	守陽戈	殷周金文集成 10943	戰國
119	鄲侯右宮戈	殷周金文集成 11057	戰國
120	左行議率戈	殷周金文集成 11111	戰國
121	鄲侯戈	殷周金文集成 11217	戰國
122	不降戈	殷周金文集成 11286	戰國
123	右宮矛	殷周金文集成 11455	戰國
124	右軍矛	殷周金文集成 11456	戰國
125	平降戈	殷周金文集成 11470	戰國
126	睘矛	殷周金文集成 11477	戰國
127	鄲王右矛	殷周金文集成 11481	戰國
128	鄲右軍矛	殷周金文集成 11484	戰國
129	行議鋚矛	殷周金文集成 11491	戰國
130	右洲州還矛	殷周金文集成 11503	戰國
131	不降戈	殷周金文集成 11541	戰國

132	大攻君劍	殷周金文集成 11576	戰國
133	大攻君鈹	殷周金文集成 11577	戰國
134	右廩鐵斧範	殷周金文集成 11784	戰國
135	右廩鐵鑿範	殷周金文集成 11802	戰國
136	右廩鐵鐮範	殷周金文集成 11827	戰國
137	右廩鐵钁範	殷周金文集成 11832～11833	戰國
138	屈君鐮	殷周金文集成 11826	戰國
139	廿四年銅梃	殷周金文集成 11902	戰國
140	庚都司馬鐓	殷周金文集成 11909	戰國
141	大司馬鐓	殷周金文集成 11910	戰國
142	廿年距末	殷周金文集成 11916	戰國
143	右攻君弩牙	殷周金文集成 11919～11922	戰國
144	右攻君弩牙	殷周金文集成 11923	戰國
145	左攻君弩牙	殷周金文集成 11924	戰國
146	右易攻君弩牙	殷周金文集成 11929	戰國
147	右易宮弩牙	殷周金文集成 11930	戰國
148	八年五大夫弩機	殷周金文集成 11931	戰國
149	不降雙鋒鏃	殷周金文集成 11987	戰國
150	⽭北鏃	殷周金文集成 11988～11993	戰國
151	左宮車䎛	殷周金文集成 12013～12014	戰國
152	下宮車䎛	殷周金文集成 12015	戰國
153	左宮馬銜	殷周金文集成 12068～12069	戰國
154	騎傳馬節	殷周金文集成 12091	戰國
155	雁節	殷周金文集成 12103	戰國
156	雁節	殷周金文集成 12104	戰國
157	鷹節	殷周金文集成 12105～12106	戰國
158	武平鐘	古文字研究第十五輯	戰國
159	周丙辰方壺	西清古鑑 19.3	戰國

| 160 | 郾王殘器 | 金文總集 7985 | 戰國 |
| 161 | 太子鼎 | 文物 2001：6 | 戰國〔註 94〕 |

2、科學考古發掘者

編號	名稱	主要著錄	斷代
1	郾侯牟戈	殷周金文集成 11219	戰國早期前段〔註 95〕
2	郾王戎人戈	殷周金文集成 11237	戰國中期後段
3	郾王戎人戈	殷周金文集成 11273～11275	戰國中期後段
4	郾王戎人戈	殷周金文集成 11276	戰國中期後段
5	郾王職戈	殷周金文集成 11189	戰國晚期前段
6	郾侯職戈	殷周金文集成 11221	戰國晚期前段
7	郾王職戈	殷周金文集成 11225	戰國晚期前段
8	郾王職戈	殷周金文集成 11232	戰國晚期前段
9	郾王職戈	殷周金文集成 11304	戰國晚期前段
10	郾王職戈	殷周金文集成 11235	戰國晚期前段
11	郾王詈戈	殷周金文集成 11193～11194	戰國晚期前段
12	郾王詈戈	殷周金文集成 11240	戰國晚期前段
13	郾王詈戈	殷周金文集成 11241	戰國晚期前段
14	郾王詈戈	殷周金文集成 11242	戰國晚期前段
15	郾王詈戈	殷周金文集成 11305	戰國晚期前段
16	郾王詈矛	殷周金文集成 11524	戰國晚期前段
17	郾王喜戈	殷周金文集成 11004	戰國晚期後段
18	郾王喜戈	殷周金文集成 11195	戰國晚期後段
19	郾王喜戈	殷周金文集成 11249	戰國晚期後段
20	郾王喜戈	殷周金文集成 11278	戰國晚期後段

〔註 94〕蔡運章：〈太子鼎銘考略〉，《文物》2001 年第六期，頁 69～71。

〔註 95〕據《燕下都》的發掘報告，武陽臺村西北二十三號作坊遺址共計出土一百零八件銅戈，除了一件未見銘文，十件銘文殘缺不清，二件〈九年將軍戈〉外，皆爲燕王所監製，其中〈郾王（侯）職戈〉計有三十件，〈郾王戎人戈〉計有三十七件，〈郾王詈戈〉計有十九件，〈郾王喜戈〉計有九件。報告中未將具有銘文的銅戈一併列出，故本文僅能依據報告所示，無法將所有出土的銅戈列出。

21	二年右貫府戈	殷周金文集成 11292	戰國晚期
22	九年將軍戈	殷周金文集成 11325～11326	戰國晚期
23	十兩十九朱金圓形飾	燕下都	戰國晚期
24	五兩十三朱金帶孔半球形飾	燕下都	戰國晚期
25	四兩十八朱金帶孔半球形飾	燕下都	戰國晚期
26	四兩廿三朱金帶孔半球形飾	燕下都	戰國晚期
27	四兩十二朱金帶孔半球形飾	燕下都	戰國晚期
28	四兩九朱金帶孔半球形飾	燕下都	戰國晚期
29	四兩五朱金帶孔半球形飾	燕下都	戰國晚期
30	三兩十五朱金半球形浮雕飾	燕下都	戰國晚期
31	三兩十四朱金半球形浮雕飾	燕下都	戰國晚期
32	二兩二十二朱金熊羊浮雕飾	燕下都	戰國晚期
33	二兩十三朱金熊羊浮雕飾	燕下都	戰國晚期
34	二兩十八朱金熊羊浮雕飾	燕下都	戰國晚期
35	二兩十八朱金熊羊浮雕飾	燕下都	戰國晚期
36	二兩十一朱金熊羊浮雕飾	燕下都	戰國晚期
37	二兩廿三朱金頭像飾	燕下都	戰國晚期
38	四兩十七朱金頭像飾	燕下都	戰國晚期
39	四兩十四朱金頭像飾	燕下都	戰國晚期
40	四兩十九朱金頭像飾	燕下都	戰國晚期
41	四兩十六朱金頭像飾	燕下都	戰國晚期

42	重金絡鑪	考古 1988：3	戰國晚期
43	賸方壺	殷周金文集成 9477	戰國
44	十三年戈	殷周金文集成 11339	戰國
45	犢共叟戟	殷周金文集成 11113	戰國

（二）璽印

1、非科學考古發掘者

編號	名稱	主要著錄	斷代
1	戜（長）坪（平）君相室鉥	古璽彙編 0003	戰國
2	陽都司徒	古璽彙編 0010	戰國
3	陘（剛）陰（陰）都司徒	古璽彙編 0011	戰國
4	文安都司徒	古璽彙編 0012	戰國
5	平（坪）陰（陰）都司徒	古璽彙編 0013	戰國
6	恭陰（陰）都司徒	古璽彙編 0014	戰國
7	夏屋都司徒	古璽彙編 0015	戰國
8	丙城都司徒	古璽彙編 0016	戰國
9	泃城都司徒	古璽彙編 0017	戰國
10	黍口都司徒	古璽彙編 0018	戰國
11	遹都右司徒	古璽彙編 0021	戰國
12	大司徒長符乘	古璽彙編 0022	戰國
13	右酒（將）司馬	古璽彙編 0048	戰國
14	妵都左司馬	古璽彙編 0050	戰國
15	柜易都左司馬	古璽彙編 0051	戰國
16	恭陰（陰）都左司馬	古璽彙編 0052	戰國
17	韓佑左司馬	古璽彙編 0053	戰國
18	柜（范）渾都左司馬	古璽彙編 0054	戰國
19	黍口都左司馬	古璽彙編 0055	戰國
20	妵都右司馬	古璽彙編 0058	戰國
21	庚都右司馬	古璽彙編 0059	戰國
22	帚易都右司馬	古璽彙編 0060	戰國
23	鄳邸都右司馬	古璽彙編 0061	戰國
24	羣都司工	古璽彙編 0082	戰國
25	坪（平）陰（陰）都司工	古璽彙編 0085	戰國

26	鄅邯都司工	古璽彙編 0086	戰國
27	庚都丞	古璽彙編 0117	戰國
28	徒口都丞	古璽彙編 0118	戰國
29	洵城都丞	古璽彙編 0119	戰國
30	鄅邯都丞	古璽彙編 0120	戰國
31	武尙都丞	古璽彙編 0121	戰國
32	左軍丞鍴	古璽彙編 0126	戰國
33	帚易婁市（師）鉩	古璽彙編 0158	戰國
34	陽婁市（師）鉩	古璽彙編 0159	戰國
35	龂都炅垍	古璽彙編 0186	戰國
36	坪（平）陰（陰）都垍	古璽彙編 0187	戰國
37	門易（陽）都炅垍	古璽彙編 0188	戰國
38	和易（陽）都炅垍	古璽彙編 0189	戰國
39	妼城都枋郊左	古璽彙編 0190	戰國
40	陞（剛）陰（陰）都信口左	古璽彙編 0191	戰國
41	帚易都封人	古璽彙編 0192	戰國〔註96〕
42	陞（剛）陰（陰）都清左	古璽彙編 0215	戰國
43	渝城乘	古璽彙編 0251	戰國
44	椌（范）渾都米粟鉩	古璽彙編 0287	戰國
45	龂都市鉩	古璽彙編 0292	戰國
46	日庚都萃車馬	古璽彙編 0293	戰國
47	單佑都市鉩	古璽彙編 0297	戰國
48	弜城医	古璽彙編 0323	戰國
49	左市	古璽彙編 0354	戰國
50	洵城	古璽彙編 0359	戰國
51	單佑都市王符鍴	古璽彙編 0361	戰國
52	東易（陽）洤澤王符鍴	古璽彙編 0362	戰國
53	湶盃山金貞鍴	古璽彙編 0363	戰國
54	易文身（信）鍴	古璽彙編 0364	戰國

〔註96〕 曹錦炎於《古璽通論》中條列多項《古璽彙編》誤釋或漏釋的璽印，並予以更改，如：〈帚易都封人〉本釋爲〈口易都口〉，〈右朱（廚）貞（鼎）鍴〉本釋爲〈右朱貞鉩〉等，今悉據曹錦炎的討論與考證，一併改正，不逐一條列。

55	外司聖鍴	古璽彙編 0365	戰國
56	口口都鍴	古璽彙編 0366	戰國
57	右朱（廚）貞（鼎）鍴	古璽彙編 0367	戰國
58	中軍生車	古璽彙編 0368	戰國
59	族口都丞	古璽彙編 0369	戰國
60	左吳（虞）	古璽彙編 1650	戰國
61	夏屋都左司馬	古璽彙編 5541	戰國
62	洵城都右司馬	古璽彙編 5543	戰國
63	夏屋都丞	古璽彙編 5546	戰國
64	中軍丞	古璽彙編 5547	戰國
65	洵城都炅垍	古璽彙編 5551	戰國
66	棆（范）潓都炅垍	古璽彙編 5552	戰國
67	埏都口	古璽彙編 5553	戰國
68	中易都口王符	古璽彙編 5562	戰國
69	平剛都鉥	古璽通論 0212	戰國

2、科學考古發掘者

編號	名稱	主要著錄	斷代
1	八十	燕下都	戰國晚期

（三）貨幣

1、非科學考古發掘者

編號	名稱	主要著錄	斷代
1	安陽·平襠方足平首布	中國錢幣大辭典·先秦編	戰國
2	右明辝強·平襠方足平首布	中國錢幣大辭典·先秦編	戰國
3	安陽邑·平襠方足平首布	中國錢幣大辭典·先秦編	戰國
4	坪陰·平襠方足平首布	中國錢幣大辭典·先秦編	戰國
5	恭昌·平襠方足平首布	中國錢幣大辭典·先秦編	戰國
6	纕坪·平襠方足平首布	中國錢幣大辭典·先秦編	戰國
7	文·剪首刀	中國錢幣大辭典·先秦編	戰國
8	六·剪首刀	中國錢幣大辭典·先秦編	戰國
9	非·剪首刀	中國錢幣大辭典·先秦編	戰國
10	魚·剪首刀	中國錢幣大辭典·先秦編	戰國
11	明·弧背燕刀	中國錢幣大辭典·先秦編	戰國

12	明・折背刀	中國錢幣大辭典・先秦編	戰國
13	一刀・圜錢	中國錢幣大辭典・先秦編	戰國
14	明刀・圜錢	中國錢幣大辭典・先秦編	戰國
15	明彡・圜錢	中國錢幣大辭典・先秦編	戰國

2、科學考古發掘者

編號	名稱	主要著錄	斷代
1	明・弧背燕刀	燕下都	戰國〔註97〕
2	明・弧背燕刀	燕下都	戰國〔註98〕
3	明・弧背燕刀	燕下都	戰國〔註99〕
4	安陽・平襠方足平首布	燕下都	戰國
5	明・弧背燕刀	燕下都	戰國〔註100〕
6	明・弧背燕刀	文物 1985：6	戰國
7	明・折背刀	考古學報 2001：1	戰國

（四）陶器

1、非科學考古發掘者

編號	名稱	主要著錄	斷代
1	左匋俠湯設國 左匋攻敊 廿二年正月左匋君	古陶文彙編 4.1	戰國
2	俠疾設戥 廿一年八月右匋君 右匋攻湯	古陶文彙編 4.2	戰國
3	十八年十二月右匋君 俠敊舩戥	古陶文彙編 4.3	戰國
4	俠疾設戥 廿一年	古陶文彙編 4.4	戰國
5	廿二年八月 俠疾設	古陶文彙編 4.5	戰國

〔註97〕《燕下都（上）》，頁 125。

〔註98〕《燕下都（上）》，頁 84。

〔註99〕《燕下都（上）》，頁 281，頁 431。

〔註100〕《燕下都（上）》，頁 68。

6	右匋攻徒 十六年四月右匋君 倈敀叚戠	古陶文彙編 4.6	戰國
7	左匋君鑄匜器鍴 左匋來易叚國左匋攻敀	古陶文彙編 4.7	戰國〔註101〕
8	左匋君鑄匜 匋攻黑	古陶文彙編 4.8	戰國
9	右匋攻戠	古陶文彙編 4.9	戰國
10	左匋攻口 十六年十月左匋君 口口叚塋	古陶文彙編 4.11	戰國
11	倈疾叚口 廿一年八月右	古陶文彙編 4.12	戰國
12	易都口王符	古陶文彙編 4.13	戰國
13	左匋倈湯叚國 廿二年口月左匋君	古陶文彙編 4.14	戰國
14	倈口叚戠 十七年八月右匋君	古陶文彙編 4.15	戰國
15	十七年十月左匋君 左匋倈口叚室	古陶文彙編 4.16	戰國
16	廿三年三月左陶匋君 左匋倈湯艁口	古陶文彙編 4.17	戰國
17	余口都鍴	古陶文彙編 4.18	戰國
18	右匋攻徒 口年四月右匋君 倈敀叚戠	古陶文彙編 4.19	戰國
19	口中市王符	古陶文彙編 4.20	戰國
20	倈湯叚國 君鑄匜器鍴	古陶文彙編 4.21	戰國
21	左匋攻告	古陶文彙編 4.22	戰國

〔註101〕《古陶文彙編》中習見「╳匋君鑄匜器鍴」一詞，其中的「匜」、「器」二字往往未釋，今悉據《燕下都》所見的陶文，如：「左匋君鑄匜器鍴」等，逕釋爲「匜」、「器」字。

22	右匋攻□	古陶文彙編 4.23	戰國
23	左匋君鑵 左匋俠□	古陶文彙編 4.25	戰國
24	左匋俠湯殹國	古陶文彙編 4.27	戰國
25	左匋攻敄	古陶文彙編 4.28	戰國
26	昜安都王氏鍴	古陶文彙編 4.29	戰國
27	匋俠湯殹國 二年十一月左匋君	古陶文彙編 4.30	戰國
28	左匋攻□ 左匋俠湯殹國 左匋君鑵疋器鍴	古陶文彙編 4.31	戰國
29	十九年二月右匋君 俠敄�殹戜	古陶文彙編 4.32	戰國
30	右宮巫心	古陶文彙編 4.33	戰國
31	左宮敢	古陶文彙編 4.34	戰國
32	左宮陣	古陶文彙編 4.35	戰國
33	左宮繁	古陶文彙編 4.36	戰國
34	左宮巨□	古陶文彙編 4.37	戰國
35	右宮豎	古陶文彙編 4.38	戰國
36	左宮田左	古陶文彙編 4.39	戰國
37	右宮司馬	古陶文彙編 4.40	戰國
38	左宮談	古陶文彙編 4.41	戰國
39	右宮兼	古陶文彙編 4.42	戰國
40	右宮□	古陶文彙編 4.43	戰國
41	左宮墥	古陶文彙編 4.44	戰國
42	左宮巨隹	古陶文彙編 4.45	戰國
43	左宮□	古陶文彙編 4.46	戰國
44	右宮儞	古陶文彙編 4.47	戰國
45	左宮方	古陶文彙編 4.48	戰國
46	左宮□	古陶文彙編 4.49	戰國
47	左宮寇	古陶文彙編 4.50	戰國
48	左宮□	古陶文彙編 4.51	戰國
49	左宮畋	古陶文彙編 4.52	戰國
50	左宮□	古陶文彙編 4.53	戰國

51	右宮口	古陶文彙編 4.54	戰國
52	右宮馬義	古陶文彙編 4.55	戰國
53	右宮居口	古陶文彙編 4.56	戰國
54	右宮口	古陶文彙編 4.57	戰國
55	畂口	古陶文彙編 4.58	戰國
56	工匋乙	古陶文彙編 4.59	戰國
57	匋工乙	古陶文彙編 4.60	戰國
58	匋攻乙	古陶文彙編 4.61	戰國
59	匋攻鞭	古陶文彙編 4.62	戰國
60	匋攻口	古陶文彙編 4.64	戰國
61	匋攻舌	古陶文彙編 4.65	戰國
62	匋攻諫	古陶文彙編 4.66	戰國
63	匋攻口	古陶文彙編 4.67	戰國
64	匋攻口	古陶文彙編 4.68	戰國
65	匋攻符	古陶文彙編 4.69	戰國
66	匋工三口口	古陶文彙編 4.70	戰國
67	匋攻謀	古陶文彙編 4.71	戰國
68	匋攻口	古陶文彙編 4.72	戰國
69	匋攻遑	古陶文彙編 4.74	戰國
70	匋攻得	古陶文彙編 4.76	戰國
71	匋攻口	古陶文彙編 4.77	戰國
72	匋攻昌	古陶文彙編 4.78	戰國
73	匋攻口	古陶文彙編 4.81	戰國
74	匋攻口	古陶文彙編 4.82	戰國
75	匋攻午	古陶文彙編 4.83	戰國
76	匋攻亡	古陶文彙編 4.85	戰國
77	匋攻訢	古陶文彙編 4.86	戰國
78	匋攻立	古陶文彙編 4.89	戰國
79	匋攻癸	古陶文彙編 4.90	戰國
80	匋攻口	古陶文彙編 4.92	戰國
81	匋攻上	古陶文彙編 4.93	戰國
82	匋攻口	古陶文彙編 4.94	戰國
83	匋攻口	古陶文彙編 4.95	戰國
84	匋攻匡	古陶文彙編 4.96	戰國

85	匋攻口	古陶文彙編 4.97	戰國
86	匋攻口	古陶文彙編 4.98	戰國
87	匋攻口	古陶文彙編 4.100	戰國
88	匋攻音	古陶文彙編 4.101	戰國
89	匋攻土	古陶文彙編 4.102	戰國
90	匋工土	古陶文彙編 4.103	戰國
91	匋攻善	古陶文彙編 4.104	戰國
92	匋攻宓	古陶文彙編 4.105	戰國
93	匋攻牛	古陶文彙編 4.106	戰國
94	左匋攻秦	古陶文彙編 4.108	戰國
95	匋攻秦	古陶文彙編 4.109	戰國
96	里士缶自口	古陶文彙編 4.110	戰國
97	右匋攻又	古陶文彙編 4.111	戰國
98	右匋攻徒	古陶文彙編 4.113	戰國
99	右匋攻湯	古陶文彙編 4.114	戰國
100	左匋俠口	古陶文彙編 4.115	戰國
101	匋攻上	古陶文彙編 4.116	戰國
102	匋工	古陶文彙編 4.118	戰國
103	匋午	古陶文彙編 4.120	戰國
104	土匋恭	古陶文彙編 4.121	戰國
105	匋乙二昏口	古陶文彙編 4.122	戰國
106	匋攻口	古陶文彙編 4.123	戰國
107	匋攻又	古陶文彙編 4.124	戰國
108	匋攻凵	古陶文彙編 4.125	戰國
109	契止	古陶文彙編 4.127	戰國
110	余氏	古陶文彙編 4.128	戰國
111	湯都司徒鉨	古陶文彙編 4.130	戰國
112	左口都口司馬之鉨	古陶文彙編 4.131	戰國
113	左軍	古陶文彙編 4.133	戰國
114	口四口	古陶文彙編 4.134	戰國
115	易口	古陶文彙編 4.135	戰國
116	六十口左北坪	古陶文彙編 4.136	戰國
117	茎	古陶文彙編 4.137	戰國
118	奇	古陶文彙編 4.139	戰國

119	后	古陶文彙編 4.142	戰國
120	生	古陶文彙編 4.143	戰國
121	禾	古陶文彙編 4.147	戰國
122	文	古陶文彙編 4.148	戰國
123	帀	古陶文彙編 4.149	戰國
124	陸	古陶文彙編 4.150	戰國
125	竧都市鉦	古陶文彙編 4.151	戰國
126	口奇	古陶文彙編 4.169	戰國

2、科學考古發掘者

編號	名稱	主要著錄	斷代
1	左	燕下都	戰國早期〔註102〕
2	王	燕下都	戰國早期
3	十	燕下都	戰國早期
4	廿一	燕下都	戰國早期
5	十	燕下都	戰國早期〔註103〕
6	申	燕下都	戰國早期
7	八	燕下都	戰國早期
8	大	燕下都	戰國早期
9	王	燕下都	戰國早期
10	匋攻乙	燕下都	戰國早期
11	匋攻口	燕下都	戰國早期
12	匋攻昌	燕下都	戰國早期
13	田	燕下都	戰國早期
14	匋工	燕下都	戰國早期
15	匋工口	燕下都	戰國早期
16	卅	燕下都	戰國早期
17	匋工千	燕下都	戰國早期
18	上	燕下都	戰國早期
19	生	燕下都	戰國早期

〔註102〕《燕下都（上）》，頁 97。

〔註103〕《燕下都（上）》，頁 227～232。

20	義	燕下都	戰國早期
21	五	燕下都	戰國早期〔註 104〕
22	十	燕下都	戰國早期
23	米	燕下都	戰國早期
24	火	燕下都	戰國早期
25	揚	燕下都	戰國早期
26	羊	燕下都	戰國早期
27	左匋口	燕下都	戰國早期
28	上	燕下都	戰國早期
29	道	燕下都	戰國早期
30	古	燕下都	戰國早期
31	工	燕下都	戰國中期〔註 105〕
32	十五	燕下都	戰國中期
33	匋攻乙	燕下都	戰國中期
34	匋乙	燕下都	戰國中期
35	匋攻口	燕下都	戰國中期
36	左宮田左	燕下都	戰國中期〔註 106〕
37	左宮口	燕下都	戰國中期
38	左宮者瓜	燕下都	戰國中期
39	左宮畋	燕下都	戰國中期
40	左宮口	燕下都	戰國中期
41	口口者瓜	燕下都	戰國中期
42	右口口口	燕下都	戰國中期
43	左口	燕下都	戰國中期
44	左宮口口	燕下都	戰國中期
45	左匋君鑵疌器鍴 左匋俠湯	燕下都	戰國中期〔註 107〕

〔註 104〕 《燕下都（上）》，頁 617～622。

〔註 105〕 《燕下都（上）》，頁 103～104。

〔註 106〕 《燕下都（上）》，頁 41～42。

〔註 107〕 《燕下都（上）》，頁 265～278。

	左匋俠徒		
46	左匋徒	燕下都	戰國中期
47	上匋口	燕下都	戰國中期
48	匋攻口	燕下都	戰國中期
49	不	燕下都	戰國中期
50	十	燕下都	戰國中期
51	卅	燕下都	戰國中期
52	大	燕下都	戰國中期
53	公	燕下都	戰國中期
54	匋攻口	燕下都	戰國中期
55	五	燕下都	戰國中期
56	千	燕下都	戰國中期
57	二	燕下都	戰國中期
58	乙	燕下都	戰國中期
59	十二	燕下都	戰國中期
60	匋工	燕下都	戰國中期
61	匋攻十一	燕下都	戰國中期
62	匋攻十二	燕下都	戰國中期
63	匋攻乙	燕下都	戰國中期
64	匋攻昌	燕下都	戰國中期
65	匋攻揚	燕下都	戰國中期
66	土工口	燕下都	戰國中期
67	丌	燕下都	戰國中期
68	左口昌	燕下都	戰國中期
69	匋乙	燕下都	戰國中期
70	甲	燕下都	戰國中期
71	二匋口	燕下都	戰國中期
72	左宮口口	燕下都	戰國中期
73	匋午	燕下都	戰國中期
74	匋攻牛	燕下都	戰國中期
75	因	燕下都	戰國中期
76	匋攻黑	燕下都	戰國中期
77	左匋冑鐠疋口	燕下都	戰國中期
78	匋攻囘	燕下都	戰國中期

79	匋攻九	燕下都	戰國中期
80	右匋君	燕下都	戰國中期
81	匋工冏	燕下都	戰國中期
82	敢	燕下都	戰國中期
83	匋攻得	燕下都	戰國中期
84	士	燕下都	戰國中期
85	亡	燕下都	戰國中期
86	行	燕下都	戰國中期
87	車	燕下都	戰國中期
88	右宮乙	燕下都	戰國晚期〔註108〕
89	右宮既	燕下都	戰國晚期
90	卅	燕下都	戰國晚期
91	六口	燕下都	戰國晚期
92	廿	燕下都	戰國晚期
93	卅七	燕下都	戰國晚期
94	干	燕下都	戰國晚期
95	公	燕下都	戰國晚期
96	士	燕下都	戰國晚期
97	乙	燕下都	戰國晚期
98	匋午	燕下都	戰國晚期
99	匋工乙	燕下都	戰國晚期
100	卅	燕下都	戰國晚期
101	左宮辛左	燕下都	戰國晚期〔註109〕
102	十	燕下都	戰國晚期
103	三	燕下都	戰國晚期
104	五	燕下都	戰國晚期
105	井	燕下都	戰國晚期
106	六	燕下都	戰國晚期
107	八	燕下都	戰國晚期
108	十一	燕下都	戰國晚期

〔註108〕《燕下都（上）》，頁 121～124。
〔註109〕《燕下都（上）》，頁 143～145。

109	匋	燕下都	戰國晚期
110	廿一年十二月左匋君	燕下都	戰國晚期
111	左匋 匋工午	燕下都	戰國晚期
112	上乙	燕下都	戰國晚期
113	口工口	燕下都	戰國晚期 〔註110〕
114	五	燕下都	戰國晚期
115	口閔	燕下都	戰國晚期
116	右口	燕下都	戰國晚期
117	非	燕下都	戰國晚期 〔註111〕
118	卅	燕下都	戰國晚期
119	匋攻口	燕下都	戰國晚期
120	匋工用	燕下都	戰國晚期
121	揚	燕下都	戰國晚期
122	匋丹	燕下都	戰國晚期
123	匋攻臨	燕下都	戰國晚期
124	其	燕下都	戰國晚期
125	過	燕下都	戰國晚期
126	五	燕下都	戰國晚期
127	七	燕下都	戰國晚期
128	十	燕下都	戰國晚期
129	井	燕下都	戰國晚期
130	三	燕下都	戰國晚期
131	十二	燕下都	戰國晚期
132	廿二	燕下都	戰國晚期
133	丁	燕下都	戰國晚期
134	上	燕下都	戰國晚期
135	昌	燕下都	戰國晚期
136	右	燕下都	戰國晚期
137	乙	燕下都	戰國晚期

〔註110〕《燕下都（上）》，頁81～82。

〔註111〕《燕下都（上）》，頁354～398。

138	午	燕下都	戰國晚期
139	匋攻昌	燕下都	戰國晚期
140	匋攻北	燕下都	戰國晚期
141	匋攻上	燕下都	戰國晚期
142	匋徒	燕下都	戰國晚期
143	匋攻得	燕下都	戰國晚期
144	匋攻千	燕下都	戰國晚期
145	匋攻公	燕下都	戰國晚期
146	匋攻善	燕下都	戰國晚期
147	匋攻九	燕下都	戰國晚期
148	匋工十二	燕下都	戰國晚期
149	匋工一	燕下都	戰國晚期
150	匋工十一	燕下都	戰國晚期
151	匋一	燕下都	戰國晚期
152	二匋君口	燕下都	戰國晚期
153	左匋段湯 右匋君鐜疋器鍴 徠得段戡	燕下都	戰國晚期
154	十八年十二月右匋君 徠敢段戡	燕下都	戰國晚期
155	廿一年八月左匋君 口口段口	燕下都	戰國晚期
156	左匋口口 左匋君鐜 匋攻鞭	燕下都	戰國晚期
157	牛	燕下都	戰國晚期
158	中攻乙	燕下都	戰國晚期
159	匋攻牛	燕下都	戰國晚期
160	左匋君 左匋攻敢	燕下都	戰國晚期
161	左匋口 口八年十二月左匋君	燕下都	戰國晚期
162	匋甲	燕下都	戰國晚期
163	上匋	燕下都	戰國晚期

164	未	燕下都	戰國晚期
165	左匋俠湯殷國 左匋君鑄廷器端 左匋攻隹	燕下都	戰國晚期
166	匋攻山	燕下都	戰國晚期
167	匋攻巳	燕下都	戰國晚期
168	眾	燕下都	戰國晚期
169	恭	燕下都	戰國晚期
170	古	燕下都	戰國晚期
171	口舍之口皮	燕下都	戰國晚期
172	枝	燕下都	戰國晚期
173	木	燕下都	戰國晚期
174	王	燕下都	戰國晚期
175	三	燕下都	戰國晚期
176	右匋攻 俠傳	燕下都	戰國晚期 〔註112〕
177	疾	燕下都	戰國晚期
178	匋攻斂	燕下都	戰國晚期
179	左匋攻口	燕下都	戰國晚期
180	斀四	燕下都	戰國晚期 〔註113〕
181	三	燕下都	戰國晚期
182	斀五	燕下都	戰國晚期

五、秦系出土文字材料

（一）銅器

1、非科學考古發掘者

編號	名稱	主要著錄	斷代
1	大良造鞅戟	殷周金文集成 11279	戰國中期後段 孝公十三年
2	大良造鞅鐓	殷周金文集成 11911	戰國中期後段 孝公十六年

〔註112〕《燕下都（上）》，頁 595～596。

〔註113〕《燕下都（上）》，頁 702。

3	商鞅量	殷周金文集成 10372	戰國中期後段 孝公十八年
4	大良造鞅殳鐏	秦文字集證圖版 16	戰國中期後段
5	四年相邦樛斿戈	殷周金文集成 11361	戰國中期後段 惠文王四年
6	吾宜戈	殷周金文集成 10936	戰國中期後段
7	十三年相邦義戈	殷周金文集成 11394	戰國中期後段 惠文王十三年
8	王五年上郡疾戈	殷周金文集成 11296	戰國中期後段 惠文王後元五年
9	王六年上郡守疾戈	殷周金文集成 11297	戰國中期後段 惠文王後元六年
10	王七年上郡守疾戈	秦銅器銘文編年集 釋圖版 29	戰國中期後段 惠文王後元七年
11	杜虎符	殷周金文集成 12109	戰國中期後段
12	高奴禾石權	殷周金文集成 10384	戰國晚期前段 昭襄王三年
13	六年漢中守戈	殷周金文集成 11367	戰國晚期前段 昭襄王六年
14	七年上郡守間戈	文物 1987：8	戰國晚期前段 昭襄王七年
15	十三年上郡守壽戈	秦文字集證圖版 21	戰國晚期前段 昭襄王十三年
16	口年上郡守戈	殷周金文集成 11363	戰國晚期前段 昭襄王十三年
17	十四年相邦冉戈	秦銅器銘文編年集 釋圖版 38	戰國晚期前段 昭襄王十四年
18	十五年上郡守壽戈	殷周金文集成 11405	戰國晚期前段 昭襄王十五年
19	高陵君鼎	考古 1993：3	戰國晚期前段 昭襄王十五年
20	漆垣戈	殷周金文集成 10935	戰國晚期前段
21	十七年丞相啓狀	殷周金文集成 11379	戰國晚期前段 昭襄王十七年

22	上郡武庫戈	殷周金文集成 11378	戰國晚期前段 昭襄王十八年
23	二十年相邦冉戈	殷周金文集成 11359	戰國晚期前段 昭襄王廿年
24	二十一年相邦冉戈	殷周金文集成 11342	戰國晚期前段 昭襄王廿一年
25	二十二年臨汾守戈	殷周金文集成 11331	戰國晚期前段 昭襄王廿二年
26	廿五年盉	殷周金文集成 10353	戰國晚期前段 昭襄王廿五年
27	二十五年上郡守廟戈	殷周金文集成 11406	戰國晚期前段 昭襄王廿五年
28	二十七年上守趞戈	殷周金文集成 11374	戰國晚期前段 昭襄王廿七年
29	三十三年詔事戈	秦銅器銘文編年集 釋圖版 48	戰國晚期前段 昭襄王卅三年
30	三十四年蜀守戈	秦文字集證圖版 29	戰國晚期前段 昭襄王卅四年
31	工師文甗	陝西歷史博物館館 刊第四輯	戰國晚期前段 昭襄王卅四年
32	卅六年私官鼎	殷周金文集成 2658	戰國晚期前段 昭襄王卅六年
33	三十八年上郡戈	文物 1998：10	戰國晚期前段 昭襄王卅八年
34	四十年上郡守起戈	殷周金文集成 11370	戰國晚期前段 昭襄王四十年
35	四十年上郡守起戈	考古 1992：8	戰國晚期前段 昭襄王四十年
36	五十年詔事戈	秦文字集證圖版 31	戰國晚期後段 昭襄王五十年
37	二年上郡守戈	殷周金文集成 11362	戰國晚期後段 莊襄王二年
38	二年上郡守冰戈	殷周金文集成 11399	戰國晚期後段 莊襄王二年
39	二年少府戈	秦銅器銘文編年集 釋圖版 56	戰國晚期後段 莊襄王二年

40	三年上郡守戈	殷周金文集成 11369	戰國晚期後段 莊襄王三年
41	二年寺工䜌戈	殷周金文集成 11250	戰國晚期後段 秦王政二年
42	三年上郡高戈	殷周金文集成 11287	戰國晚期後段 秦王政三年
43	三年相邦呂不韋矛	考古 1996：3	戰國晚期後段 秦王政三年
44	三年相邦呂不韋矛	文物 1987：8	戰國晚期後段 秦王政三年
45	四年相邦呂不韋矛	文物 1987：8	戰國晚期後段 秦王政四年
46	五年相邦呂不韋戈	殷周金文集成 11380	戰國晚期後段 秦王政五年
47	五年相邦呂不韋戈	殷周金文集成 11396	戰國晚期後段 秦王政五年
48	五年相邦呂不韋戈	秦銅器銘文編年集釋圖版 69	戰國晚期後段 秦王政五年
49	八年相邦呂不韋戈	殷周金文集成 11395	戰國晚期後段 秦王政八年
50	九年相邦呂不韋戈	文物 1992：11	戰國晚期後段 秦王政九年
51	十三年少府戈	殷周金文集成 11550	戰國晚期後段 秦王政十三年
52	廿年寺工矛	殷周金文集成 11546	戰國晚期後段 秦王政廿年
53	上造但車害	殷周金文集成 12041	戰國晚期後段 秦王政廿一年
54	二十一年寺工庫鑰	秦出土文獻編年 159	戰國晚期後段 秦王政廿一年
55	廿四年銅斧	文物 1998：12	戰國晚期後段 秦王政廿四年
56	口年寺工䜌戈	殷周金文集成 11197	戰國晚期後段
57	寺工師初壺	殷周金文集成 9673	戰國晚期後段
58	新郪虎符	殷周金文集成 12108	戰國晚期後段
59	嵒鋚量	考古與文物 1986：1	戰國晚期後段

60	半斗鼎	殷周金文集成 2100	戰國晚期
61	中𢓊鼎	殷周金文集成 2228	戰國晚期
62	脩武府栖	殷周金文集成 9939	戰國晚期
63	雍工壺	殷周金文集成 9605	戰國晚期
64	邵宮和	殷周金文集成 10357	戰國晚期
65	蜀西工戈	殷周金文集成 11008	戰國晚期
66	蜀西工戈	殷周金文集成 11009	戰國晚期
67	寺工矛	殷周金文集成 11452	戰國晚期
68	詔使矛	殷周金文集成 11472	戰國晚期
69	高奴矛	殷周金文集成 11473	戰國晚期
70	廣衍矛	殷周金文集成 11509	戰國晚期
71	武庫矛	殷周金文集成 11533	戰國晚期
72	夫人零件	殷周金文集成 12021	戰國晚期
73	公太后車害	殷周金文集成 12026	戰國晚期
74	陭氏戈	文物 1999：4	戰國晚期
75	高望戈	文物 1999：4	戰國晚期
76	廩丘戈	文物 1987：8	戰國晚期
77	廣衍戈	文物 1987：8	戰國晚期
78	寺工矛	文物 1989：6	戰國晚期
79	平宮鼎	殷周金文集成 2576	戰國
80	三年詔事鼎	殷周金文集成 2651	戰國
81	成固戈	殷周金文集成 10938～10940	戰國
82	少府戈	殷周金文集成 11106	戰國
83	丞向觸戈	殷周金文集成 11294	戰國
84	孱陵矛	殷周金文集成 11461	戰國
85	孱陵矛	殷周金文集成 11462	戰國
86	平周矛	殷周金文集成 11465～11467	戰國
87	上郡矛	殷周金文集成 11501	戰國
88	櫟陽武當矛	殷周金文集成 11502	戰國
89	武都矛	殷周金文集成 11506	戰國
90	少府矛	殷周金文集成 11532	戰國
91	平都矛	殷周金文集成 11542	戰國

92	洛都劍	殷周金文集成 11574	戰國
93	節節	殷周金文集成 12086	戰國

2、科學考古發掘者

編號	名稱	主要著錄	斷代
1	十九年大良造庶長鞅之造殳	塔兒坡秦墓	戰國中期後段 孝公十九年
2	王四年相邦義戈	西漢南越王墓	戰國中期後段 惠文王後元四年
3	十二年上郡守壽戈	殷周金文集成 11404	戰國晚期前段 昭襄王十二年
4	廿四年上郡守戈	考古學報 2002：1	戰國晚期前段 昭襄王廿四年
5	二十六年口口守戈	文物 1980：9	戰國晚期前段 昭襄王廿六年
6	四十年銀耳杯	臨淄商王墓地	戰國晚期前段 昭襄王四十年
7	卌一年銀耳杯	臨淄商王墓地	戰國晚期前段 昭襄王卌一年
8	三年相邦呂不韋戈	秦始皇陵兵馬俑坑一號坑發掘報告 1974～1984	戰國晚期後段 秦王政三年
9	三年相邦呂不韋戟	秦始皇陵兵馬俑坑一號坑發掘報告 1974～1984	戰國晚期後段 秦王政三年
10	四年相邦呂不韋戟	秦始皇陵兵馬俑坑一號坑發掘報告 1974～1984	戰國晚期後段 秦王政四年
11	四年相邦呂戈	殷周金文集成 11308	戰國晚期後段 秦王政四年
12	五年相邦呂不韋戟	秦始皇陵兵馬俑坑一號坑發掘報告 1974～1984	戰國晚期後段 秦王政五年
13	七年相邦呂不韋戟	秦始皇陵兵馬俑坑一號坑發掘報告 1974～1984	戰國晚期後段 秦王政七年
14	十四年屬邦戈	殷周金文集成 11332	戰國晚期後段 秦王政十四年
15	十五年寺工鈹	秦始皇陵兵馬俑坑一號坑發掘報告 1974～1984	戰國晚期後段 秦王政十五年

16	十五年寺工鈹	秦始皇陵兵馬俑坑一號坑發掘報告 1974～1984	戰國晚期後段 秦王政十五年
17	十五年寺工鈹	秦始皇陵兵馬俑坑一號坑發掘報告 1974～1984	戰國晚期後段 秦王政十五年
18	十六年寺工鈹	秦始皇陵兵馬俑坑一號坑發掘報告 1974～1984	戰國晚期後段 秦王政十六年
19	十七年寺工鈹	殷周金文集成 11658	戰國晚期後段 秦王政十七年
20	十七年寺工鈹	秦始皇陵兵馬俑坑一號坑發掘報告 1974～1984	戰國晚期後段 秦王政十七年
21	十七年寺工鈹	秦始皇陵兵馬俑坑一號坑發掘報告 1974～1984	戰國晚期後段 秦王政十七年
22	十七年寺工鈹	秦始皇陵兵馬俑坑一號坑發掘報告 1974～1984	戰國晚期後段 秦王政十七年
23	十七年寺工鈹	秦始皇陵兵馬俑坑一號坑發掘報告 1974～1984	戰國晚期後段 秦王政十七年
24	十七年寺工鈹	秦始皇陵兵馬俑坑一號坑發掘報告 1974～1984	戰國晚期後段 秦王政十七年
25	十七年寺工鈹	秦始皇陵兵馬俑坑一號坑發掘報告 1974～1984	戰國晚期後段 秦王政十七年
26	十八年寺工鈹	秦始皇陵兵馬俑坑一號坑發掘報告 1974～1984	戰國晚期後段 秦王政十八年
27	十九年寺工鈹	秦始皇陵兵馬俑坑一號坑發掘報告 1974～1984	戰國晚期後段 秦王政十九年
28	十九年寺工鈹	秦始皇陵兵馬俑坑一號坑發掘報告 1974～1984	戰國晚期後段 秦王政十九年
29	十九年寺工鈹	秦始皇陵兵馬俑坑一號坑發掘報告 1974～1984	戰國晚期後段 秦王政十九年
30	十九年寺工鈹	秦始皇陵兵馬俑坑一號坑發掘報告 1974～1984	戰國晚期後段 秦王政十九年
31	十九年寺工鈹	秦始皇陵兵馬俑坑一號坑發掘報告 1974～1984	戰國晚期後段 秦王政十九年
32	寺工矛	殷周金文集成 11453	戰國晚期後段
33	寺公鐓	秦始皇陵兵馬俑坑一號坑發掘報告 1974～1984	戰國晚期後段
34	上白羽壺	殷周金文集成 9517	戰國晚期

| 35 | 少府矛 | 殷周金文集成 11454 | 戰國晚期 |
| 36 | 丞廣弩牙 | 殷周金文集成 11918 | 戰國晚期 |

（二）璽印

1、非科學考古發掘者

編號	名稱	主要著錄	斷代
1	工師之印	古璽彙編 0151	戰國
2	顗里典	古璽彙編 3232	戰國
3	內府	古璽彙編 3358	戰國
4	倉吏	古璽彙編 5561	戰國
5	王戎兵器	古璽彙編 5707	戰國
6	軍市	古璽彙編 5708	戰國
7	御府丞印	珍秦齋藏印・秦印篇 1	戰國
8	中車府丞	珍秦齋藏印・秦印篇 2	戰國
9	中廄丞印	珍秦齋藏印・秦印篇 3	戰國
10	左司空丞	珍秦齋藏印・秦印篇 4	戰國
11	宮司空丞	珍秦齋藏印・秦印篇 5	戰國
12	寺從丞印	珍秦齋藏印・秦印篇 6	戰國
13	郡左邸印	珍秦齋藏印・秦印篇 7	戰國
14	郡右邸印	珍秦齋藏印・秦印篇 8	戰國
15	少府工丞	珍秦齋藏印・秦印篇 9	戰國
16	咸陽丞印	珍秦齋藏印・秦印篇 10	戰國
17	內官丞印	珍秦齋藏印・秦印篇 11	戰國
18	高章宦丞	珍秦齋藏印・秦印篇 12	戰國
19	私府	珍秦齋藏印・秦印篇 13	戰國
20	私府	珍秦齋藏印・秦印篇 14	戰國
21	私府	珍秦齋藏印・秦印篇 15	戰國
22	私宮	珍秦齋藏印・秦印篇 16	戰國
23	室印	珍秦齋藏印・秦印篇 17	戰國
24	北印	珍秦齋藏印・秦印篇 18	戰國
25	革工	珍秦齋藏印・秦印篇 19	戰國
26	家璽	珍秦齋藏印・秦印篇 20	戰國
27	家府	珍秦齋藏印・秦印篇 21	戰國
28	家府	珍秦齋藏印・秦印篇 22	戰國

29	邦司馬印	古璽通論 0260	戰國
30	邦侯	古璽通論 0261	戰國
31	中司馬印	古璽通論 0262	戰國
32	右司空印	古璽通論 0263	戰國
33	南宮尚浴	古璽通論 0264	戰國
34	右褐府印	古璽通論 0268	戰國
35	北私庫印	古璽通論 0269	戰國
36	傳舍之印	古璽通論 0271	戰國
37	泰上寢左（佐）田	古璽通論 0277	戰國
38	官田臣印	古璽通論 0279	戰國
39	右公田印	古璽通論 0280	戰國
40	公主田印	古璽通論 0281	戰國
41	小廄南田	古璽通論 0282	戰國
42	小廄將馬	古璽通論 0283	戰國
43	銍將粟印	古璽通論 0290	戰國
44	修武庫印	古璽通論 0291	戰國
45	杜陽左尉	古璽通論 0297	戰國
46	曲陽左尉	古璽通論 0298	戰國
47	高陵右尉	古璽通論 0300	戰國
48	宜陽津印	古璽通論 0302	戰國
49	長安君	古璽通論 0321	戰國
50	鄭大夫	十鐘山房印舉 2.54	戰國
51	發怒	十鐘山房印舉 2.55	戰國
52	菅里	十鐘山房印舉 2.58	戰國
53	右庶長之鈢	山東新出土古璽印 007	戰國

2、科學考古發掘者

編號	名稱	主要著錄	斷代
1	士仁之印	塔兒坡秦墓	戰國晚期
2	鄭印	塔兒坡秦墓	戰國晚期
3	孱印	塔兒坡秦墓	戰國晚期
4	安眾	塔兒坡秦墓	戰國晚期

（三）貨幣

1、非科學考古發掘者

編號	名稱	主要著錄	斷代
1	一珠重一兩十二・圓錢	中國錢幣大辭典・先秦編	戰國
2	一珠重一兩十四・圓錢	中國錢幣大辭典・先秦編	戰國
3	半睘・圓錢	中國錢幣大辭典・先秦編	戰國
4	長安・圓錢	中國錢幣大辭典・先秦編	戰國
5	半兩・圓錢	中國錢幣大辭典・先秦編	戰國 〔註114〕

2、科學考古發掘者

編號	名稱	主要著錄	斷代
1	兩甾・圓錢	中國錢幣大辭典・先秦編	戰國
2	文信・圓錢	中國錢幣大辭典・先秦編	戰國
3	半兩・圓錢	考古與文物 1981：1	戰國
4	半兩・圓錢	文物 1982：1	戰國
5	半兩・圓錢	文物 1989：2	戰國
6	半兩・圓錢	塔兒坡秦墓	戰國
7	半兩・圓錢	文博 2002：5	戰國

（四）陶器

1、非科學考古發掘者

編號	名稱	主要著錄	斷代
1	封宗邑瓦書	古文字研究第十四輯	戰國中期後段惠文王四年
2	鹵市	文物 1991：5	戰國晚期
3	市	文物 1991：5	戰國晚期
4	亭	文物 1991：5	戰國晚期
5	二斗	文物 1991：5	戰國晚期

2、科學考古發掘者

編號	名稱	主要著錄	斷代

〔註114〕趙叢蒼、延晶平：〈鳳翔縣高家河村出土的窖藏秦半兩〉，《考古與文物》1991 年第 3 期，頁 16～20。

1	亭	考古與文物 1981：1	戰國晚期前段
2	趙志	文物 1982：1	戰國晚期
3	隱成呂氏缶容十斗	考古與文物 1981：1	戰國晚期
4	上官	考古與文物 1981：1	戰國晚期
5	口里口口缶容十斗	考古與文物 1981：1	戰國晚期
6	倉	考古與文物 1981：1	戰國晚期
7	甲乙己火光	考古與文物 1981：1	戰國晚期
8	下賈王氏缶容十斗	考古與文物 1981：1	戰國晚期
9	北園呂氏缶容十斗	考古與文物 1981：1	戰國晚期
10	咸口口里道器	塔兒坡秦墓	戰國晚期
11	咸陽巨荃	塔兒坡秦墓	戰國晚期
12	咸商里若	塔兒坡秦墓	戰國晚期
13	＋	塔兒坡秦墓	戰國晚期
14	咸郦里口	塔兒坡秦墓	戰國晚期
15	咸鄀里元	塔兒坡秦墓	戰國晚期
16	╳	塔兒坡秦墓	戰國晚期
17	↑	塔兒坡秦墓	戰國晚期
18	咸鄀里欣	塔兒坡秦墓	戰國晚期
19	咸重成口	塔兒坡秦墓	戰國晚期
20	咸完里牝	塔兒坡秦墓	戰國晚期
21	咸闍里陵	塔兒坡秦墓	戰國晚期
22	咸原少公	塔兒坡秦墓	戰國晚期
23	咸郦里宣	塔兒坡秦墓	戰國晚期
24	咸重成放	塔兒坡秦墓	戰國晚期
25	口重口口	塔兒坡秦墓	戰國晚期
26	咸里陵陽	塔兒坡秦墓	戰國晚期
27	咸口	塔兒坡秦墓	戰國晚期
28	咸蒲里奇	塔兒坡秦墓	戰國晚期
29	咸間器犯	塔兒坡秦墓	戰國晚期
30	咸鄀口口	塔兒坡秦墓	戰國晚期
31	咸陵陽戲	塔兒坡秦墓	戰國晚期
32	咸重口口	塔兒坡秦墓	戰國晚期
33	咸彩里辰	塔兒坡秦墓	戰國晚期
34	咸郦里隊	塔兒坡秦墓	戰國晚期

35	咸郦小有	塔兒坡秦墓	戰國晚期
36	口口口闇	塔兒坡秦墓	戰國晚期
37	咸郊里口	塔兒坡秦墓	戰國晚期
38	口口口志	塔兒坡秦墓	戰國晚期
39	咸郊里杌	塔兒坡秦墓	戰國晚期
40	咸平沃奮	塔兒坡秦墓	戰國晚期
41	咸西口亘	塔兒坡秦墓	戰國晚期
42	呂	塔兒坡秦墓	戰國晚期
43	咸寶里高	塔兒坡秦墓	戰國晚期
44	咸口里口	塔兒坡秦墓	戰國晚期
45	咸西臣辟	塔兒坡秦墓	戰國晚期
46	咸郦里通	塔兒坡秦墓	戰國晚期
47	咸郦里臤	塔兒坡秦墓	戰國晚期
48	咸闢里林	塔兒坡秦墓	戰國晚期
49	反里戌運	塔兒坡秦墓	戰國晚期
50	咸口里口	塔兒坡秦墓	戰國晚期
51	咸里綵磁	塔兒坡秦墓	戰國晚期
52	口口口志	塔兒坡秦墓	戰國晚期
53	咸口里口	塔兒坡秦墓	戰國晚期
54	咸芮里辰	塔兒坡秦墓	戰國晚期
55	咸西更	塔兒坡秦墓	戰國晚期
56	咸郦里致	塔兒坡秦墓	戰國晚期
57	咸重成鳥	塔兒坡秦墓	戰國晚期
58	咸里甘周	塔兒坡秦墓	戰國晚期
59	咸陽巨昌	塔兒坡秦墓	戰國晚期
60	咸完里逞	塔兒坡秦墓	戰國晚期
61	杜市	文博2002：5	戰國晚期
62	高市	文博2002：5	戰國晚期

（五）漆器

1、非科學考古發掘者

編號	名稱	主要著錄	斷代
1	廿九年漆匜	長沙古物聞見記・續記	戰國晚期前段 昭襄王廿九年

2、科學考古發掘者

編號	名稱	主要著錄	斷代
1	十七年漆盒	考古與文物 2002：5	戰國晚期前段 昭襄王十七年
2	成亭漆卮	文物 1982：1	戰國晚期 〔註 115〕
3	東漆耳杯	文物 1982：1	戰國晚期
4	成亭漆奩	文物 1982：1	戰國晚期

（六）簡牘

1、科學考古發掘者

編號	名稱	主要著錄	斷代
1	青川五十號墓木牘	文物 1982：1	戰國中期後段
2	睡虎地七號墓槨室門楣刻字	秦文字類編	戰國晚期後段
3	睡虎地十一號墓竹簡	睡虎地秦墓竹簡	戰國晚期後段
4	放馬灘一號墓簡牘	文物 1989：2	戰國晚期後段
5	王家臺十五號墓竹簡	文物 1995：1	戰國晚期後段
6	湘西里耶竹簡	中國國家地理第十八期	戰國晚期後段

（七）玉石

1、非科學考古發掘者

編號	名稱	主要著錄	斷代
1	秦惠文王禱詞華山玉版	國學研究第六卷	戰國中期後段
2	詛楚文	郭沫若全集‧考古編第九卷	戰國中晚期

〔註 115〕青川二號墓與二十六號墓出土的漆卮，底部有「成亭」二字；二十六號墓所出的漆耳杯，底部有「東」字；四十一號墓出土的漆奩，底部有「成亭」二字。此外，一號墓、三號墓、三十七號墓等出土的漆器上亦多見文字，由於字體或殘損不清，或形體未識，故僅於此處提出，不作進一步的介紹。四川省博物館、青川縣文化館：〈青川現出土秦更修田律木牘——四川青川縣戰國墓發掘簡報〉，《文物》1982年第 1 期，頁 9。